ネクスト・ギグ

鵜林伸也

逆光を浴びステージに登場したボーカルは、突如悲痛な叫び声をあげるとその場に頽れた。彼の胸には千枚通しが突き刺さっていた。衆人環視の中での不可解な変死により、ロックバンド〈赤い青〉は活動休止に追い込まれる。事件直前、カリスマ的なギタリストが演奏中に犯した、彼に似つかわしくない凡ミスは事件と何か関係があるのか？　ライブハウスのスタッフである梨佳は、あの日なにが起こったのかを考え始める。やがて起きた第二の悲劇――ロックは、人を殺すのか？無冠の大型新人による、感動の第一長編。

登場人物

クスミ トオル	〈赤い青〉のギター　元〈サウザンドリバー〉のギター
シノハラ ヨースケ	〈赤い青〉のボーカル&ギター
ミナミ コウタロウ	〈赤い青〉のベース
ショウジ タカユキ	〈赤い青〉のドラム
ワノ カズヒコ	〈サウザンドリバー〉のボーカル&ギター　故人
タナベ リク	元〈サウザンドリバー〉のベース
イマムラ ユズル	元〈サウザンドリバー〉のドラム
成宮遼	ラディッシュハウスのブッキングマネージャー
香川華子	ラディッシュハウスの専属PA
児玉梨佳	ラディッシュハウスのスタッフ
和泉星那	ソロミュージシャン

ネクスト・ギグ

鵜 林 伸 也

創元推理文庫

NEXT GIG

by

Ubayashi Shinya

2018

目次

ネクスト・ギグ

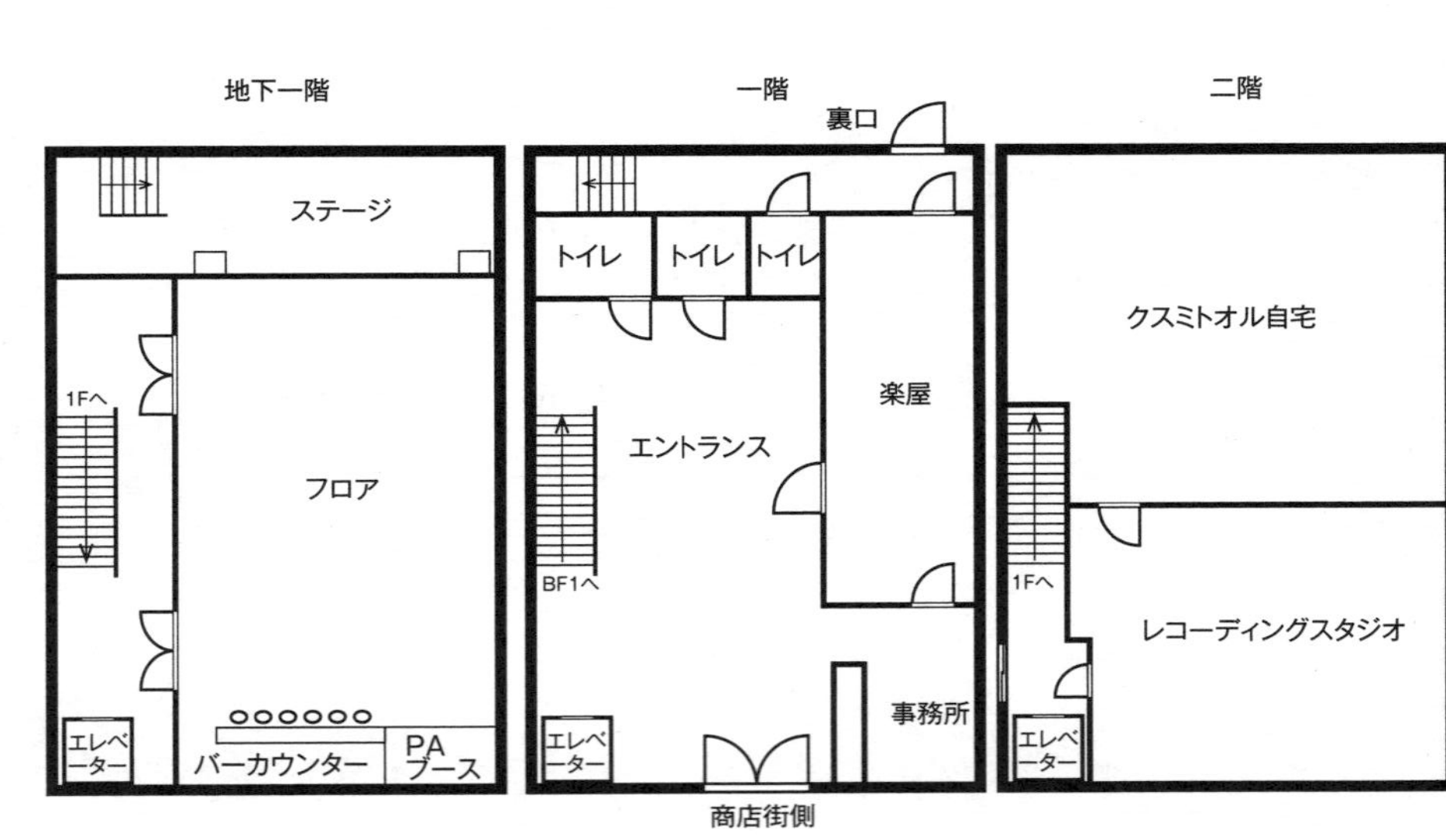
ラディッシュハウス見取り図
地下一階
ステージ
フロア
1Fへ
エレベーター
バーカウンター
PA
ブース
一階
裏口
トイレ
トイレ
トイレ
楽屋
エントランス
BF1へ
エレベーター
事務所
商店街側
二階
クスミトオル自宅
1Fへ
レコーディングスタジオ
エレベーター

序章　オープニング・アクト

シンプルなギターリフのあと、空間を切り裂くカッティングが狭いライブハウスを音で埋め尽くした。

空間を切り裂く、なんて月並みな言い回しだとは思うが、比喩(ひゆ)ではない。なぜなら音は波だからだ。アンプを通ってスピーカーで増幅された厚い音の波は、文字通り空間を裂く。誰もいないフロアに一人で立っていると、音が自分の頬肉を、Tシャツの裾(すそ)を、ぶるぶる震わせるのが実感できる。踏ん張っていないと、音の圧で後ろによろけそうにすらなる。

音の波を作り出しているクスミトオルのカッティングの手の動きは、目で追えないくらい速い。その速さもまた「空間を切り裂くような」と表現したくなる。エフェクターを一切使わず、ギタープレイとアンプのみで作る余計な歪(ひず)みのない音は、爆音だけど繊細で心地いい。私の体にまっすぐ入ってきて、中から揺らす。心の奥の導火線を選び出し、火をつける。誰かが言った。クスミトオルは体の中に稲妻を飼っていると。ひとたびギターを弾けば、周囲を感電させずにおかない。そういうギタリストを、私は他に知らない。
ドラムが、ギターに負けじとスネアを鳴らす。太い音なのに一音一音がクリアだ。まだリハーサルなのに、スポットに照らされた金色の髪からは汗が飛び散っている。ショウジタカユキは二十四歳で、ロックバンド〈赤い青〉の最年少だ。プレイは少々荒っぽくメンバーからの注文も多いが、練習量はぴか一で、この数年間で見ちがえるほど上手くなった。調子に乗るから、本人には言ってやらないが。

ギターとドラムの間を縫うように這い回るベースは、ミナミコウタロウだ。フレームレスの眼鏡をかけ、長い髪を後ろで括り、無表情で黒光りするリッケンバッカーを爪弾く。誰もが彼を「変態ベーシスト」だと言う。私にも分かるくらいの音数の多さで、ギターリフの間隙に、思いもよらないベースラインを鳴らす。彼が一人で練習しているところを見れば、変態っぷりは一目瞭然だ。いったいどんなメロディに合わせるベースラインなのかといつも疑問に思うが、いざ演奏してみれば、ぴたりとマッチする。

長い前奏のあと、ボーカルの声が加わった。なんて表現したらいいんだろう、私はいつも困ってしまう。バンドのフロントマンには似つかわしくない優男で、声も太くない。しかしその澄んだ歌声は、爆音の中にあっても不思議とよく響く。クスミトオルのカッティングとはまたちがう意味で、人々の胸に刺さる。ボーカルのシノハラヨースケは、TVイエローのレスポール・ジュニアを肩から提げている。基本的にはバッキングコードを鳴らしているだけだが、ときどき、リードギターに絡みつくように印象的なフレーズを鳴らす。時にメランコリックですらあるそのギタープレイを、一部のファンは「ロックらしくない」と評することもあるが、私は絶妙なスパイスになっているんじゃないかと思っている。

ドラム、ベース、ボーカル。三人とも業界内外からの評価が高く、サポートやコラボの誘いも多い（ただし決してうなずかない）。でもやっぱり、赤青の象徴は、孤高のギタリスト、クスミトオルだ。チェリーカラーのエピフォン・オリンピックを提げた、真っ黒いスーツの痩軀（そうく）は、地明かりサスに照らされた小さなステージで一際映える。フレーズをひとつ鳴らすだけで、はっきりクスミトオルの音だと分かる。

パンクやガレージ、ロカビリーやブルースなど様々な要素を持つ赤青だが、一言でその音楽を表すなら「ロック」だ。最近ではひところのようにロックバンドがチャートを独占することはなくなったものの、もうすっかりロックという文化はこの国に根付いている。各地で開催されるロックフェスは盛況で、ライブハウスでは毎夜、ロックバンドのライブが行われる。高校や大学の軽音部で、若者たちはギターのネックを握る。

そんな今の時代で、一番のロックヒーローは誰かと問われたら。

私は迷わず、クスミトオルの名を挙げるだろう。

第一章　残響音

「ラディッシュハウス」は、オールスタンディング五〇〇人という中規模のライブハウスだが、その数字から想像するよりフロアの空間は狭い。天井こそ高いものの、奥行きはステージに向かって十二メートルしかなく、ちょっとした会議室程度の広さだ。本当に五〇〇人も入るのかと疑問に思うが、入る。電車の車両だって一両に一五〇人以上入るのだから。乗車率一五〇パーセントの車両二つ分、満員のフロアはそれぐらいの状景を想像してもらえばちょうどいいだろう。

五〇〇というキャパは、東京二十三区外、駅から徒歩十分の商店街の真ん中という立地を考えれば、異例の大きさだ。だが、赤い青というメジャーアーティストが首都圏でライブをするには、少々狭い。今夜のワンマンライブもチケットは前売りの段階で売り切れている。

それなのになぜラディッシュハウスでライブをするかといえば、ここが赤青のホームグラウンドだからだ。ラディッシュハウスは、赤青のリーダー、クスミトオルが経営するライブハウスで、赤青のCDを出しているインディーズレーベルの事務所も兼ねている。ビルの地下一階がライブハウス、一階が事務所と楽屋、二階は、クスミさんの住まいとレコーディングスタジオだ。

　クスミトオル、一九八一年生まれの三十六歳。高校時代の同級生と組んだバンド、〈サウザンドリバー〉でメジャーデビューしたのは、ミッシェル・ガン・エレファントが解散した二〇〇三年だった。九〇年代の音楽バブルが収束しつつある中、古風ですらあるストレートなハードロックスタイルで注目を集め、熱狂的なライブパフォーマンスで毎回モッシュやサーフを起こした。高い演奏技術とカリスマ性を併せ持つバンドとして、知る人ぞ知る存在だった。

　サウリバが全国的な知名度を得るに至らなかった理由はいくつかある。テレビ出演をほとんどしなかったこと、ほぼシングルを出さずアルバムしかリリースしなかったことなど。だがそれは、サウリバの人気が低かったことを意味しない。武道館ワンマンをソールドアウトさせ、フェスでは何度もトリを務めた。

　だがサウリバは、二〇一〇年、ボーカルのワノカズヒコの病死をきっかけに解散してしまう。二年間の消息不明を経て、クスミトオルが中心となって新たに結成したバンドが赤い青だった。サウリバの初期サウンドを思わせるファーストミニアルバム「Seven deadly sins」を、ロックファンは諸手を挙げて歓迎した。クスミトオルは復帰と同時に、ラディッシュハウスを開店し、以来五年間、ここをホームとして毎週のようにライブを行っている。

　ただ今夜のワンマンは、フルメンバーでは約一ヶ月ぶりのライブだった。というのも、クスミさんが階段で転んで手首を捻挫していたからだ。その間は、残りの三人で穴を埋めた。久しぶりだからか、リハーサルも念が入っている。一通りセットリストを演奏し終え、メンバーはそのままステージで話しこんでいた。

「どうだった、リハ？」

問われて後ろを向くと、成宮さんが立っていた。紺のスラックスに白いワイシャツという、音楽業界の人間にしては固い服装をしている。年はクスミさんと同じ三十六歳で、肩書きはラディッシュハウスのブッキングマネージャーだが、実質ライブハウスの運営を回しているのは彼だ。なにせ、クスミさんは実務がまるでできない。だから成宮さんは、バンドのブッキングはもちろん、経理事務、従業員のシフトの管理、ドリンクや食材の仕入れといったライブハウス業務に加え、赤青のマネージャー業も兼ねる。ようは、私の上司だ。

「すごくよかったです。まったくブランクは感じませんでした」

「それは安心。さすがの超人クスミも、一ヶ月休むとなまっちゃうんじゃないかと心配してたんだけど」

「正直……私の耳じゃ細かいフィーリングまでは聴き分けられないんで、なんとも。華子さんに訊いてもらうほうがたしかだと思います」

「そりゃ華子にも訊くけどさ」

成宮さんは苦笑いを浮かべる。香川華子さんは、ラディッシュハウス専属の音響スタッフ、いわゆるＰＡだ。業界において女性ＰＡはまだ珍しいが、髪をきれいな緑色に染めた男勝りな彼女は、意に介する風もなくがつがつ働いている。同性の後輩である私のことを可愛がってくれる反面、強面のバンドマンにも遠慮なく指示を飛ばす。今も、ヨースケさんに負けないくらいの大声で音響についてやりとりをしていた。

「とりあえず、梨佳ちゃんの話も聞かせてよ。普段と比べて、どうだった？　だっていつも、こうしてフロアの真ん中でリハを聴いてるじゃないか」

私は目をつぶる。さっき浴びたばかりの音の波を思い返す。

「ブランク明けだから余計に、かな。いつもより熱のこもったリハで、掛け値なしにいい演奏でした。私一人で独占してるのがもったいないくらい。ほんと、役得です」

成宮さんはにやりと口角を上げた。

「もし有料だって言ったら、いくら出す？」

パイプが縦横に走るライブハウスの高い天井を見上げ、しばし思案した。

「三万。いや、五万出してもいいですね」

「ほう。だったらいつか、ほんとにイベントでやっちゃうか。赤青のリハを一人で見る権利、五万円。けっこうな儲けになるぞ」

二人で笑った声が、空っぽのフロアに響いた。あと二時間もすれば、この空間は人で埋まる。体を動かさずにはいられない至福のショーが、まもなく始まるのだ。

私がラディッシュハウスで働き始めて、もう二年が経った。大学三年生の夏からアルバイトとして一年半働き、常勤の従業員となってまだ半年ほどだ。仕事は、チケットのもぎりやHPの更新、公式Twitterの管理、フライヤーの制作など。楽器は弾けずPA機材も扱えない私が担うのは、基本的にそんな雑務が中心だ。

目下、重点的に取り組んでいるのは、フロアのバーカウンターにおけるメニューの充実だった。ラディッシュハウスでは、もともとドリンクしか販売していなかった。ビールやチューハイといったアルコール類に、ジンジャーエールやコーラといったソフトドリンク。ライブで必ず徴収される「ワンドリンク六〇〇円」は、ライブハウスにとって大きな収入源だ。

ただ、昨今どこのライブハウスも経営は苦しい。ライブがない日はバーとして営業したり、結婚式の二次会などの貸切パーティの会場にしたりと工夫を凝らしている。ラディッシュハウスでも、この四月からフードメニューを始めることになった。ライブハウスはもともと飲食店として申請しているので、法的な問題はない。とりあえず、クラブハウスサンドとチーズアンドクラッカー、ウインナー盛り合わせと、冷凍品を温めるだけのから揚げをメニューに加えた。

正直、まだ売上は芳しくない。赤青を筆頭にラディッシュハウスでブッキングされるバンドはハードロックが多く、バーカウンターでつまみを食べながら聴くようなサウンドではないからだ。となると、開演前か終演後に小腹を満たすものがいい。冷凍のから揚げでは惹かれないだろう。二口のガスコンロを導入したので油モノの調理自体は可能だが、せっかちなライブハウスの客が、から揚げが揚がるのをのんびり待ってくれるとは思えない。作り置きをしてもいいが、余ってしまったら困る。正直、ちょっと悩んでいる。

ただ、フードメニューの開始だけが二口コンロを置いた理由ではない。むしろ、コンロ導入のための口実だったのではないかとさえ思っている。

バーカウンターで黙々とクラブハウスサンドの仕込みをしていると、カウンターのスツールが動く音がした。顔を上げると、リハーサルを終えたクスミさんが立っていた。時間は十七時前で、開場まで一時間以上ある。

クスミさんは、髪を丸坊主といっていいほど短くしていて、目つきが鋭く無表情なものだから、ぱっと見はかなりとっつきにくい。背は標準ぐらいだが、肩幅が広く手足が長いので、成宮さんはよく「針金男」なんて冗談を言う。クスミさんが年がら年中、黒いスーツしか着ないのも、そういう印象を与える理由のひとつだ。部屋に同じブランドのスーツとシャツが十着以上吊るされていて、それを順繰りにクリーニングに出す。というか、クスミさんのスーツを二軒隣のクリーニング店に持っていくのはだいたい私の仕事だ。

クスミさんは細長い体を、八席あるうちの右端のスツールに乗せ、言った。

「いつもの」

「はい」

そろそろ声がかかるころだろうと思っていたので、準備はできている。私は、茶葉を出し急須(きゅうす)に入れ、お湯を注ぐ。茶葉を蒸らす間に、鍋を火にかけた。本来なら焼酎(しょうちゅう)のお湯割りを注ぐための陶器のカップに、お茶を入れる。

「はい、どうぞ」

青葉色のカップを手にとったクスミさんは、背を丸め両手でお茶を飲むと、ふう、とだけ息を吐く。

クスミさんは酒を飲まない。若いころ、ライブハウスで飲みすぎて大暴れし機材を壊して以来、酒を断っている——というのは公式の理由で、実はただの下戸だ。恰好悪いのでファンには秘密だが、ビールを一口含んだだけで顔が赤くなる。

私は温まった鍋からふろふき大根を掬い、丸皿によそう。作り置きしていたみそだれをかけ、箸と一緒にカウンターに置いた。クスミさんはなにも言わず、はふはふ言いながらふろふき大根を食べる。

今から二年前、ラディッシュハウスで受けた面接のことを鮮明に覚えている。クスミトオルの間近で働けるとあって、希望者はかなり多かった。私も、ただのアルバイトの応募には釣り合わぬほどの緊張を抱えて面接に臨んだ。

面接官として私に質問したのはほとんど成宮さんで、クスミさんはまったく口を開かなかった。最初の「よろしくお願いします」という挨拶にすら、会釈を返しただけ。そんなクスミさんからの唯一の質問が「ふろふき大根、作れる？」だった。

私の母は、ずっと小料理屋の雇われおかみをやっている。中学生ぐらいから私も店を手伝わされ、高校に上がるころには料理も覚えた。だから、ふろふき大根ぐらいなら難なく作れる。バイト代もなしに働かされていたことがずっと不満だったが、このときばかりは、母の店を手伝っていてよかったと心から思った。

クスミさんは、ライブの前は必ずふろふき大根を食べる。別にジンクスとか健康のためとかじゃない。ただ好物なだけだ。ライブの日に限らず、ほぼ毎日食べる。だから、基本的に鍋の中のふろふき大根は切らさない。いっそこれを商品として販売してしまえば——クスミトオル愛食のふろふき大根として売り出せば、よく売れるだろう。でも、そのことによるパブリックイメージの損失のほうがたぶん大きい。

私は、クスミトオルは世界一のギタリストだと思っている。でも同時に、世界有数のダメ人間だとも思っている。彼の能力特性は、恐ろしくピーキーだ。ギターの演奏力だけが飛びぬけていて、他はヤモリの体高ぐらい低い。

とにかく、他者とのコミュニケーション能力に欠けている。クスミさんの声よりもクスミさんのギターを聴いている時間のほうが長い、なんて冗談で言う人もいるが、私の場合それは比喩ではなく事実だ。クスミさんは、長年一緒にいるメンバーや成宮さん、PAの華子さんともほとんど会話しない。「要望をちっとも言わないからどう音を作っていいか分からない」と華子さんはいつもこぼしている。

それでも、寡黙(かもく)、はまあ、ロックミュージシャンとして許せる。ぺらぺらと口が軽いよりはいい。深刻なのは、物忘れの激しさだ。アルバイトとして勤め始めてからも、半年ぐらいは私の名前を覚えてくれなかった。ライブのセットリストもよくまちがえる。ギターソロから始まる場合、まちがいに気づかず弾き続けるから、いつも他のメンバーは黙って合わせる。打ち合わせの時間や場所も覚えない。今は超職住近接生活だから、姿を見せなければ部屋をノックすればいい（だいたい、寝ているかギターを弾いているかのどちらかだ）。ほんと、サウリバ時代はどうしていたんだろう。

規則正しい生活や健康的な食事とは無縁で、眠くなったら寝て腹が減ったら食べる。酒は飲めず、タバコも吸わない。実は、車の運転免許すら持っていない。超アナログ人間で、スマホも満足に使いこなせず、インターネットを見ることもできない。

はっきり言って、生活不能者だ。飛びぬけたギターの才という一点に惚れこんだ成宮さんらのサポートで、ようやく普通に生活できている。ただ結局私たちは、そういう穴だらけの男であるからこそかえって、クスミトオルが好きなんだろう。世の雑事に悩まされず、いつまでも超然とギターを弾いていてほしい。そのためなら少しくらいの苦労は厭わない。ときどき、さすがにもう少しまともな人間になってもいいんじゃないか、と思うこともあるが。

「梨佳ちゃん、僕にもなにかくれよ」

そう言ってクスミさんの隣に腰を下ろしたのは、ボーカルのヨースケさんだった。小柄で童顔、黒髪なので、ダメージジーンズに赤青のグッズである青いTシャツを着ていると、大学生ぐらいに見える。が、実際はもう二十八歳だ。もともとは同い年のベースのミナミさんと別のバンドを組んでいた。ドラム、ギターが相次いで抜け、代わりをどうするかとなったとき、クスミさんの名が挙がったのだそうだ。そのときの二人は業界内での注目株ではあったものの、メジャーバンドのギタリストだったクスミさんとは格がちがう。それを承知で彼らは、クスミさんとバンドを組むことを望んだ。

当時はサウリバが解散して一年ほどが経ったころで、クスミさんは消息不明状態だった。なんとか見つけ出し口説き落として始めたのが赤青だ。そのあとドラムのタカが加わり、現在に至る。そういう経歴を知っていても、目の前の優男がロックバンドのフロントマンとは到底思えない。来年から保育士になることが決まった大学生です、と言われたほうがよほど納得できる。ただし、少々長すぎる前髪は切らねばならないが。

「なにか、って、クスミさんと同じものでいいですか?」

私の言葉に、ヨースケさんは苦笑して頭を振った。

「ウインナー盛り合わせ。あと……ウイスキーをロックで」

「珍しいですね、ライブ前に飲むなんて」

「うん、まあ。少なめでいいよ」

ヨースケさんは飲酒量は人並みで、お酒が入っても少し陽気になるぐらいだ。ライブ前に飲むことは滅多にない。私はロックグラスに氷を入れ、サントリーのモルトを、本来の半分ぐらい注ぐ。冷凍のウインナーをレンジで温め、軽く焦げ目がつく程度にフライパンで炙った。

クスミさんの真似をするみたいにヨースケさんは背を丸め、ウイスキーを舐める。その姿は、サイズのちがうプレーリードッグの兄弟のようにも見えて微笑ましい。実際、無口でマイペースなクスミさんに、ヨースケさんはいつも楽しそうにじゃれついていた。

「ちょっと、緊張してるのかも。少しほぐしたいんだ」

「どうかしたんですか?」

「ほら、フルメンバーでのライブは久しぶりだから」

ヨースケさんが緊張を口にするなんて珍しい。赤青のメンバーは、肝が太い人ばかりだ。海外の大物アーティストの来日公演でオープニングアクトを務めたときも、まるで緊張していなかった。ラディッシュハウスでのライブ中、ねじ止めが緩かったのか照明器具がステージに落ちものすごい音を立てても、平然と演奏し続けた。いや、唯一タカだけは、動揺してリズムが乱れたと言ってたっけ。

ヨースケさんは、ウインナーを咥えて宙を見上げる。その横顔が妙にセクシーで、私の胸は少し騒ぐ。

ぽりっ、といい音をさせてウインナーを食いちぎり、ヨースケさんは言う。

「ロックってなんなんだろうな」

「なんですか、急に」

「いや」ヨースケさんははにかむように笑って俯く。「最近、分かんなくなってきちゃって」

会話が聞こえているのかいないのか、クスミさんはさっきから黙ってふろふき大根を食べている。

ロックとはなにか。一九五〇年代、ブルースやロカビリーの影響を受けて生まれた音楽ジャンルで、基本的にはエレキギター、エレキベース、ドラム、ボーカルからなる。アンプによって増幅された電気的な音を大音量で流し、テンポの速い激しいライブを行う。ただ、その誕生から六十年以上が経ち、多様化した現代のロックは、音楽的特徴でひとつに括るのは難しい。

そもそもロックなんて定義できるものじゃないという人もいるし、ロックはもう死んだと嘆くアーティストもいる。

「梨佳ちゃん、どう思う?」

「私は」少し考えてから、率直に言った。「なぜヨースケさんが悩むのか、よく分かりません。だって、赤青のライブは、世界で一番かっこいいロックだから」

ヨースケさんは、子犬みたいにくしゃっと破顔した。

「ありがとう。そう言ってもらえるとうれしいよ」

グラスに残ったアルコールを一気に飲み干して、立ち上がった。歌うみたいに、澄んだ声で言う。

「今日のライブは特別なものになるかもしれないな」

クスミさんはやっぱり、それを黙って聞いていた。


ライブのスタートは十九時、ドアのオープンは十八時だ。十七時半を過ぎるころには、薄暗がりの街灯の下に行列ができていた。男性八割、女性二割で、二十代、三十代が中心だが、ちらほら十代らしき姿も見える。秋風が吹く中、私は近隣に迷惑にならない程度の声で、おおよそ整理番号順に並ぶよう促した。

ライブハウスにとって、開演前の行列は悩みの種のひとつだ。ラディッシュハウスはアーケードもない小さな商店街にあるので、付近の住民や商店からの苦情も少なくない。反対に、左隣のたこ焼き屋のように並んでいる客目当ての商売で儲ける店もある。半分以上の店がシャッターを下ろした古い商店街にとっては、人通りが増える、というだけでプラスになっている面もあるだろう。ライブハウスの健全運営には、地域住民との良好な関係が必須だ。だから、少々割高なのを承知で、酒類はすべて商店街の酒屋から仕入れている。

　ラディッシュハウスでは、ほぼ毎週土曜日、赤青がライブを開く。対バンイベントだったりツーマンだったり、今日のようにワンマンだったり。ただし第四土曜日だけは、ルーキーデイと銘打って、うちでオーディションを行った新人バンドだけのライブを行う。赤青ファンの常連客に新人バンドも見てほしいという願いで開店以来続けているが、残念ながら、第四土曜日は他の土曜日に比べ集客は思わしくない。

　今日はソールドアウトなので、当日券の販売という手間がない反面、外の行列には気を遣う。ドリンクも大量に出るし入場に時間もかかるしで、やはり普段より気ぜわしい。

　受付は一階で行う。階段を五段上った入り口のドアを開けてすぐ右に受付カウンターがあり、その奥が事務所になっている。事務所といっても、三方の壁に向かってデスクが四つ並んでいるだけの狭いスペースだ。受付カウンターに立って、私がチケットもぎり、アルバイトの五十嵐(いがらし)君がドリンク代の徴収を担当する。成宮さんは事務所の机に向かって、急ぎのメールを打っていた。

「ドリンク代六〇〇円、お釣りのないようにご用意ください」

　そう声をかけながら行列をさばいていく。整理番号の若い人は、いいポジションをとるため受付が済むとすぐにエントランスを駆け抜け階段へと走る。以前は怪我をするので走らないでくださいと言っていたが、もう諦めた。

五〇番ぐらいまで進んだころ、不意に黒いテーラードジャケットを着た大柄な男性が行列を割って入ってきた。

「すみません、順番を守って——」

そこまで言ったところで、私は言葉を失った。追い抜かれた人も受付を済ませた人も、全員びっくりした表情で男を見上げている。男は、受付カウンターに立つ私の頭越しに、奥に向かってだみ声を発した。

「成宮、いるか?」

事務所でパソコンに向かっていた成宮さんも、ちょっと驚いた顔をした。男は言う。

「久しぶりだな、成宮。クスミのやつ、怪我したらしいじゃないか。あいつも、年か?」

ふっと笑みをこぼして成宮さんは答える。

「年って言うなら、タナベ。そっちも同い年だろ」

「まあそうなんだけどな。ところで、チケット二枚、いけるか」

男の分厚い体の後ろには、スーツを着た小柄な年配の男性が立っていた。成宮さんは顔をしかめる。

「ソールドアウトだよ」

「当日キャンセルとか、あるだろ」

「それを一般客の前で言うなよ」

すると男は、くるりと後ろを見た。

「すまんがみなさん、二人ばかり入れてくれ。前には行かないようにするからさ」

誰からも反論の声は上がらない。

「まったく、来るなら来るで前もって連絡くれよ」

「悪いな。たまたま近くへ来る用事があって。ちょっと顔を出してみようかと思ったんだ」

そこでふと男は、私の顔を凝視して言った。

「名前、なんていうの？」

「児玉、ですけど……」

「おい、ナンパはやめてくれよ」

成宮さんが遮った。

「ふざけるな。俺にだって女の趣味ってもんがある」

なんて言い草だ。ふざけるなはこっちの台詞だが、圧倒されて一言も言い返せない。

「まあ、いい。楽屋、顔出すだろ？　とりあえず続きは中で」

ああ、と答えて事務所に足を踏み入れる。成宮さんが奥のドアを開け、楽屋へ入っていった。

「今の人って……」

と呟く五十嵐君に、私は大きくうなずいてやった。

「そう、タナベリク。元、サウリバのベーシスト」

私も、実際に会うのは初めてだ。ライブ映像での野性的なベースプレイしか見たことはない。たしか今は、ステージを離れ会社員としてレコード会社に勤めているはず。

サウリバの元メンバーが、赤青のライブに顔を出す。おかしいことではない。ただ、私が勤め始めて二年間、タナベリクがラディッシュハウスに来たことは一度もなかった。加えて、クスミトオルとタナベリクは不仲という噂は、昔から根強くある。ボーカルのワノカズヒコの死のあと、サウリバがあっさり解散の道を選んだのも、それが原因だったのではと言われていた。

そのタナベさんが、なぜいまさら赤青のライブに？　楽屋で今、どんなやりとりがなされているのだろう？

「すみません、早くしてください」

若い女性の声で私は我に返った。小柄で黒髪の、ライブハウスには似つかわしくない女の子だが、バンギャだろうか、ジミヘンの顔がプリントされたロングTシャツを着ている。慌てて私はチケットを受け取った。

成宮さんがもぎりを代わってくれたので、私は早足で階段を降りた。フロアの重いドアを開けると、バーカウンターでは、アルバイトの三品(みしな)さんが額に汗を浮かべドリンクを入れている。

「遅いですよぉ、児玉さん」

ごめん、と謝って私は急いで注文をさばいていく。今日は人手の都合がつかず、アルバイトは二人しかいない。必然的に、私が走り回ることになる。ワンマンライブの場合、途中で休憩が余るのだが。

がないので、忙しいのは開演前と終演後だけだ。ライブが始まってしまいさえすれば逆に人手

　開演まで時間があるので、フロアはまだ明るい。とはいっても、ぎりぎり活字を読めるかという程度だ。縦十二メートル、横九メートルの空間には、すでにぎっしりと人が詰まり、雑談をしたりスマホを触ったりしていた。それでもまだ、ステージに向かって左手側にある二箇所の入り口からは、どんどん人が流れこんでくる。照明に照らされたステージには、リハーサル時のまま楽器が置いてあった。

　私たちが今いるバーカウンターは、フロアの最後方左手側にある。すぐ右にあるのはＰＡブースで、そこにはすでにＰＡの華子さんと照明の高辻（たかつじ）さんがスタンバイしていた。場内には今、ドアーズの「Light My Fire」がＢＧＭとして低く流れている。

　観客は、大きく二つに分けられる。できるだけ前にポジションをとり騒ぎたい人たちと、少し後ろでじっくり音楽を楽しみたい人と。だいたいにおいて前者は手ぶらで、若くて、赤青のＴシャツを着ている。後者は小さな荷物を持ったままだったりドリンクを飲んでいたりしていて、年齢層も比較的高い。二年前に比べ、少しずつ後者の割合が高くなっている。まだ私は二十四歳だが、気持ちは分からないではない。二時間以上ぶっ通しで跳ね続けるライブは、正直きつい。途中で体力が切れて、バーカウンターに避難してくる人もいる。赤青の出す音は昔と変わらなくとも、ファンは確実に年をとっていく。

　定刻になった。ＢＧＭのサウンドが絞られ、照明が暗くなる。レッド・ホット・チリ・ペッ

パーズの「Give It Away」が流れだした。そういえば、タナベリクのベースプレイはフリーをリスペクトしていると言われていたっけ。ふと気になって場内にタナベさんの姿を探したが、その巨体を見つけることはできなかった。

「ネクスト ギグ イズ 赤い青」

アナウンスとともに、ステージの照明だけがぱっと明るくなる。ステージの下手から、メンバーが姿を現した。その瞬間、ただでさえ詰まっていた観客たちが、さらに前へぎゅっと押し寄せる。いつもの黒いスーツを着たクスミさんは、顔も上げず黙ってギターを肩にかけた。

ボーカルのヨースケさんが、さっと右手を挙げる。ＳＥの音がフェードアウトした。

一瞬の静寂の後、クスミさんの電撃的なプレイがライブの開幕を告げた。

ＭＣはおろか自己紹介すらなく、一気に三曲、突っ走った。「Sleeping Murder」「Rock DESPOT」「NOISY MINORITY」いずれも赤青らしい、攻撃的でスピーディな楽曲だ。フロアではもう、激しいモッシュが起こっている。

「こんちは、赤い青です。今日も集まってくれてありがとう」

ヨースケさんは遠慮がちな笑みを浮かべ、あっさりした口調で言う。クスミさんは黙ってギターのチューニングをしている。クスミさんは、ＭＣで一切話さない。コーラスもしない。だから、一応クスミさんの前にスタンドマイクは立っているが、それが使用されることはまずないし、華子さんも音のチェックはしない。

〈言いたいことは全部ギターで語るから〉

クスミトオルの名言として人口に膾炙（かいしゃ）している言葉だが、私は本当にクスミさんがそんな気の利いたことを言ったのか、疑問に思っている。ジェフ・ベックの言葉を誰かがもじったか、ライターがでっち上げたものだろう。

ヨースケさんがたった一言挨拶しただけで、もう次の曲のイントロが鳴った。グリーン・デイをリスペクトしたハードロック「Japanese Idiot」から、「ケニーは憂鬱」「BRIAN」へと雪崩（なだ）れこむ。横に立つ三品さんが、曲の合間に私の耳元で言った。

「殺人的なセットリストですね！」

不穏当な比喩だが気持ちは理解できる。赤青の代表曲で、かつ乗れる曲ばかりだ。今日のセトリは、ヨースケさんが主導して決めたと言っていた。久しぶりのメンバー勢ぞろいだから、そういうチョイスをしたのだろう。とはいえ、もともと赤青の曲はハイスピードなものが多くを占める。少しスローテンポな曲も、ジャンル分けするならロカビリーやブルースだ。いわゆるバラードや大衆的ポップソングはなく、歌詞も、全編英語詞や抽象的なものが中心で、分かりやすい恋愛や青春の歌はない。サウリバのほうがまだ、少しはそういう曲もあった。だがそれは中期以降、サウリバがブレイクしてからのことなので、そういう意味では、赤青はサウリバの初期サウンドを忠実になぞっているとも言える。

次の「GIVE ME!」のイントロが流れ出すと、五〇〇人全員が右手を挙げた。サビのヨースケさんの「GIVE ME!」というシャウトにあわせて、全員が飛ぶ。比喩じゃなく本当に床が揺れる。うちは地下一階だからその心配はないが、実際ライブハウスで観客が飛び跳ねすぎて床が抜けたこともあるらしい。

冷房をがんがんに効かせているのに、フロアは熱気で満ちていた。黙って立っているだけの私ですら額に汗が浮かぶ。やっぱり、ライブっていい。ロックっていい。改めてそう思った。

耳を劈くほどの轟音、狂ったように飛び跳ねる観客、こんなのは音楽ではないと人によっては思うだろう。音楽とは、椅子に座り、音に集中して楽しむものだと。観客は声を出さず、演者のパフォーマンスに集中するものだと。

それはそれで、まちがっていない。過剰に歪んだ轟音は、とても細かな音色を楽しめるものではないし、あんなに飛び跳ね叫んでいたら、観客だって音を味わうどころじゃない。

でも私は、そんなロックのライブが好きだ。演者と観客が一体になり破滅に向かって突っ走るような赤青のライブに身を投じれば、誰もが日常を忘れ、音の波に没頭できる。クスミさんの狂気すら帯びた鋭いカッティングに、胸を震わせずにはいられない。ひとつになって「GIVE ME!」と叫ぶのは、最高に気持ちがいい。

これは、正しい音楽ではないかもしれない。でもこの一体感こそがきっと、正しいロックだ。

ほとんどノンストップで演奏し続けて一時間が過ぎたころ、何人かがバーカウンターへと脱落してきた。さっきのジミヘンTシャツの女の子も、スツールに座り込んでステージを見つめている。もしかしたら、赤青のライブに初めて来たのかもしれない。ライブハウスのモッシュは、背の低い女性にはかなり過酷だ。

　演奏が止み、ライブは小休止した。

「あー、ども。みんな来てくれてありがとう」

　汗で前髪を貼りつかせたヨースケさんは、ぽつぽつとマイクに向かってしゃべる。

「今日は、久しぶりだからね。メンバー揃ってやるのが。前回は三人でやったんだけど、来た人いる？」

　半分以上の手が挙がった。

「いやあ、あれはほんと、冷や汗かいたよ。大変だった」

　リードギターのクスミさんの代わりは、ヨースケさんが務めた。普段二人で演奏しているパートを、アレンジを変えて一人でやったため、バンドの音自体が薄っぺらくなったのは否めない。ただ、あくまで個人的意見だが、あれはあれでいいライブだったんじゃないかと思っている。新鮮さもあってか、意外と観客も盛り上がっていた。技術的には敵わなくとも、普段なかなか見せることのないヨースケさんのソロは、クスミさんとはちがう魅力があった。ときどきクスミさん抜きの編成をまた見てみたい、そう思わせるライブだった。

「というわけで、クスミさん、一ヶ月ぶりの復帰です」

　ヨースケさんは両手を挙げて観客を煽る。温かい拍手が観衆から起こった。

「クスミさん、なんか一言、あります？」

　だがクスミさんは、やっぱり黙ってギターを触っている。ヨースケさんはただ苦笑いを浮かべた。こういう結果になると分かった上で振ったのだし、観客もそれを理解している。

「でもまあ、いい経験だったかなって今では思ってる。自分の音楽性を見つめなおす機会になったっていうか……。最近ちょっと、悩んでたからね。ロックってなんだろう、ってさ」

また、だ。ライブ前に私に言ったのと同じことを、ヨースケさんは口にした。

「なに真面目ぶってんだよ、いまさら」

そう冷静なコメントが入る。ベースのミナミさんだ。今日もワンレンの長い髪を後ろで括り、フレームレスの眼鏡をかけている。

「いいじゃん。たまには僕だって悩むんだから」

ちょっと拗ねたみたいに、ヨースケさんは答える。長い付き合いで同志みたいな仲の二人だが、やりとりは毎度こうだ。ミナミさんのほうが大人っぽく冷静で、ヨースケさんは子供っぽく無邪気。次の瞬間、まるで茶化すみたいにバスドラとタムの音が鳴った。

「いいから、さっさと次に行きましょうよ。ロックってなにかって？　今俺たちがやってるの、でしょ」

ははっ、とヨースケさんは笑い声を漏らした。

「それもそうだね。じゃあ、次行こうか。『Evolve/Revolve』」

今日のライブは特別なものになるかもしれない、というヨースケさんの予言は、いい意味で当たらなかった。一ヶ月のブランクを感じさせない、普段通りのライブだ。終盤、また立て続けにハードな曲を演奏したときには、サーフが起こった。ぎゅうぎゅうの観客の上を、人が転げ回る。スタッフとしては危険もあるのでできればやめてもらいたいが、サーフが起こるのはライブが盛り上がっている証拠だ。安定してこれだけの熱狂を生み出せるバンドは、なかなかいない。

ただときどき不意に、最後尾のバーカウンターから、その狂乱の宴を冷静に俯瞰してしまうことがある。赤青の図抜けたパフォーマンスは誇らしいが、それは感情のうちの一〇〇ではない。一か二ぐらい、妬ましさが混じる。バーテンダーやもぎりの代わりはいくらでもいるが、彼らの代わりはいない。彼らのそばで毎日を過ごしていると、自分の平凡さを痛感させられる。それでも私は、ラディッシュハウスを辞めない。誰にも見せない劣等感と羨望と誇らしさが、いつも私の心の底で同居してスピーカーのノイズみたいにグルグルと唸っている。

正規のセットリストを演奏し終え、メンバー四人は楽器を置いて舞台袖へはけていった。すぐに観客からアンコールの拍手が起こる。何百回とライブを見ていると、ただの予定調和か、本当に会場中が望んだアンコールなのかが判別できるようになる。今起こっているのは、まちがいなく後者だ。スタッフ側もアンコールがあることは織り込み済みなので、フロアの照明は点けないし退場のBGMも流さない。

なにか特別な演出でもあるのか、ステージの電気も消えた場内は隣の顔も視認しがたいほど真っ暗だ。その中で、アンコールの声と拍手は続く。だが、メンバーはなかなか出てこない。楽屋で水分補給でもしているのだろう。フロアをできるだけ広くする必要から、演者の楽屋はステージ裏の階段を上がった一階にあった。そこまで往復していると、少し時間がかかる。私は、息を吐いて気を引き締めなおした。アンコールは一曲か二曲、あと十分もすればライブは完全に終わり、まだドリンクチケットを引き換えていない客がバーカウンターに殺到する。

そのとき不意に、ギターの音が鳴った。私はびくっとしてステージに視線をやる。まだ照明は点っていないため、誰が弾いているのかすら判別できない。いつもなら、明るくなってから曲が始まるのに。

またクスミさんが、段取りを無視して自分のタイミングで演奏を始めてしまったのだろう。よくあることだ。姿は見えないが、音はまちがいなくクスミさんのエピフォン・オリンピックで、ヨースケさんのレスポール・ジュニアじゃない。

曲は、「夜明けのファンファーレ」だ。三十秒以上に及ぶ、クスミさんの長いギターソロで始まる。赤青のファーストアルバムの一曲目で、ライブの最後やアンコールで演奏されることも多い。赤青の楽曲の中でも人気が高いナンバーのひとつだ。

ステージの照明はまだ点かない。私が知らないだけでもともとそういう演出なのか、それともアドリブで照明の高辻さんが合わせているのか。いずれにせよ、暗闇の中でただギターの音だけが鳴る様は幻想的で、アンコールに沸いていた聴衆たちも、黙って演奏に耳を傾けた。

そのときだ。私は思わず「えっ」と声を漏らしてしまった。

間の抜けたギターの音が、高らかに響いた。明らかに本来のものではない音程だ。会場中がざわついている。難しいフレーズでもないのに、まさかあのクスミさんがピッキングミスをした？

しかし、ミスは一箇所だけで、何事もなかったようにギターソロは続く。ドラムもベースも加わらない。急に始まった演奏で、準備が間に合っていないのだろう。クスミさんはまた頭から繰り返しソロを弾いた。今度はまちがえなかった。二周目でようやく、ベースとドラムが加わる。暗闇なので見えなかったが、いつのまにかステージに戻ってきていたようだ。

ようやく照明が点る。だが、点ったのはフロアに向いた目潰し照明で、ステージには四人の姿がシルエットになって浮かび上がるだけ。

バッキングのギターが鳴った。ヨースケさんのレスポール・ジュニアだ。だがその音は、妙に弱々しい。

次の瞬間、目潰し照明が消え、スポットライトがヨースケさんに当たった。

おかしい。なにかがおかしい。フロア最後方のバーカウンターから、精一杯身を乗り出しステージを注視する。

「あああああ！」

スピーカーから、絶叫が響いた。ヨースケさんのものとはとても思えない、つぶれた声だ。

ヨースケさんは両手でマイクスタンドを握る。

そのまま、ステージ上に崩れ落ちた。

歪んだ残響音だけを残し、メンバーは演奏をやめた。聴衆は静まり返る。だが静寂はほんの一瞬で、フロアからは少しずつざわめきが立ち上っていく。ヨースケさんは倒れ伏したままだ。ミナミさんがヨースケさんのところに駆け寄る。私もステージへ行きかけたが、目前には五〇〇人の人の壁があった。一階に上がって裏の階段から回る？　いや、この場を一秒でも離れるほうがきっとまずい。

たぶん、せいぜい十秒ぐらいのことだっただろう。観衆の動揺はどんどん加速し、不穏な空気がフロアに充満していた。このままでは制御不能の混乱に突入して、もっと大きな事故が起きてしまうのではないか。怒号、悲鳴、混乱、将棋倒し、そういう絵が脳裏に浮かびながら、無力な私は身動きすらできない。とてつもなく長い十秒だった。

それを唐突に断ち切ったのは、大音量のギターの音だった。激しいカッティングが耳に痛いほど響く。

フロアにいた全員が、動きを止め声を失った。エピフォン・オリンピックを搔き弾く黒いスーツの男に視線が釘付けになる。

ワンフレーズ弾ききったクスミさんは、スタンドに差してあるマイクを手にした。

「すまん。今日のライブはもうおしまいだ」

いったいいつ以来だろう、マイクを通したクスミさんの声を聞くのは。みんなまず、そのことに驚いている。

「幕、下ろせ。照明、点けて。ドア開けて全員を外に誘導しろ」

その言葉で、私は我に返った。客電が点きステージの幕がするすると下りる。その向こうで、クスミさんに指示を受けたタカが舞台袖へ走っていくのが見えた。きっと事務所へ行って救急車を呼ぶのだろう。私はバーカウンターを飛び出し、フロアのドアを開ける。客は困惑を表情に浮かべながら、黙ってフロアの外へはけていく。私は機械的にすみませんと繰り返し頭を下げる。最後の客を見送り一階エントランスへ上がると、五十嵐君が物販の長机の後ろに立っていた。ほとんどの客は立ち寄らずまっすぐ帰っていったが、何人かは、普通に物販でTシャツやタオマフを買っていた。

救急車のサイレンが響き、また去っていく。おそらく裏口に車をつけたのだろう。アクシデントが起こって二十分後には、すべての客がラディッシュハウスから消えた。まるで、今日のライブもヨースケさんが倒れたことも夢だったかのように。私は、正面の扉を閉める。だがそのとき、扉の向こうに新たな客の姿が現れた。

「通報を受けて、やってきたのですが」

制服姿の警察官だった。

「現場は、どこですか?」

私はすぐに返事ができなかった。警察がやってくるなんて、夢の続きとしか思えない。横を見ると、五十嵐君も呆然とした表情をしている。まずい、私がしっかりしなければ。

「地下です。案内します」

五十嵐君に一階で待機するよう指示をし、私は先に立って階段を降りる。救急だけではなくなぜ警察もなのかという疑問が脳裏に浮かんだが、それを問うのは恐ろしくてできなかった。

フロアの重い両開きの扉を開ける。煌々と客電が光る中、三品さんが不安げな表情でバーカウンターに立っていた。五十嵐君と一緒に今日はもう帰っていいよ、と言いかけたが、私の判断でその指示はできないと思いなおす。終電まであと一時間以上あるはずだ。それまでに帰してあげなければ。

クスミさん、タカ、成宮さん、華子さん、照明の高辻さんがステージ上に集まっていた。だがそこにヨースケさんの姿はない。ミナミさんもいない。私は「あっちです」と指差しながら、フライヤーや空のカップが落ちた格子柄のフロアを横切る。

私は、フロアから一メートルほど高くなったステージに視線をやった。地明かりサスに照らされた床に、わずかに赤い液体が付着している箇所がある。それはちょうど、センターマイクのところだった。

壮年の警官が口を開いた。

「ライブ中に、篠原陽輔さんが突然倒れられたそうですね。客は全員、帰してしまいましたか？」

ステージ上の成宮さんは、戸惑いながらも「ええ」とうなずく。

「そうですか……できれば我々が来るまで留めておいてほしかったのですが」

「そうは言っても……五〇〇人もの観客ですよ。終電もあるし、全員残ってくれなんて言えません。それに、残したままだったら、いったいどんな混乱が起こったか……」

「連絡先は分かりますか？」

「ええ、分かります。今日のチケットはすべて前売りなので」

「ならいいでしょう」

警官は短く言った。

「それなら、捜査に支障はないでしょうから」

「捜査？」

横で私は思わず訊きかえしてしまった。私はアクシデントが起こってから一度もヨースケさんを間近で見ていない。ヨースケさんが倒れたのは、急に体調が悪くなったから。あるいは、事故。そうとしか思っていなかったからだ。

付き添って病院に行っていたミナミさんから、胸を千枚通しで刺されたヨースケさんが亡くなったと連絡が入ったのは、それから十五分後のことだった。

第二章　葬送曲

二〇〇〇年以降のベストロックバンドとも評されるサウザンドリバーが解散したのは、二〇一〇年のことだった。それは、年明け早々のボーカルのワノカズヒコの急死によって、唐突にもたらされた。

死因は、病死としか発表されていない。体は頑健で持病もなく、死のほんの一月前に終えたツアーでも、なんら前兆はなかった。

病名が伏せられたことにより、ジミ・ヘンドリクスやシド・ヴィシャス、尾崎豊やhideの死のように、様々な憶測が流れた。自殺ではないか、事故に巻き込まれたのではないか、ドラッグの過剰摂取ではないか。または、フロントマンとしての重圧に耐えきれず死と偽り出奔したのではないか。

ワノの死から二週間後、サウザンドリバーは、HPで解散を発表した。ワノカズヒコ、クスミトオル、タナベリク、イマムラユズルの四人でサウザンドリバーであり、それ以外の形はない、誰か一人が欠けてもサウザンドリバーではないと。

その日、同時に告知されたのは、サウリバのラストアルバムの発売だった。ベスト盤でもライブアルバムでもなく、新録のミニアルバムだ。サウリバは、ツアーと並行して次作の準備を進めていた。メインコンポーザーであるワノがすでに何曲か制作しており、自宅のプライベートスタジオでの録音ではあるものの、ボーカルまで吹きこんであるという。

他パートのレコーディング及びミックスを経て、三ヶ月後、七曲入りのミニアルバム「End of the river」が発売された。それは、ワノの遺作という点を差し引いても、紛うことなき傑作だった。

常にロックとしか形容しようのない楽曲を発表し続けていたサウリバだが、細かく見れば、その音楽性の変化は三期に分けられる。ガレージ寄りのハードロックを志向していて英語詞が多かった初期、ややメロディラインがキャッチーになり、もっともCDが売れた中期、シンセサイザーを取り入れたインストゥルメンタルなど実験的なサウンドを見せるようになった後期。「End of the river」は、後期の試行錯誤を経て中期の開けたポップさに戻った、タイトルに似つかわしくない多幸感に溢れるアルバムだった。これからサウリバは新しい境地へ進む、そんな未来を予感させるような。

「End of the river」を聴いてようやく、ファンはワノの死を実感したかもしれない。もうこの歌声を聴くことはできないのだと。サウリバという偉大なバンドの冒険は終わってしまったのだと。エンドマークとして、問答無用の説得力を持った作品だった。自殺や、プレッシャーに負けての出奔などありえない。これだけ前向きな楽曲を物しながら、そんな道を選ぶはずがない。そうファンが納得するに十分な作品だった。

残された三人のメンバーは、数々の誘いの一切を断り、音楽活動を離れ表舞台から消えた。あれから七年が経った今、現場に復帰しているのはクスミさんだけだ。それぐらい、メンバーにとってワノカズヒコの喪失は大きいものだったのだろう。あんな悲しみを味わうぐらいならもう二度と音楽活動をしなくていい、そう思わせるほどの。

だが、再び悲劇は起こった。

孤高のギタリスト、クスミトオルは、また、自分のバンドのボーカリストを失った。

それも、ライブ中の事件というセンセーショナルな形で。

思っていた以上に、赤い青のボーカル、シノハラヨースケの死はマスコミに大きく取り上げられた。メディアを嫌いテレビ出演もしてこなかったから、さほど話題にならないと高を括っていたのだが。とはいえ赤青は、アルバムを出せばトップテンには必ずランクインするし、ロックファンの間では知名度が高い。しかも、ライブ中の事件だから、余計に注目を集めた。メディアの中には、七年前のワノさんの死と絡めて語るところもあった。ただクスミトオルがどちらにも所属していたという共通点しかないのに。記者たちはクスミさんのコメントをとろうとラディッシュハウスの前に張り付いていたが、クスミさんは一言たりともそれに答えなかった。なにか思うところがあるのか、普段通りの姿勢を貫いているだけなのかはよく分からない。

マスコミは、死因について「変死」としか報じていなかった。ライブ中に千枚通しが胸に刺さるなんてまさか事故とは思えないが、自殺の可能性はありうる。今のところ遺書の類は見つかっておらず、自殺するような兆候もなかったが。

直前まで、シノハラヨースケは歌い、ギターを鳴らし、腕を振って観客を煽っていた。ライブの本編が終わりアンコールの照明が点くまでの短い間に、いったいなにがあったのか。警察は成宮さんからチケットの購入に使われた連絡先を受け取り捜査を行っているが、犯人が捕まったとか有力な容疑者が見つかったとかの報道はまだなされていない。

ラディッシュハウスは、開店休業状態だった。翌日の日曜日には別のバンドのワンマンライブが入っていたが、実況見分のため中止にせざるをえなかった。

日曜日、私たち関係者は個別に警察に呼び出され、事情聴取を受けた。警察署の前にはいくらかマスコミの姿もあり、私は足早にそこを通り抜けた。呼び出されていた時間がずれていたため、他のスタッフとは顔を合わさなかった。

正直、先の見通しはまったく立っていない。ラディッシュハウスにとって、赤青のライブは収入の柱だ。スケジュールも、まず赤青の予定から組んでいく。それがすべて白紙になってしまった。成宮さんがバンドメンバーと今後について話しているようだが、その結果はまだ私たちのところには降りてきていない。赤青抜きで普通のライブハウスとして営業を続けていくのか、代打のボーカリストを頼んでライブをやるのか、それとも新しいボーカリストを探すのか。あるいは、サウリバのときのように、解散してしまうのか。

どの結論を選ぶにしても、私はたぶん、心から納得はできないだろう。赤青が解散なんて考えられない。かといって、ヨースケさん以外の声が赤青の曲を歌うのも想像できない。せめてもう少し、喪失を悲しませてほしい。だが、ビジネスとしてはそうも言っていられなかった。赤青が、ラディッシュハウスがこれからどこへ向かうのか、できるだけ早く決めなければいけない。

　葬儀も済み、事件から四日が経った水曜日、ようやくラディッシュハウスに出勤することができた。ただし、現場となった地下のフロアは未(いま)だ封鎖されたままだ。この土曜日は本来、赤青と別のバンドとのツーマンライブだったが、先方の好意で、急遽(きゅうきょ)ワンマンライブに変更になった。サウリバ時代からクスミさんと付き合いのあるバンドで、ラディッシュハウスの苦境を察し、自ら申し出てくれたのだ。先行きが不透明な中、ライブの中止、チケットの払い戻しの損失は痛い。本当に助かる。ライブの準備があるからと警察をせっつき、なんとか金曜日から地下フロアも使えるようになった。出勤前に、私はスーパーで食材を買いこむ。自分のデスクにショルダーバッグを置いて、受付カウンターのガジュマルに水をやった。あまり水遣(みずや)りを必要としない丈夫な植物だが、私がやらないと誰もやらない。バイト時代、枯れそうになっていたのを見るに見かね、以来世話を引き受けている。

　水遣りを終え、私は買ってきた食材を持って地下へ降りた。ドリンクは問題ないが、パンやレタスなど賞味期限が切れているものもあるだろう。傷んでいなければ、適当に調理して食べてしまおう。本来なら廃棄食品としてカウントするなり社員割引で提供するなりすべきだろうが、うちはいい加減なので、そのあたりは適当にしている。ふろふき大根に使う大根だって、経費で落としているくらいだ。ほとんどクスミさんしか食べないのに。

　フロアのドアを開けた途端に、激しいドラムの音が耳に飛びこんできた。リハでもないのにタカが一人でドラムを叩いているなんて珍しい。ドラムは消耗品なので、練習では本番の機材を使わないのが普通だ。まして、ステージは音が響きにくい。練習ならいつも、二階のスタジオを使う。フロアはずっと実況見分で閉鎖されていたから、チェックを兼ねてステージのドラムを叩いているのだろう。

　私がフロアに入ってきたのに気づく様子もなく、しばらくドラムは続く。私はじっと立ち尽くし、リズムに身を任せる。不意に、涙が溢れそうになった。タカのドラムを私は何度も聴いている。だから分かる。今日の音は普段とちがう。

　もともとタカは、激しいドラミングが身上(しんじょう)だ。体は決して大きいほうではないのに、誰よりも迫力溢れるドラムを叩く。だが、それゆえに少々走りすぎる癖があり、ミスタッチも少なくなかった。しかしそれもかなり改善されていて、最近ではどんなに勢いよくドラムを叩いても、決してテンポを狂わせない。

　だが、今の彼のドラムは、まるで昔に戻ったみたいだった。リズムとか正確性とかお構いなしに、ただ叩きまくっている。決まった曲の練習をしているわけではない。思うまま腕を振り上げ、スティックをスネアやタムに叩きつけている。

　私じゃなくたって、容易にその感情を読み取れるだろう。怒り。それ以外の何物でもない。

ヨースケさんとタカは四つちがいで、本物の兄弟みたいに仲がよかった。ミナミさんを含む三人で隣のたこ焼き屋の二階を間借りして住んでいて、四六時中一緒にいる。楽屋で二人でお笑い芸人のダンスをコピーしたり、真夜中の商店街で急に徒競走を始めたり、じゃんけんで負けたほうがビールに七味を入れて飲まされたり。そういうくだらない遊びを、いつも二人でしていた。タカはクスミさんに憧れて音楽を始めたからもっとも敬愛しているのはクスミさんだし、演奏について一番指導を受けているのはミナミさんだが、その二人とはまたちがった絆が、ヨースケさんとタカの間にはあった。私は、好きだった。二人が、いたずら好きの子犬のようにじゃれあっている姿を見るのが。でもそれはもう過去のアルバムの中にしかなく、更新されることは二度とない。

延々と続く一心不乱のドラムソロは、唐突に終わった。急に手を止めたタカは、スティックを後ろに放り投げる。そのうちの一本は、半分ほどの長さしかなかった。演奏中に折れたのだろう。

ドラムセットから立ち上がってタオルで汗を拭いた黒いジャージ姿のタカは、ようやく私の存在に気づいた。高さ一メートルのステージからひょいと飛び降りる。

「どうしたんだよ」

「明日の食材の仕込み」

「ふうん。ちょうどいいや、なんか飲み物くれ」

自分でやりなさいよと反駁しかけたが、飲み込む。今はあまり否定の言葉を口にしたくなかった。

「なんにする?」

「テキーラ」

私はタカを軽く睨む。

「ウソだよコーラでいい。ちょっとルースターズを気取ってみただけじゃねえか」

タカはそれほど酒が強くない。ビールを二、三杯も飲めばもう酔っ払い始める。テキーラなんて飲んだらぐだぐだになるのは目に見えているし、そうなったとき世話をするのは私たちスタッフの役目だ。

私は透明のカップに氷を入れ、ドリンクサーバーからコーラを注ぎカウンターに置く。スツールに腰を下ろしたタカは、右手で摑んで黙って半分ぐらい飲んだ。

私とタカは、同い年だ。一浪して入った大学を出て今年社会人になった私と、底辺クラスの高校すら落第寸前で卒業したタカとでは、ずいぶん経歴がちがうが。

私がラディッシュハウスで働き始めたときから、タカは赤青のメンバーだった。当然私は、タカに敬語を使った。だが同い年だと知ったタカは「タメに敬語なんか使われるの気持ちわりぃから、やめろ」と言った。はじめはぎこちなかったが、やがて慣れた。タカは、クスミさんとはまたちがう意味で、音楽しかできないダメ人間だ。常識を知らないしバカだし行動は子供っぽい。感情の起伏も激しい。今ではむしろ、手のかかる弟、ぐらいの気持ちで接している。身長だって変わらないから、余計にそう感じる。背は低いが腕力はあって、猿みたいに身が軽い。ラディッシュハウスの天井の照明器具なんかも、すいすい脚立を登って取り付け、降りるのが面倒だと飛び降りてしまう。手先も器用で、ちょっとした棚の工作や半田付けなどもこなす。ラディッシュハウスにおいて、ドラマーとしてだけでなく、大工職人としても非常に有用な人材だ。

タカは無言のまま、コーラを飲み干して私に突き出した。お代わりを入れて置いてやる。

私は、買い物袋の食材を冷蔵庫や棚に入れていった。大根はそのまままな板に置く。久しぶりだから、クスミさんは必ずふろふき大根を食べたがるだろう。もし食べに来なければ、二階の部屋に持っていけばいい。とりあえず下茹でだけはしておく。私は黙々と、大根の皮をむいた。下三分の一は辛味が多いので使わない。皮は思い切って分厚めにむくのがコツだ。そういう拘(こだわ)りがどこまで伝わっているかは分からないが、どうせなら美味(おい)しいものを作りたい。

「——事件のこと、どう思ってんだよ」

沈黙に耐えきれず口を開いたのは、タカのほうだった。

私は一瞬だけ手を止めたが、皮むきを続けながら答える。

「どう、って言われても……。正直、まだ混乱してて、受け止め方も分かんない」

タカは苛立(いらだ)ちをぶつけるみたいにコーラを呷(あお)った。

「犯人、誰だと思う?」

「犯人、ってそんな。まだ殺人事件だって決まったわけじゃないし」

「決まってんだろ。事故で千枚通しは刺さんないし、ヨースケさんが自殺するわけもない」

「やめようよ、そんなの。犯人探しは警察の仕事でしょ」

根元が黒くなりかかった金髪をくしゃくしゃと掻き毟り、タカは吐き捨てる。

「だからどうしたってんだよ。誰の仕事だろうが、気になるもんは気になる。そうだろ？　それともおまえは、なんで事件が起こったのか、誰がヨースケさんを殺したのか気にならないっていうのか？」

私はとうとう、包丁を置いた。

「気にならないわけがない。当たり前じゃないの、そんなの」


ＢＧＭもかかっていない、がらんとしたフロアで二人っきりでいるのは不思議な感じだ。タカはしかめっ面で私を見返す。

「おまえだって、分かってるんだろ。犯人は内部にいる可能性が高いって」

私は黙ってうなずく。理由は、凶器の千枚通しだ。警察での事情聴取の際、千枚通しを見せられた。ラディッシュハウスにあった物と思われるが、見覚えはあるかと。

「俺、言われたんだよな。ヨースケさんが握った跡の下に、俺や成宮さんの指紋が残ってたって。そりゃうちにあった物なら、当たり前だ」

ライブハウスは、壁の吸音材を張り替えたり照明器具やスピーカーを設置したりと、意外に大工仕事が多い。ラディッシュハウスにも、のこぎりや金槌、千枚通しなどの工具は一通り揃っている。客がラディッシュハウスの備品を持ち出すとは考えにくい。赤青のメンバー、成宮さん、ＰＡの華子さん、照明の高辻さん、私、そしてアルバイトの二人、このあたりが有力な容疑者といえる。

　このことは、まだマスコミには公表されていない。もし知られたら、騒ぎはさらに大きくなり、メンバーやスタッフは犯人扱いされることだろう。しかし実際、そのうちの誰かが犯人である可能性が高いのは事実だ。

　木製のカウンターを叩くリズミカルな音が小さく響く。タカが、両手の人差し指でビートを刻んでいた。普段からタカはスティックをベルトに差していて、手が空くとそれでテーブルや椅子を叩く。スティックが折れてしまったので、その代わりだろう。

「でも……私の知ってる誰かが、ヨースケさんを殺すなんて思えなくて」

「当然だろ、そんなの」

　動きを止めないまま、間髪を容れずタカは言った。

「ヨースケさんを恨むやつなんているわけない。いたとしたって、こんな行動をとるはずない。ヨースケさんを失ったら、赤青がやばいことになるのは誰だって分かる。ラディッシュハウスに、そんなことをするやつなんていねえ」

　純真すぎるロジックではあるが、私はそれにうなずいた。ラディッシュハウスは、クスミさんと赤青のための城だ。成宮さんはクスミさんの代わりにラディッシュハウスの経理から事務仕事まで一手に引き受けている。華子さんは元はイベント会社に勤めるＰＡだったが、給料が下がるのを承知で会社を辞めた。フリーの照明さんである高辻さんは、赤青のライブがあれば優先的にスケジュールを空けてくれる。アルバイトの二人だって、ロック好きのいい子たちだ。その中の誰かがヨースケさんの命を奪うなんて想像できない。

「それでも、事件が起こっちまったのはたしかだ。みんなが犯人じゃないって俺だって思いたい。だから、他の可能性がないか考えようぜ。もちろんだからって、犯人は外の人間と決め付けてるわけでもないけど」

「タカのわりには、まともな意見じゃない」

「うるせー、バカにすんな。どうせ頭のよさでは勝てねえよ」

こういうとき、タカの底抜けの前向きさはありがたい。

「凶器の千枚通し、やっぱりラディッシュハウスにあった物だと思う？」

「分かんねえよ、そんなの。あんなのどれも同じだ。ただまあ、俺の指紋もあったっていうんだし、やっぱそうなんじゃないかな。こないだ新しいプロジェクターを買って、それに合わせて台を作っただろ。そのとき、錐が見当たらなくってさ。代わりに使った記憶はある」

いい加減な使い方をしたものだと呆れるが、うちで働く人はみんなそうだ。その場にある物ですぐ代用するし、使った物も片付けない。中でもタカは一番の面倒くさがりだ。

「で、もしそのときの千枚通しだったとして、タカはそれをどこに片付けたの？」

さあ、と言ってタカは肩をすくめた。

「工具箱にちゃんと片付けたとすれば、楽屋の物置だろ。でも、記憶はないな」

一階の事務所の奥に楽屋がある。楽屋といっても、ライブがあるときにそうなるというだけで、実質はラディッシュハウスの会議室であり物置であり、ようはなんにでも使うフリースペースだ。

「もし楽屋にあったとすれば……やっぱり内部犯の可能性が高いよね。もっとも、以前うちでライブした誰かが、こっそり手に入れてた可能性もあるけど」

「だとしたら、前から計画してたってことか？　あらかじめ凶器をくすねとくなんて、ずいぶん回りくどいな」

タカの指摘の通りだ。というかそれは、内部犯の場合にも当てはまる。事前に一階の楽屋から千枚通しを持ち出し、地下一階のライブスペースで犯行に及んだ。突発的犯行とは思えない。だがそれなら、なぜラディッシュハウスにあった千枚通しを使った？　量販店で購入した新品を使うほうが容疑者が特定されないのに。

「楽屋に片付けなかったとすれば、どこ？」

「そのへん」

と言って、タカは左右に目をやった。

「ちっせえもんだからな。そのままＰＡブースに置き忘れたかも」

「ステージ横の物置という可能性は？」

「まあ、あるだろうな」

ステージの下手側には一階へ上がる階段があって、階段下に棚があり、使わないスピーカーやアンプ、マイクスタンドなどが雑然と置いてある。何度かそこで工具箱を見かけた記憶があった。

「いずれにせよ言えるのは……普通にチケットを買って入場したお客さんが手にできる場所にはなさそう、ってことよね」

誰かがフロアで千枚通しを使い、そのまま床に置き忘れた可能性はある。だが、事件の前日にもライブはあり、終了後、バイトの五十嵐君と一緒にフロアをモップ掛けした。万が一そんな物が落ちていれば気づくはずだ。もちろん、エントランス、コインロッカー、トイレなど他に候補はなくはないが、現実的ではない。

「客だけど、千枚通しを手に入れる機会があった人間が、一人だけいるな」

「えっ、誰？」

「タナベさんだよ。なんでか知らないけど、急にライブ見に来ただろ。同僚のおっさんと一緒に、楽屋にも顔を出したんだ。長居したわけじゃないが、そのときにくすねたのかもしれない」

「でも……元サウリバのベーシストが、いったいどうしてヨースケさんを殺すの？」

「そんなの分かんねえよ。ただそういう可能性がってだけの話じゃねえか」

クスミさんとタナベさんは不仲だった、という噂がある。ひょっとしたら、タナベさんは赤青の活動を妬んでいるのかもしれない。だからといって、ヨースケさんを殺害するとも思えないが。

「いったん凶器の問題はおいておこうぜ。ほんとにラディッシュハウスにあった物かも分かんないし、どっか変なとこでたまたま手に入れただけかもしれないし」

私はうなずく。

「とにかく犯人の手には、凶器になった千枚通しがあった。じゃあそれを使って、どうやってヨースケさんを刺したのか」

それは、今回の事件における最大の謎だ。会場には、五〇〇人もの観衆がいた。にもかかわらず、まだ犯人は捕まっていない。

「ねえ、実際にステージに立って考えてみない？」

私の言葉にタカは、いいぜ、と言ってスツールを降りる。フロアを横切り、ステージ前の柵をくぐって、高さ一メートルほどのステージに上った。

私は、ヨースケさんがいたステージ中央に立ってみる。事件からもう一週間近くが経っているのに、脳裏にあの日の情景が浮かび、軽くえずきそうになったのをそっとこらえた。ここ数日、何度夢に見ては、悲鳴を押し殺し跳ね起きたか。今でもふとした拍子にフラッシュバックする。そのたびに、動悸が速まる。

「ヨースケさんは、フロアのほうを向いて立っていて、体の正面から刺されてるよね。客席にいた誰かに刺されたって考えるのが普通かな」

「とは言ったって、客席からじゃ遠くて届かねえだろ」

タカは、私の隣に立って言った。ステージはフロアより高いし、五十センチほど離れたところに柵もある。無論、柵を乗り越えるのもステージによじ登るのも簡単だ。だがもしそういう行動をとった人間がいたら、いくら場内が暗かったとはいえ誰も目撃していないはずがない。

ヨースケさんだっておとなしく刺されてはいないで、逃げ出しただろう。かといって、棒手裏剣のように投げたとも思えない。千枚通しは深く刺さっていたし、照明のない中、満員のフロアで腕を振り正確に狙いをつけるなんてできっこない。

「客じゃないとすると、ステージ上の誰かがやった、って可能性だな」

私が言いにくくて言えなかったことを、タカはあっさり口にした。

「その……詳しく聞かせてくれない？　ライブの本編が終わって、事件が起こるまでのことを」

メンバーのことを疑っているわけじゃない、と弁明しかけたが、余計なことだと思ったので言わなかった。

「本編やりきって、俺らは舞台袖にはけた。楽屋に戻って、一息つきたくてさ」

タカは、下手側を指して言った。暗がりの中に階段が見える。階段を上って、廊下をまっすぐ進んだ突き当たり右側が楽屋だ。

アンコールを待つ客がいるのだからすぐにステージに戻るべきと思うかもしれないが、ライブは、見ている側が想像している以上にエネルギーを使う。赤青のような激しいライブを二時間もぶっ通しでやるなんて、フルマラソンを走るのに匹敵するぐらい消耗する。あとたった一、二曲とはいえ、体力の限界まで突っ走った演者に、一息も入れず演奏を再開しろとは言えない。

「楽屋まで戻ったのはクスミさん以外の三人だけで、クスミさんは、階段を上がるのが面倒だったのかそのまま舞台袖に残ってたよ。楽屋で冷たい水飲んで、俺は最初に楽屋を出た。階段を降りたら、クスミさんが先に一人で演奏を始めててびびったよ」

クスミさんは、よくも悪くもマイペースだ。ヨースケさんのMCが終わらぬうちに演奏し始めることもあれば、ドラムのカウントが始まっているのにゆっくり水を飲んでいることもある。だから、メンバーが揃う前に勝手にギターソロを始めてしまうこと自体は不自然ではない。

「アンコールの曲は決まってたの？」

「いや。その場のノリで決めようってなってた。でも、まだやってない曲からいって、『夜明けのファンファーレ』になる可能性は高かったと思う」

「で、そのあとは？」

「俺は、慌ててステージに戻ってドラムスツールに座った。まだ揃ってねえし、どうしようか困ってたんだけど、クスミさんがまた頭からギターソロ弾いたから、二回目で合わせりゃいいかと思った。暗かったし自分のことで手一杯だったしで、二人が帰ってきてるかは分からなかった。それでもとりあえず叩き始めたら、ベースが入ってきてほっとしたよ。で、すぐにヨースケさんも入ってくると思ったら……ああなったわけだ」

「メンバーの誰かが犯人として……フロアにいた観客たちは、それに気づかなかったのかな？」

「こっちが訊きてえよ。フロアから見てて、どうだったんだ？」

「私はバーカウンターにいたから最前だとどうか分からないけど……目潰し照明が点くまでは、メンバーがステージに戻ってきたのに全然気づかなかった。真っ暗だったからっていうのが理由のひとつだけど、もうひとつは、クスミさんがソロを弾いてたから。みんなそっちに気をとられてたし、少しくらい物音がしても分からなかったんじゃないかと思う」

だいたい、ちゃんとした目撃者がいれば、犯人はとっくに捕まっているはずだろう。じゃあ誰が犯人かだけど、まずクスミさんはありえない。ずっと上手でギターソロ弾いてたから。で、俺はドラムセットの後ろにいた。ステージの上でなんかできたとすれば、ミナミさんかな」

「目潰しが点くまでは、ステージで犯行があっても分かんねえってことだな。


センターにボーカル、客席から見て右側にギター、左側にベース、後方にドラム、というのがバンドの基本的な立ち位置だ。クスミさんは事件のとき、ギター本来の位置、舞台袖とは反対のほうにいた。ステージへ出てきたヨースケさんとすれちがってもいない。となれば、やはりミナミさんか。真っ暗闇のステージで、ベースを提げたミナミさんが千枚通しをヨースケさんの胸に刺す。物理的にはありうるとはいえ、ちょっと現実的とは思えない。

「ステージに出る前に刺した、って可能性はない？」

「どういうことだ？」

「ミステリで読んだことがあるの。千枚通しみたいな鋭いもので刺されても、しばらく何事もなく動けることがあるって」


暗いといっても、フロアには五〇〇人の目撃者がいる。その前で犯行に及ぶより、舞台袖でヨースケさんを刺し、結果、力尽きて倒れたのがステージ上だったと考えるほうが自然ではないだろうか。傷は小さく、血はほとんど流れ出なかった。真の犯行現場に血痕がまったく残っていなかったとしてもおかしくない。

「根本的に変だって、それ。だったらなんで、ヨースケさんは普通にステージに出てきたんだ？　刺されたら誰だって、すぐに助けを呼ぶだろ」

「あっ……それもそうか」

タカの言う通りだ。舞台袖で刺され、声も上げずステージに出てマイク前に立つなんて不自然すぎる。

「まあ、その変なとこに目をつぶったとしたら、犯行が可能なのは俺とミナミさんだな」

たしかに二人に犯行機会はある。だがその仮説はどう考えても釈然としない。舞台袖で犯行が起こり、千枚通しで刺した加害者と刺された被害者が一緒に演奏を始めるなんて。

「他の人には、不可能だったかな？」

「他の人？」

私はまず、自身を指した。

「私はずっと、バーカウンターにいた。そのことは三品さんが証言してくれる。同時に私は、三品さんのアリバイも証明できる」

「なるほどな。じゃあ、華子さんと高辻さんもシロか」

私はうなずく。二人は、ＰＡブースで音響と照明の操作をしていた。ただ、バーカウンターとＰＡブースとは仕切りで遮られているので、私が直接目撃したわけではない。念のため、あとで確認しておくべきだろう。

「成宮さんもシロかな。五十嵐と一緒に、事務所にいたろ」

タカの言葉に私は頭を振った。

「アンコールのころでしょ？　きっと五十嵐君は、一階のエントランスに出て物販の準備をしてたと思う」

バンド運営において、物販は重要な収入源だ。ＣＤをはじめ、Ｔシャツやタオル、ステッカーなどを販売する。Ｔシャツの場合、二五〇〇円から三〇〇〇円ぐらいが相場だ。原価は一枚一〇〇〇円もしないから、なかなかの暴利である。だがバンドの運営は、ＣＤの売上やライブのチケット代だけでは厳しいのが現状で、ファンも、半ばお布施のような感覚でグッズを買う。それはある意味文化への投資であり、小口ながらバンドのパトロンの役目を果たしてもいる。

だから、ライブで物販をしないバンドはないし、物販のためのスペースがないライブハウスもない。少しでも客は取り逃がしたくないから、ライブが終わるころには早々にスタッフが物販で待機する。アンコールのころには五十嵐君はエントランスに出て、物販の長テーブルに座っていたはずだ。必然的に、成宮さんは一人で事務所にいたことになる。

「もちろん、五十嵐君にきちんと確認しなきゃいけないけど、成宮さんは一人だった可能性が高いと思う」

「事務所から楽屋を抜けて、階段を降りてステージへ、か。ありえなくはないけど、バンドメンバーがステージと楽屋を往復してたからな。その目をかいくぐってってのは難しいんじゃないか？」

「あるいは、本編が終わる前にすでにステージ横の階段下に隠れてた、とか」

「いなかった、とは思うけど、階段下は薄暗いからな。アンプの陰に身を潜めてなかったと断言はできねえ」

「裏口から誰か侵入した可能性は？」

ラディッシュハウスには、商店街の反対側に出る裏口がある。楽屋に近いので、出演バンドはみんな、裏口に車をつけて機材を運びこむ。もしそこから侵入したのであれば、楽屋から凶器をくすねることもできるし、客席を通らずステージに降りることも可能だ。

「それはねえよ。救急車が裏口に来るからって俺とミナミさんが迎えに行ったけど、鍵、かかってたから。ピッキングで開け閉めできなくはないだろうが、そんな暇があればさっさと逃げ出すって」

たしかにその通りだ。私は小さくため息を吐く。

「五〇〇人の目の前で事件が起こったのに……まさか、六日経っても犯人が捕まらないなんて。こういう言い方もどうかと思うけど、本当に変な事件」

「まったくな。客席から忍者みたいに千枚通しを投げて殺したって言われるほうが納得できる。まあ、なんでそんなことするんだって話だけど」

「動機も、謎。誰かがヨースケさんを殺したいほど恨むなんて想像できなくて……」

ヨースケさんは人当たりがよく朗らかで、バンドマンにしては気が優しすぎるくらいだ。未婚で恋人の影もなく、女性トラブルがあったとも考えにくい。狂信的なファンが犯行に及んだ？　ラディッシュハウスの常連に、そんなことをしそうな人物は思い浮かばない。

「殺人じゃないとしたら……自殺？」

ステージは暗かった。目潰し照明が点く前なら、誰にも気づかれないだろう。

「自殺なんか、しねーだろうよ。いったいなんで、ヨースケさんが自殺しなきゃならないんだ？」

タカはすぐに否定した。気持ちは分かる。私だって、自殺だなんて思いたくない。

「でも……気になることがあって。ヨースケさん、ライブ前、ちょっと変じゃなかった？」

「さあ、特に気づかなかったけど」

「ライブ前にカウンターで、ウイスキーのロックを飲んでたの。そんなこと、滅多にしないじゃない。それに、言ってたのよね。今日のライブは特別なものになるかもしれない、って」

「まさか、客前で自殺するから、特別なライブになるってか？」

皮肉っぽいタカの言葉に、私は頭を振った。

「そういうネガティブなニュアンスじゃなかった……と、私は思う。それと……ロックってなにか最近分からない、って漏らしてて。ライブのMCでも、同じこと言ってたでしょ」

「たしかにな。でも、ヨースケさん最近、ライブのMCでよく分かんない抽象的なこと言うのが増えてたろ？　だから別に、気にも留めなかったけど」

それもそうだ。特に深い意味はない言葉で、こうやって深読みして考えるのは見当ちがいなのかもしれない。だが私は、どうしても気になって仕方がなかった。

赤青は、愚直にロックを追求している自他ともに認めるロックバンドだ。そのフロントマンが、ロックとはなにか、と自問した。ロックの意味に悩み自殺したなんて思っているわけじゃない。でも、たとえ事件には関係なくたって、ヨースケさんが最後になにを考えていたのかは知りたい。

「そういう話は、バンド内でしなかったの?」

「特に……」と言って、タカは頭を掻いた。「そりゃ、音楽の細かい話はたくさんしたぜ。このギターリフかっこいいとか、ここはあえてドラムの手数を減らしたほうがいいとか。でも、ロックとはなにか、みたいなことを真正面から話し合うことはなかった。言いたいことがありゃ、音を鳴らせばいいだけだろ。ただ……もしそういうことをヨースケさんが話してたなら、俺じゃなくてミナミさんじゃないかな」

たしかにそうだ。タカは、とにかくドラムを叩ければいいというロック小僧で、ロックとはなにか、という問答に向いているとは思えない。クスミさんは、そもそもコミュニケーションが成立しがたい。ヨースケさんとミナミさんは学生時代からの仲間で、そういう話をするならまずミナミさんだろう。

「タカは、どう思ってる? ロックってなんだと思う?」

「そうだなあ……エレキギターとエレキベースがかっこよく鳴って、ドラムがでかい音で叩いてりゃ、それでロックなんじゃないの?」

じゃあ、と言って私は、テレビの歌番組によく出ている、世間ではロックと言われているバンドの名をいくつか挙げた。

「ああいうのは、ロックだって思うの?」

「あんなのロックじゃねえ」

「なんで？　エレキギターもエレキベースもドラムも鳴ってるじゃない」

私が指摘すると、タカは「うーん」と唸ってしまった。

「俺は国語は苦手だからさ。なんとなく、これはロック、これはロックじゃないって聴き分けはできるけど、具体的に言葉でちがいを説明しろって言われたら、無理だ。でも……これぞロックだ、ってシーンなら、ひとつ挙げられる」

タカはふと、フロアのほうに視線を向けた。

「俺がなんでドラムを叩き始めたか、って話はしたことあったっけ？」

サウリバに憧れていたことは知っているが、そういえばちゃんと聞いたことはない。私は頭を振る。するとタカは一言「卒業式だよ」と答えた。

「実は俺、年は一回り下なんだけど、イマムラさん以外のサウリバメンバーの、中学校の後輩にあたるんだよな。ただし、その学校は今はもうなくてさ」

「そうなの？」

「ああ。少子化で子供が減っちゃって、両隣の中学校と分割統合することになったんだ。で、俺がその最後の卒業生」

初めて聞く話だ。

「廃校が決まってるから、俺らのあとはもう新入生は入ってこねえ。学校は年々、寂しくなる一方さ。そうやって迎えた二〇〇九年の最後の卒業式もな、市長やらＯＢやらが集まって最後に式典をやるっていうんだけど、気持ちが盛り上がらなくって。俺なんて不真面目なほうだったから、お堅い式典なんてサボっちまおうかなと思ったぐらいさ。それでもまあ、一応は学ラン着て体育館に行って、椅子に座ったよ。そしたらさ、なぜか舞台の緞帳が下りてたんだ。全員揃ってから、緞帳の前に立った校長先生がマイクを持って言った。今日はスペシャルゲストが来てくれています、って。その言葉が終わんないうちだ。緞帳の向こうから、物凄い音が聞こえてきたんだよ」

「それって、もしかして……」

タカはうなずく。

「クスミさんのギターの音だった」

私のほうを見もせずにタカは続ける。

「正直、たまげた。なにが起こったか一瞬、分かんなかった。誰かが叫んだよ、『サウリバだ！』って。音が鳴ってから慌てて緞帳が上がってさ。そのときにはみんな立ち上がってたな。卒業生だから名前ぐらいは知ってたけど、テレビに出もしないサウリバを見たこともなかった。でもさ、気がついたら拳を挙げて『うおーっ！』って叫んでたよ。結局、MCはおろか自己紹介もなしに五曲突っ走った。一瞬だった。ほんと……すげえ体験だったよ」

タカは小さく首を振る。

「そりゃあ中にはびびったり爆音に耳塞いだりしてるやつもいたさ。でも、ほとんどの連中が、煽りに応えて声上げたり拳振ったりしたんだ。寂しくて堅苦しいはずの式典が、一瞬で祭りみたいになった。夢みたいな時間だった。それまでロックなんてろくに聴いたことのない連中を、こんなにも熱狂させちまう。これがロックだ。俺はそう思ったよ」

熱っぽい口調でタカは語る。

「あとで聞いた話だけどさ、テレビも取材も入ってない、ガチのシークレットゲストだったんだ。中学時代の軽音部の顧問だった先生から話が来たらしい。事務所は卒業式でのライブをOKしなかったんだけど、サウリバは、母校の最後だからって謝礼もなしに来てくれた。だから、ほんとなら映像もなにも残ってないはずなんだけど、当時の放送部のやつらが、最後に演奏した『煙の速さで』だけ、こっそり録画してたんだ。頼み込んでダビングさせてもらって、俺は何度もその映像を見たよ。CDも全部揃えた。それまで俺は、勉強できねえし体も小さいし、ちょっと運動神経がいいだけのモブキャラだったんだよな。普通のサラリーマンになって人並みに稼げりゃラッキー、ぐらいしか思ってなかった。自分はこの世界にいてもいなくても変わらない、そんな風に考えたこともあった。空っぽの、ゼロだった。そこに雪崩みたいに流れこんできたのが、クスミさんのギターだった。でも、ギターを買う金がなくてさ。歌も下手くそだったし、できるのは、二本の棒で机を叩くことだけだった。高校に入学してすぐ軽音部に入って、真面目に活動してるやつなんて誰もいなくて、でもドラムセットだけは揃ってたから、毎日一人で叩いてた。少しずつ、うまく叩けるようになるのは楽しかった。そういうのを八年積み上げてできたのが、今の俺だ。そんな俺に、ロックはなにかって訊くなら、答えはひとつしかない」

タカは眦（まなじり）をきゅっと上げ、フロアの向こうの壁を睨んだ。

「あのときの『煙の速さで』の映像を見返すんだな。あれこそがロックだよ、って」

迷いのなさが眩（まぶ）しい。だが私には少し、眩しすぎる。素直に賞賛できない自分がいる。嫉妬、なんて言えるほどの立派な感情じゃない。私はとっくに諦めている。アヒルの子が、空を飛ぶ優雅で美しい白鳥を眺めているのと同じだ。どんな気分で、アヒルは同い年の白鳥を見上げるんだろう。そんな卑屈な想像をしてしまうこと自体に、自己嫌悪を覚える。

「ちぇっ、珍しく語っちまった」タカは照れくさげに横を向く。「今じゃ、そのクスミさんの後ろでドラム叩いてるんだもんな。いつか一度ぐらいはって夢見てたけど、まさかバンドメンバーに選ばれるとは思わなかった。たまたま赤青にドラムだけがいなくて、そこにまだ十九歳だった俺が滑りこめるなんて。すげえラッキーだよ。俺は、ラッキーマンだ」

実力がなければ選ばれることはなかっただろうが、それでも十九歳の青年がクスミトオル率いる新バンドに加入できたのは、幸運にちがいない。

「でも、逆に言えば、すげープレッシャーだよ。ロックの神様のプレイに遜色（そんしょく）ないドラムを叩かなきゃいけないんだから。クスミさんは、十二歳のときに初めて家の倉庫にあったビザールギターを弾いてから、毎日ギターを触ってる。俺は、十六歳からだ。しかも、年だって一回りちがう。普通にやってたんじゃとても追いつかない。でも、少しでも近づかなきゃ、後ろで叩く資格はない。だから俺は時間のある限りドラムを叩く。それしかできねえからな」

寝食を忘れ、一心にひとつのことに打ちこむ。目指す高みに向かい、愚直に石を積み続ける。それはたぶん、人間としてまっすぐで正しい生き方だ。悔しさとか情けなさとか羨望とか、いろんな感情が私の胸のるつぼでどろどろに攪拌(かくはん)される。それに気づかないタカの鈍感さが救いだ。

「だから俺は、ヨースケさんみたいに、ロックとはなにか、なんて悩みは抱えてない。ただクスミさんについていく、それしかない。赤青の鳴らす音は、世界一のロックだ。掛け値なしにそう思ってる。だから……ヨースケさんに言いたいな。なに悩んでんだよ、今やってるのが正しいロックだよって、さ」

タカの言う通りだ。赤青の音は、紛うことなきロックだった。なのにヨースケさんは「ロックとはなにか」と自問した。彼にとってのロックとは、いったいなんだったんだろう？　なぜ彼は、それについて思い悩んでいたんだろう？

他の人からも話を聞いてみたい。そう私は思った。

防音性の高いフロアは、黙っていると本当に静かだ。耳を澄ますと小さく空調の音だけが聞こえる。急に体の力を抜きたくなって、私はその場にすとんと座りこんだ。ステージに腰かけ、足をぶらぶらさせる。

「いまさら乙女ぶっても、似合わねえぞ」

「うるさいわね、そんなつもりじゃないし」

タカは、私から一メートルぐらい離れて、同じように腰を下ろした。金髪のジャージ姿の若い男が背を丸め座る様は、ただのヤンキーにしか見えない。実際、ドラマーとしてのスキルを別にすれば、それとたいして変わらない。こん、とステージを叩く音がする。ぐいっと、私に向かって腕を突き出した。

「食うか?」

太くてささくれ立った指につままれていたのは、黄色いパイン味のキャンディだった。ポケットに入れていたのだろう。

「奢(おご)りだ」

「奢りだ、じゃないでしょ。それ、受付に置いてる無料のキャンディじゃない」

「いるのか、いらないのか」

「いる」

私が伸ばした手に、キャンディはぽとりと落とされた。黄色の包み紙を剝(は)ぎ、私は丸いそれを口に含む。甘さが口内に広がる。私は細く息を吐く。

「どうして、こんななっちゃったのかな」

思わず漏らした。

「こんななっちゃった、ってなんだよ」

タカは苛立ちをストレートに表して言った。

「……ごめん。こんな、って言い方はよくないね」

「俺が言ってんのはそっちじゃねー。なっちゃった、のほうだ。いっつも思ってんだけどさ、なんでおまえはそんなに受身なんだ？」

　私はなにも言葉を返せなかった。

「なっちゃった、じゃねえだろ。てめえのことはてめえで責任持つべきだろ。俺は、悔しいよ。こんなことになる前に、止められなかったことが。俺のせいだ、って思ってる。だから今だって、こうして事件のこと考えてる。これからどうやったら赤青を、ラディッシュハウスを立てなおせるか悩んでる。全部、自分の責任だ。呑気に、どうしてこうなっちゃったの、なんて嘆いてる暇、俺にはねーよ」

「……ごめん」

「謝罪なんか求めてねえ。嘆く暇があったら動け。考えろ。言いたいのはそれだけだ」

　タカの横顔を直視できなかった。そんな風にまっすぐ前を見られるのは選ばれた人だけ。そう言い返したかったが、それは呑気に嘆くよりさらに不甲斐ないことなので、私は口をつぐんだ。

「事件の話に戻すぞ。――ヨースケさんに自殺する動機があったか、それはよく分からないから保留にしておく。真っ暗だったから、物理的にも可能だ。で、他になにか気になっていることはあるか？」

　タカは尋ねた。少し思案してから、私は口を開く。

「事件に関係あるか分からないけど……クスミさん、アンコールのギターソロ、ピッキングミスしてたよね」

えっ、とタカは驚いた声を上げ、腰を浮かす。

「まさか、クスミさんが？　ウソだろ?!」

「気づかなかった？　序盤でまちがえてたよ。私にも分かるくらい、はっきりと」

タカはぶんぶんと大きく頭を振る。

「たぶん、俺たちがまだステージに戻ってなかったときだな。てか、本当にクスミさん、ミスったのか？」

「うん、まちがいなく。なんなら華子さんにたしかめてみてよ」

タカは腕組みをして唸り、黙りこんでしまった。

「いったいなんで、クスミさんはミスしたんだろう……」

独り言みたいに私は呟く。超絶技巧のギタリストが、なぜ初歩的なピッキングミスをしたのか。今まで一度も、クスミさんがあんなミスをしたのを見たことがない。タカがライブ中に走りすぎてテンポをぐちゃぐちゃにしたときも、照明器具が上から降ってきたときも、サーフされた観客が誤って床に落下し怪我をしたときも、クスミさんは失敗どころか動揺を顔に出すことすらなかったのに。

「それぐらい、クスミさんは普段とちがう状態だった……ってこと？　まさか、事件となにか——」

「やめろよ！」

タカは大きな声で私の言葉を遮った。

「クスミさんが、そんなことするわけねえだろ。なんで自分のバンドのボーカリストを殺さなきゃならないんだよ。それともまさかおまえ、『呪いのギタリスト』なんて書きやがったスポーツ紙の記事を真に受けてるのか？」

私は慌てて頭を振った。タカは「ふざけんじゃねえよ！」と声を荒らげて、ステージの床を叩く。

「なにが、呪いのギタリスト、だよ……クスミさんは被害者じゃねえか、クソ！」

怒りの矛先は、事件の直後に発売されたスポーツ紙に向かっている。二人続けてボーカルを失った呪いのギタリスト、しかもその両方が不審死。その書きっぷりは、さもクスミさんに原因があるかのようだった。もっと言えば、クスミさんが二人を殺害したんじゃないかとさえ匂わせていた。

「ヨースケさんのことはともかく……ワノさんの死については、タカ、なにも知らないの？」

ふと尋ねた私を、タカはぎょろりと睨んで言う。

「病死、だろ」

「具体的にどんな病気だったか、とか……」

「知らない」

タカは短く答えた。

「そりゃ……俺だって気になったよ。一度だけ、クスミさんに訊いてみたことがある。でも、病死だ、って一言しか答えてくれなかった。それ以上なにも訊けなかったし、調べてみたこともない」

訊きにくいのは理解できる。私だって働き始めて二年、ずっと訊いてみたいと思っているが言い出す勇気がない。

ひとつ息を吐いて、タカは言った。

「今日の昼、ようやくステージが使えるようになって、三人でステージの機材を片付けてるとき……クスミさんはヨースケさんのレスポール・ジュニアを持ち上げて、ぽつりと言ったんだ。ボーカリストはいつも一人で先に行く、って」

ボーカリストはいつも一人で先に行く――クスミさんの声音を想像しただけで、音叉(おんさ)の共鳴みたいに心が震えた。

「それ以上なにも言わなかったけど、その後ろ姿は、めちゃくちゃ寂しそうだった。ヨースケさん本人を除けば、クスミさんが一番の被害者だ。今回の事件に、クスミさんは無関係だよ。だって、ずっとギターソロを弾いてたじゃねえか。どうやったって、ヨースケさんを殺せるはずがない」

そうなのだ。そのことに異論を唱える気はない。クスミさんには動機がないし、殺害する機会もなかった。でもじゃあどうして、ミスをしたの？　ミスをした直後に事件が起きたのは偶然？

クスミトオルは、なぜギターソロでピッキングミスをしたのか。私にとっては、ヨースケさ

ん の死と同じくらいの、不可解で謎めいた変事だった。

明日の食材の仕込みをし、消費期限が今日で切れるパンでクラブハウスサンドを作って、成宮さんや華子さんと食べた。洗い物を持ってバーカウンターに降りる。手早く皿を洗って、私は木製のカウンターをキッチンクロスで拭き上げた。背後の棚から酒類をすべて下ろして、そこも拭く。拭き終わったら、ちゃんとラベルがこちらに向くよう置きなおす。

ライブハウスという空間はよくも悪くも猥雑としがちだ。まだ築七年であること、成宮さんがきれい好きなこともあって、ラディッシュハウスはそれなりに清潔感を保っている。ただバーカウンターは手が回っておらず、私が来たときは棚の酒瓶はぐちゃぐちゃ、グラスも不揃い、カウンターの下は埃だらけという状態だった。常勤になって、はじめに私は丸一日かけて磨き上げた。おかげで今は、洒落たバーカウンターの雰囲気を維持できている。小さいながら、自分の城を作れたような気がして、ちょっとうれしい。

コンロの上の鍋を覗きこむと、ふろふき大根がいい色に煮えていた。壁掛けの丸時計は十七時を指している。

クスミさんの生活サイクルは不規則なので、いつ食事をとるのかもよく分からない。食べに降りてこなければ、夕方ごろに部屋に持っていくようにしている。バーカウンターにコンロが設置されるまでは、よく家で作って持ってきていた。汁が漏れないようにするのに苦労した。

ふろふき大根を耐熱皿に盛り、ラップをかける。湯気でラップが白くなった。すぐ食べることもあるし、夜中にレンジで温めて食べることもあるようだ。こうしておけばそのままレンジに入れられるし、たれは何種類かクスミさん宅の冷蔵庫に作り置きしてある。私は皿を持ってフロアを出た。節電のためスタッフは基本的にエレベーターを使用しないが、ふろふき大根を持っていくときはいつも使わせてもらう。

エレベーターから降りると、右手がドアになっている。中から、ギターの音が漏れ聞こえていた。二階は、奥半分がクスミさんのプライベートスペースで、手前半分がスタジオだ。赤青のレコーディングはすべてここで行う。レコーディングがなくても、いつもクスミさんはギターを弾いている。

私は呼び鈴を押そうとし、やめた。ギターの興が乗っているときのクスミさんは、呼び鈴の音なんか聞こえない。スタジオの鍵は事務所にあるから、それを持ってきて勝手に開け置いておくという手もあるが、気が進まなかった。それに、こうしてここで漏れ聞こえるギターの音に耳を傾けるのも悪くない。とりあえず、もう少し待っていよう。

私はコンクリートの階段に腰を下ろす。ふと見ると、壁側の隅にタバコの吸殻が落ちていた。なぜこんなところに吸殻が？　クスミさんは吸わないのに。スタジオの前までは、階段やエレベーターを使って誰でも来ることができる。客の誰かがここでタバコを吸ったのかもしれない。ライブハウス内は禁煙ではないのだが、きっと勘違いしたのだろう。

冷ややかな空気を頬に感じ、私は視線を上げた。エレベーター横のガラス窓が薄く開いている。サッシのレールになにかが引っかかっているらしく、閉まらないのだ。修理してくれとタカに言っているのに、いっこうに直さない。まあどうせ、風が吹きこんでも誰も困らない。

　私は立ち上がって、窓を開けてみる。すっかり日が短くなった。まだ十七時過ぎなのに、空はオレンジに染まりつつある。隣のたこ焼き屋は同じ二階建てだが、ラディッシュハウスより低い。あたりに高いビルはなく、遠くまで見通せる。そのときふと、食欲をそそる匂いが鼻をくすぐった。まちがいない、魚の煮つけだ。季節柄、さんまのしょうが煮あたりか。低い車のエンジン音に交じり、ぴぃーよ、ぴぃーよと鳥の鳴き声が聞こえる。たぶん、ヒヨドリだろう。空に視線をやると、オレンジの中を黒い影がふたつ、西へ飛んでいくのが見えた。

　背後から漏れ聞こえるクスミさんのギターは、まるで私が見ている光景と呼応しているかのように、メランコリックなフレーズを弾き始めた。モジュレーション系のエフェクターがきいていて、音がクスミさんらしくない。どちらかというと、ヨースケさんを思わせる音色だ。

　私ははっと顔を後ろに振り向ける。ひょっとしたらこれは、クスミさんなりの追悼なのではないか。ヨースケさんの死を悼み、ギターを弾いているのではないか。

「……ボーカリストはいつも、一人で先に行く」

　クスミさんが漏らしたという言葉を、口に出して呟いてみた。まだ当分、呼び鈴は鳴らせそうにない。手の中で、ふろふき大根の入った皿はゆっくりと冷えていく。

第三章　袋小路

ふろふき大根を渡して事務所に戻ると、成宮さんと華子さんが待っていた。改まった口調で、成宮さんは今後のことについて切り出す。当面赤青の活動は無期限休止、新しいボーカルも募集しない。ただし、解散というわけでもない。解散という結論でなかったことに安堵しつつ、先行きへの不安は拭えなかった。結局、決断を先延ばしにしたにすぎないからだ。

ライブハウスとしては通常営業を再開する。ただ、毎週末のように行っていた赤青のライブが全部飛んでしまったので、穴埋めをせねばならない。これからしばらくは、その手配に追われるだろう。

ラディッシュハウスにおける勤務時間は、あってないようなものだ。電話受付は、定休日の水曜を除き十三時から二十一時まで。その時間はスタッフがいるようにしているものの、十三時になっても誰も出勤しておらず電話が鳴りっぱなしなんてこともある。ライブの日はまちがいなく終電だが、残業申請なんて書いたことがない。反対に、ライブがなく急ぎの業務もないときは、十七時くらいにさっさと退勤する。ラフすぎる気もしないではないが、結局、私も含めて、そういう働き方が性に合う人だけが残るのだろう。生活に困らない程度の給料さえもらえれば文句はない。

事務所には、私と成宮さんだけが残っていた。時間はそろそろ二十時になろうとしている。黙ってパソコンに向かいExcelの数字を叩いていた成宮さんは、頭をくしゃくしゃと掻いて急に立ち上がった。

「やめだ。今日はもうおしまい」

ということは、今日は私が二十一時まで電話番か。さっさと逃げ出しておけばよかった、と後悔していると、

「梨佳ちゃんも、急ぎの仕事がないならもう上がりなよ」

「いいんですか?」

「構わないさ。用事があれば携帯にかかってくるだろ。——なんなら、一杯飲まない? 奢るよ」

ちょうど冷蔵庫の中身が寂しく夕食をどうしようか悩んでいるところだったので、私はすぐに申し出を受けた。

風が吹いて空き缶でも転がったか、どこかからカラカラ鳴る音がする。今週から十月だ。夜も二十時になると冷える。秋物のコートを着る人も増えた。私は、女には珍しく暑さにも寒さ

にも強いので、この程度の気温などどうということはない。

新宿から電車で一時間弱、駅から歩いて十分、ベッドタウンとして再開発された駅前とちがい、少しだけ不便なここS川商店街は、昭和の下町の光景のまま取り残されてしまったかのようだ。ただ、賑わいだけを失って。私が来たこの二年間で、麻婆豆腐(マーボーどうふ)丼(どん)が美味しかった中華料理屋、今もレトロな看板がかかったままの布団屋、店先で揚げたてのコロッケを五〇円で売っていた肉屋が閉店した。商店街とは名ばかりで、半分以上の店が営業していない。店主が年老い子供が店を継がなかったり、経営が立ち行かなくなって物件ごと手放したり。小さなスーパーがコンビニに建て替わったのとコインパーキングができたの以外、それらの店舗はまるで廃墟みたいに、同じ姿で残されている。雨風にさらされ、少しずつ朽ちていっている。住人たちはこの状景を、どう受け止めているんだろう。年老いる己の姿と重ねているのか、それとも、時代に抗って住み続けてやると意地を貫いているのか。

駅前に全品二八〇円が売りの居酒屋チェーンがあり、ライブ後の打ち上げはだいたいそこだ。だが成宮さんはラディッシュハウスを出て五分も歩かぬうちに、「津門」と暖簾(のれん)の出た小さな居酒屋に入った。店構えは古いが、かといって割烹店を名乗るほど高級感があるわけでもない。私は、母が働く小料理屋を思い出した。

金曜日なので、席はある程度埋まっていた。カウンターはひとつずつ間を空けて一人客のサラリーマンが座っており、四つあるテーブル席も一番奥が空いているだけ。そこに腰を下ろし、成宮さんはビール、私はハイボールを頼む。

「私、初めて来ました。成宮さん、こんな店、来るんですね」

「うん、たまにね。値段も手ごろだし、料理がとにかく旨い。特に豚串かつは絶品だ」

「じゃあなんで、普段打ち上げで利用しないんですか？」

「だって、バンドマンはだいたい、ぐでんぐでんに酔って暴れるだろ？　津門には迷惑をかけたくないからさ」

それもそうだ。彼らはとにかく安くて騒げればいいのだから、から揚げが冷凍品を揚げただけのものであれ、チェーン店のほうが居心地がよいだろう。

すぐにお酒と料理が運ばれてくる。つきだしはしらすおろしだ。一口食べて、思わず唸る。シンプルな料理なのに、絶妙なバランスだ。期待が膨らむ。五分ぐらいで、豚串かつが来た。みそだれがたっぷり載っている。大口を開けて、かぶりついた。私は無言で目を見開く。なんだこれは。めちゃくちゃ美味しい。豚肉に衣をつけて揚げ、みそだれで食べるという、どうやったって脂っこくなる料理なのに、まったくしつこくない。美味しい料理を食べるとあとで家で再現したくなる質だが、正直、どう調理してこの味を出しているのかまるで想像がつかなかった。これが二本で二五〇〇円だ。私が男なら絶対に通うだろう。さすがに女一人では、少々入りにくい。かといって、服装だけなら会社員風だが軽く脱色した髪を目にかかるくらい伸ばしている正体不明の男と、大柄で化粧っけのないジーンズ姿の若い女が二人で飲んでいるのも、傍から見ればちょっと奇妙だろうとは思う。

「いろいろ心配かけて悪いね」

一杯目のビールが三分の一ぐらいになったころ、成宮さんは切り出した。

「心配って、そんな」

「アルバイトの子たちには、言ったんだ。続けるのが難しいようなら、辞めてもいいって。事件が落ち着くまで休む、っていうんでもいい。特に女の子は親も心配するだろうし。梨佳ちゃんも、そうしたって構わないから」

「そんなこと言わないでください」

ハイボールを置いて私は言った。

「私は、アルバイトじゃないんです。まだぺーぺーですけど、従業員としての責任があるって思ってます。途中で投げ出す気なんてありませんから」

昼間タカに受身を指摘されたからというわけでもないが、私はそう強く抗弁した。すると成宮さんは少し間をおいてから、「ごめん」と軽く頭を下げる。

「どうも、初めて君を雇ったときの印象をまだ引きずっているみたいだな。どうしても、大学生の女の子だって思ってしまう。もう立派なスタッフなのにね」

ふと私は、ずっと疑問に思っていたことを口に出してみる。

「あのとき、たくさんアルバイトの面接に来ましたよね？　いったいどうして、私を雇ったんですか？」

私より熱心な赤青のファン、私より音楽や機材に詳しい人も面接を受けていたはずだ。売り子としての顔の可愛さや愛想のよさなら、一六四センチ五八キロという立派な体格で、鼻の下に不恰好なホクロがあり愛嬌もない私が高い評価をもらえるとも思えない。

「自分では、なんだと思う？」

「やっぱり、料理ですかね」

クスミさんからの唯一の質問は「ふろふき大根、作れる？」だ。それに躊躇なくイエスと答えられる大学生はそんなにいない。

「それも理由のひとつだけど、正直、僕はクスミがその質問をする前に、ほとんど君の採用を決めてたよ」

そう言われると、まるで心当たりがない。私は首を捻った。

「まず前提として、女の子をとるっていうのは決まってたんだ。あのころ、バイトが男ばっかりだったからね。やっぱり、女性もいたほうが雰囲気が華やぐ。じゃあ、なぜ君の前任者の女の子が辞めたかっていえば、ちょっとしたトラブルがあったからだ」

「トラブル？　いったいなんですか？」

「恋愛問題」

成宮さんは短く答えた。

「覚えてないかもしれないけど、僕は君にひとつ訊いた。従業員として雇う以上、赤青のメンバーや出演者のバンドマンと恋愛関係になることを禁じていますがそれでいいですか、って。当然、みんながみんな、構いませんと答える。少しだけ顔に失望を浮かべながらね。でも君だけはちがった。えっ、って狐につままれたような顔で訊きかえした。自分が赤青のメンバーと恋愛するなんて一ミリも想像してない、そんな反応だったよ。それを見て、この子は信用できると思った。これまでに何人か、いたんだよ。赤青のメンバーにモーションをかけて、居酒屋で必ず隣に座りたがるような子が。前のライブハウスでの話だけど、バンドメンバーと手当たり次第恋愛関係になって、結局バンドがひとつ解散したことがある。そんなのは絶対にごめんだったからね」

たしかに私は、バンドメンバーと付き合いたいという類の下心は、これっぽっちも持っていなかった。そういうアルバイト志望がいることに、いまさらカルチャーショックを受けてすらいる。とはいえ、その子たちを責める資格があるわけでもない。邪(よこしま)な願望なら、私だって持っている。

「加えて、料理や接客の経験はあるし、女性のわりに体力もありそうだ。機材の知識はないけど、それは覚えればいい。となれば、迷う理由はなかったね。実際よく働いてくれたし、だから、就職をどうしようか迷っているって相談されたとき、そのままうちで働かないかって誘ったんだよ」

「そう説明されると、納得できます」

「それはよかった。どうも、梨佳ちゃんはいつも自己評価が低すぎる。謙虚ってのも行きすぎると美徳じゃないからね」

成宮さんの指摘に、私はただ苦笑いを返した。

「というわけで、正直、今回の事件を機に梨佳ちゃんに辞められると、うちは困る。責任を持って続けますと言ってくれるのはありがたいよ」

「もちろん、続けます。辞めたりしません」

成宮さんは笑い、ビールを飲み干した。赤いエプロンのおばちゃんを呼び、吉兆宝山の水割りを頼む。

「梨佳ちゃんがそういう気持ちなら、腹を割って話そう。事件について思ってることがあるなら話してよ。お互いもやもやを抱えながら仕事するのは、精神衛生上よくないからね」

そのために、こうして居酒屋に誘ってくれたのか。いい上司に恵まれたと思う反面、そう言っている成宮さん自身が犯人、あるいは意外な形で事件に関わっているという可能性は否定できない。親しい人を疑うのは、気持ちのいいことではないが。

「実は、今日の昼……タカとも、そういう話をしたんですよ」

成宮さんは意外そうに「へえ」と声を上げる。少し逡巡を覚えたが、私はタカとのやりとりをほとんどすべて話した。そもそも隠すような話ではないし、現場にいた人間なら誰でも分かる程度のことだ。

話し終えるころには、私は二杯目のハイボールを半分ほど空けていた。蒸籠にのせられた蒸し野菜を胡麻だれで食べながら。これもまた飛びきり美味しい。この胡麻だれは絶対に既製品じゃない。

「勝手に二人でいろいろ話して、すみません」

「いや、かえってほっとしたぐらいだよ。誰だって、腹に抱えすぎるのはよくない。あと、心配なのはミナミだな。あいつ、考えすぎる癖があるから。クスミは……まあ、もともとなにを考えているか誰にも分からない」

成宮さんは軽く笑った。

「とりあえず、僕のアリバイだけど」軽い口調のまま、成宮さんは言った。「君たちの推理どおり、アリバイはないね。ずっと事務所で一人、書類仕事をしてたから。五十嵐君は、エントランスの物販に座っていた。いつ五十嵐君が顔を出すか分からない状況で犯行に及ぶほど豪胆じゃない、と主張はしたいが、実際、彼が事務所に現れなかったのはたしかだからな」

エントランスからひょいと顔を出せば、カウンター越しに事務所内は丸見えだ。だが、おとなしく物販に座っている限り、死角になる。

「千枚通しの件は、どうですか？　なにか心当たりは？」

「タカの答えと同じだな。ラディッシュハウスで使ってたのと同じ物に見えたけど、確証はない。どこに片付けてあったのかも知らない」

「誰が、いったいどうやってヨースケさんを殺したんだと思いますか？」

おいおい、と言って成宮さんは苦笑する。

「それを調べるのは、警察の仕事だろう。素人が変に頭を悩ませるよりよっぽどたしかだよ」

「そうですけど……じゃあ私たちは、事件について考えないほうがいいんでしょうか」

「いや、僕が言いたいのは、疑心暗鬼になるべきじゃないってことだ。たしかに、犯人は内部の可能性が高い。でもだからって、証拠もなしに『あいつが犯人じゃないか』と言い合ったりするのはよくないだろ。僕たちは、愛すべき赤青のフロントマンを永遠に失ってしまった。その命を奪ったのが仲間のうちの誰かなら、僕らはまたそいつのことも失ってしまう。僕は女々しい男だからね。ただ、これ以上つらい思いをしたくないっていう、それだけなんだ」

成宮さんは続ける。

「僕は……ラディッシュハウスが好きなんだよ。大袈裟（おおげさ）に聞こえるかもしれないが、自分の生涯をかけた夢の城だと思ってる。僕はそれを、なんとしても守りたい。もしうちのスタッフか赤青のメンバーが犯人だったら、とんでもない打撃だよ。だから、現実逃避だと分かった上で、誰が犯人なのかはあまり考えたくない」

事件が気になって仕方ないというタカ、悲しいことは考えたくないという成宮さん、両方に共感できてしまった。どちらが正しいとかまちがってるとかじゃない、どちらもただ、人間らしいだけだ。

「かといって、君たちが事件について考えるのを妨げようって気はないよ。なにか知りたいことがあるなら、できる限り協力もしよう。でも、軽々に誰かを糾弾してラディッシュハウスをより窮地に追いこむような行動は慎んでほしい」

分かりました、と私は答えた。明日にでもタカにこの話を伝えよう。事件の関係者の中で誰かが暴走するなら、おそらくそれはタカだからだ。

「じゃあ、いくつか聞かせてください。まず、いったい誰が、どうやってヨースケさんを殺害したか、成宮さんはそれについて考えていないし、心当たりもないんですね」

うん、と成宮さんはうなずく。

「自殺って可能性も報じられてますけど、なにかヨースケさんがそういう行動をとる心当たりってありますか？」

しばらく黙り込んだあと、成宮さんは「ない」と答えた。

「経済的に困っていたとは思えない。機材を買うぐらいで、金遣いは慎ましいタイプだ。女性関係は分からないな。そういうところ、意外と秘密主義だったから。一緒に暮らしていたミナミやタカに訊くほうがいいだろう。あと、アーティストの自殺理由としてもっとも考えられるのが、音楽活動の行き詰まりだけど……はたから見ていて、それは感じなかった。むしろ、逆かな」

「逆？」

「創作意欲が溢れ出して止まらない。最近のヨースケは、そんな感じだった。もともとセンスのあるやつだったけど、赤青を組むまではあくまでプレイヤーで、クリエイターではなかった。前のバンドじゃ作詞作曲はほとんどミナミがやってたからね。でも、赤青を組んでクスミから刺激を受けて、変わったみたいだな。ここ一年ぐらいは、せっせとデモテープを作ってはメンバーに聴かせていたらしい。もっとも、その大部分は使い物にならなくて、クスミに撥ねられていたみたいだけど」

世間では、成宮さんを赤青のプロデューサーだと思っている人もいるが、実態はむしろマネージャーだ。音楽的素養はあるが、基本的に赤青の楽曲制作に口は出さない。成宮さんよりはまだ華子さんのほうが音作りに関わっているが、それはほとんどレコーディングエンジニアとしてで、曲作り自体はすべて赤青のメンバーだけで行っている。それぞれがメロディーやリフを持ち寄り、ラディッシュハウスのスタジオでセッションし曲として仕上げていく。集中して制作を行うこともあるが、メンバーの誰かがふとアイデアが浮かべば、すぐにスタジオに集結して曲作りを始めてしまう。クスミさんは、食事と睡眠以外ほとんどスタジオでギターを弾いている。練習もライブも作曲もレコーディングも、すべてラディッシュハウス内で済む。バンドメンバーも、隣に住んでいる。音楽バカのクスミさんにとって、最高の環境だろう。料理を私が作れば、本当にクスミさんはラディッシュハウスから一歩も出ないんじゃないかとすら思う。

「詳しくは、ミナミに訊いてみるといい。でも少なくとも、創作の行き詰まりで自殺を試みる、なんて状況じゃなかったのはたしかだ」

赤青は、初期はほとんどミナミさんが作詞を担当していたが、最近はヨースケさんの作詞が半分ほどを占める。哲学的でスタイリッシュなミナミさんの詞に比べ、ヨースケさんの詞は、シンプルで前向きだ。私は、サウリバのラストアルバム「End of the river」を連想する。自殺の気配なんて露ほども感じさせない明るい作品だった。ヨースケさんの詞にも、同じ匂いを感じる。

「自殺じゃないなら殺人、ということになりますけど、誰かヨースケさんを恨んでいる人に心当たりはありますか？」

「いや、ないな」

「新聞やネットにはいろいろ書かれてますよね。たとえば、狂信的なファンの暴走」

「僕が把握している限り、そういうおかしなファンは赤青にはいないよ。ファンレターもすべて目を通しているが、気になるものはなかった」

「メンバー内の不和」

「ないない。それは梨佳ちゃんもよく知ってるだろ？　そりゃ音楽的なことで論争になることはあるが、基本、仲はいい。むしろ、あれだけ四六時中一緒にいてよく飽きないなと感心するぐらいだ」

「サウリバの元メンバーによる妬み、なんて意見も目にしました」

「たしかに、会場にタナベもいたからな。だけどタナベは、誰かを妬んでこっそり殺害するような人間じゃない。気に入らないことがあれば、正面からぶん殴るよ」

「それはそれで、怖くないですか」

まあね、と言って成宮さんは苦笑する。

成宮さんとサウリバの付き合いは長い。サウリバが初めてワンマンライブをしたとき、そのライブハウスでバイトをしていたのが成宮さんだ。そのころは成宮さん自身もバンドを組んでいたが、しばらくしてやめてしまった。そのままライブハウスで正社員として働き続け、まだ知名度のなかったサウリバをよくブッキングしていたそうだ。高校時代の同級生で結成されたサウリバメンバーと年も同じで、メジャーになってからも関係は続いた。だから、サウリバの他のメンバーのこともよく知っている。

「ドラムのイマムラさんはどうしているんですか？」

「イマムラは、サウリバ解散後、完全に業界から離れちゃったからなあ。今、なにしているかは知らないよ。もともと、自由人気質のあるやつだったし。香川生まれで大のうどん好きだから、どこかでうどん店を開いていたとしても驚かない。いずれにせよ、妬みのためにヨースケを殺すような男じゃないよ」

私はうなずく。ネットでは好き勝手書かれているが、そういう人たちが邪推するどろどろした人間関係なんて存在しない。多少は気質が合わなかったり、腹が立ったりすることがあっても、殺意を抱くほどの軋轢（あつれき）はない。この二年間だけでも、何人かがラディッシュハウスに関わってはまた去っていった。そうして結局残っているのは、音楽が好きで、ロックが好きな人ばかりだ。みんな、向いている方向は同じ。なのに、誰かが誰かを殺したいほど憎むなんて、私には想像ができない。

「ただ、人の命を奪う動機は、恨みや妬みだけじゃないけどね」

「えっ……どういうことですか？」

「金」

成宮さんは短く答える。だが、ヨースケさんに金銭トラブルのイメージはまったくない。ロックファンにはよく知られている赤青も、その知名度ほどは儲かっていなかった。ヨースケさんの収入額は、同年代のサラリーマンより少し多いくらいだろう。

「ヨースケさん、実はお金持ちの御曹司だったりするんですか？」

いいや、と成宮さんは苦笑いして頭を振る。

「父親は普通のサラリーマン、母親が保険の営業。二人兄弟の次男坊だ。遺産が問題になるような家じゃない」

「だったら、なんで……」

成宮さんは、わずかに躊躇うように顔を背けてから言った。

「どこまで伝えるかは悩んでいたんだが、梨佳ちゃんには話してもいいだろう。生命保険だよ」

「生命……保険？」

「実は、ヨースケは生命保険に入っていたんだ。まあ、それ自体はおかしな話じゃない。若いバンドマンにしては、珍しいけどね。問題は、それを誰が受け取るかだ」

「いったい誰なんですか」

長い前髪の下で困ったような表情を浮かべ、成宮さんは言った。

「僕だよ」

蒸し野菜を食べようと伸ばした箸が空中で止まる。ヨースケさんの生命保険の受取人が、成宮さん？　家族以外を受取人にすることってできるんだろうか？

「原則的には、家族が受取人になる。ただ、その受け取った保険金を誰に残すかは遺言で決められる」

「それが……成宮さん？」

成宮さんはうなずく。

「昨日、ご遺族の方から連絡があったんだ。ヨースケの生命保険は全額あなたのところに行きます、ってね」

「いったいどうして、そんなことになったんですか」

「保険の営業をしているヨースケの母親が、息子にも加入を勧めたらしいんだ。でなければ、そもそも入ろうなんて思わなかっただろうな。それで、受取人をラディッシュハウスにできないかと相談されたらしい。ただ、やっぱり家族以外を受取人にするのは難しいということで、もし万が一があれば成宮遼に、と遺言を残していたらしいよ」

「なぜヨースケさんは、そんなことを……」

「ご両親から預かっている伝言はただ一言。ロックのために使ってくれ、だそうだ」

私は、なにも言えなくなってしまった。

「ご両親も、それに納得してらっしゃる。金持ちじゃないとは言ったが生活に困っているわけでもない。だったら、息子の思うようにって。赤青の音楽が世に残るように、ヨースケの愛したロックが世界に広がるように使ってほしい、それが望みだって言われちゃったよ。正直……泣きそうになった」

成宮さんは、淡々とした口調で言う。

「訊いていいか分からないんですけど……具体的に、どれぐらいの額なんですか」

「もろもろ差っぴいて、一〇〇〇万を少し超えるくらい、と言われたよ」

それはかなりの金額だ。成宮さんは、深く息を吐いてから、皮肉っぽく口角を上げる。

「というわけで僕は、シノハラヨースケが死んだことにより、一〇〇〇万を受け取ることができる。立派な動機だ」

「ちょっと待ってください。でもそれ、成宮さんは知らなかったんですよね」

「知らなかったとどうやって証明できる？　ヨースケから個人的に聞かされていた可能性は否定できない」

「でも……一〇〇〇万のために、成宮さんがヨースケさんを殺害するなんて、信じられません」

「ありがとう。僕だってそうだよ。どれだけ金額を積まれたってヨースケを失うことのほうがつらい。でも、客観的に見て、僕が切実に一〇〇〇万を欲しているのもまた事実なんだ」

「そう……なんですか？」

成宮さんは、焼酎グラスをじっと見ていたかと思うと、ぐいっと飲み干し、お代わりを頼んだ。

「いい機会だから、話しておこう。——ぶっちゃけて言って、昨今、ライブハウスの経営はどこも厳しい」

私は黙ってうなずく。バンドマンからよく、あそこのライブハウスが潰れたとか、チケットノルマがきつくなったとかの話は聞いていた。

「そもそもうちが、どういう経緯であそこでライブハウスを始めたか知ってる？」

「なんとなくは」

なぜクスミトオルはこの街を選んでラディッシュハウスを開店したのか。交通の便がよくない郊外なのに、土地は狭い。小さいライブハウスでよければ、もっと便利な場所を選んだほうが収益は上がったはずだ。

「あの土地は、サウリバのボーカル、ワノカズヒコの生家だったんだ。もともと、バイク屋でね。裏手にガレージがあって、高校時代、サウリバは毎日のようにそこに集まって、四六時中音を鳴らしてた。いってみれば、クスミにとってラディッシュハウスで実現したことの原型だ。もう一度ああいう時間を取り戻したくて、自分のライブハウスを作りたいなんて言い出したんだと思う。僕が相談を持ちかけられた段階では、場所も時期もなにも決まってなかった。決まってたのは、ヨースケとミナミの二人と新たにバンドをやるってことだけ。タカすら加入前だったよ。当時からいくつかのライブハウスは経営難に陥っていたから、そこを居抜きで買い取るほうがずっと楽だった。でも、二人で話し合った結果、輪野(わの)バイク店の土地に新たにライブハウスを建てることにしたんだ」

「ワノさんの実家は、了承したんですか」

「ワノの両親は離婚していて、父親しかいなかった。当時、バイク屋の経営もきつくてね。ワノの親父さんは遊び好きで仕事に執着もなかったから、相談を持ちかけたら快諾してくれたよ。ただし、金額はそこそこふっかけられたけど。でもクスミは、先方の条件をすべて飲んだ。今もまだ土地の名義はワノの親父さんで、相場より割り増しの借地料を払ってる。隣の家も土地を手放したがっていたから、そこも買い取って面積を広くした。建物を壊して、地下を掘り、新たに二階建てのビルを建てるのに、ざっと一億六〇〇〇万ぐらいかかったよ」

「一億六〇〇〇万って……高いんですか？」

「地下一階地上二階のビルにしては高いほうかな。ライブハウスの天井の高さを確保するためにだいぶ掘ったたし、音響も拘ったたし、防音にも配慮したたし」

「土地を買って、さらに一億六〇〇〇万もかけてビルを建てられるなんて、やっぱりサウリバは稼いでいたんですね」

そんなそんな、と言って成宮さんは頭を振った。

「クスミは、車は持ってないし家だって賃貸だったし酒も飲まない。サウリバ時代に稼いだ金は、ほとんどそのまま貯めこんでた。でもそれじゃ、頭金ぐらいにしかならなかったね」

ロックスターであったサウリバすら、そうなのか。バンドをやって大ヒットを飛ばして大金持ちになるなんていうのは、もはや前時代の発想なのだろう。

「僕の貯金なんて高が知れてるし、ヨースケもミナミも素寒貧（すかんぴん）だった。赤青は、ドラマーも不在で音源すら出してない。そういう状態でライブハウスを一から建てるなんて、ずいぶん無茶したと思うよ」

私はふと、尋ねる。

「それまで成宮さんって、ライブハウスの正社員として働いていたんですよね？　どうしてそれを擲（なげう）って、新しくライブハウスを建てる、なんて冒険をしたんですか」

そうだなあ、と言って成宮さんは首を捻る。

「『End of the river』を聴いたから、かな」

成宮さんはそうぽつりと言った。

「当時、正社員とはいえ給料の安いライブハウスで働き続けることに、迷いがあってね。地元に帰って就職先を探そうか、とも思っていた。そんなときに……『End of the river』を聴いたんだ。月並みな言い方だけどさ、体に電流が走ったよ。すごい作品だ、と思った。これほどの推進力を持つ音楽を作れる人間が、無念にも亡くなってしまった。自分は、五体満足で生きてるのに、途中で諦めていいのかってね。僕に、ワノほどの才能はない。だが、才能を持ったアーティストの手助けはできるはず。東京で音楽に関わる仕事をこれからも続けよう、そう決意を固めていた中で、クスミから『手伝ってほしい』と言われたんだ。そりゃもう、断る、という選択肢はないさ」

成宮さんは続ける。

「そんなわけで、一緒にラディッシュハウスを始めたことに後悔はない。だが、もっとうまいやり方があったんじゃないか、削れるコストがあったんじゃないか、そんな悔恨は少なからずある。未だに、そのときのローンは払い続けているからね。完済は程遠い。ほんと、かつかつの経営だ」

「でも……うちはけっこう儲かってるんじゃないですか？　赤青のライブはいつも満員だし」

「その通りだね。本当に、赤青っていう看板があるだけでずいぶん助かっている。五〇〇をソールドアウトしてくれるミュージシャンなんてなかなかいないし、いたとしても、すぐにもっと大きいキャパのライブハウスにステップアップしていく。赤青の場合、オールハーフバックだから、五〇〇枚×三〇〇〇円÷二で、ざっと七五万。ドリンクの売上を合わせれば、一回のライブで一〇〇万になる」

ハーフバック、というのは、チケット売上の分配比率のことだ。普通、日本のライブハウスにはチケットノルマがある。うちの場合、一バンドにつき二〇〇〇円×一〇枚が相場だ。たとえば五つのバンドが対バンでライブをするなら、最低一〇万円はチケット代として得ることができる。バンド側は、一〇人に定価でチケットを売れれば損得なし、売れなければ自腹。一〇枚以上チケットが売れた場合は、一一枚目以降の売上の半分をバンドに戻す、これがハーフバックだ。バンドとしては、二〇枚チケットが売れれば、一〇〇〇円×一〇枚で一万円の収入となる。だから、複数のバンドが出演するライブの場合、どのバンド目当てで来たのか受付で確認される。でないとチケット代をバンドに支払えない。

三〇枚以上からオールバックとか、ハーフバックの上でギャラを支払うとか、契約内容はバンドの集客力によっていろいろだ。赤青は、ノルマなしで何枚売れてもハーフバックと決まっている。もっとも、ラディッシュハウス自体が赤青の所属するインディーズレーベルなので、結局金の行き先は同じだが。

「月に三回は赤青のライブがあるから、それだけで三〇〇万の売上だ。しかもうちは、赤青のホームとして知名度が高いし音響もいいから、ハードロック系のバンドは積極的に出てくれる。おかげで、交通の便が悪いわりにはスケジュールも埋まる。よそは、そこに苦労しているからね」

チケット代の半分をとってドリンクでも儲けるなんて荒稼ぎしすぎ、と思うかもしれないが、それでもライブハウスの経営は苦しい。なぜなら、稼働率が低いからだ。都心の便利で使い勝手のいいライブハウスならウィークデイもそこそこ埋まるが、ちょっと不便だったりキャパが大きすぎたりすると週末しか埋まらない。ソールドアウトになることは多くなく、仮に一晩で三〇万の売上があったとしても、月に十日稼働してやっと三〇〇万だ。そこから、家賃、人件費、ドリンクなどの仕入れ代、さらに音響機材の修繕費などが引かれる。

ひところのバンドブームが去った今、ライブハウスに足を運ぶ客は微減しているのが現状だ。最近では代わりにアイドルブームが来ていて、バンドセットを片付けたステージで地下アイドルのライブを行うことでなんとか息をついている。

「でも、うちは集客にもスケジュールにもそれほど苦労していないでしょう？　家賃だけのよそに比べてローンと借地料の支払いは大きいとしても、それでもやっぱり、ずっと儲かってるんじゃないですか？」

「それはまあ、そうだよ。だけど、そこからまたうち特有の事情があってね。ラディッシュハウスは、赤青のCDを出しているインディーズレーベルでもある。ところが今、本当にCDが売れない。実売数を見たら、驚くよ。CDの売上枚数は、九〇年代がピークだった。ミスチルやB'z、GLAYといったバンドサウンドのアーティストが、ばんばんミリオンセラーを出してたころだ。サウリバは二〇〇三年デビューだけど実質ブレイクしたのは二〇〇五年で、そのころはもうCD売上はだいぶ落ちこんでいた。同じくらいの人気の九〇年代のバンドに比べ、ざっと半分くらいかな」

私はうなずいて話を聞く。一九九三年生まれの私にとって、九〇年代の音楽業界の活況は、一世代前の伝説でしかない。

「二〇一〇年代になってインターネット配信が普及し、さらにがくんと売上は落ちた。ぶっちゃけ言うとね、赤青のCD売上は、九〇年代から半分に落ちたサウリバの、そのまた五分の一以下だよ」

えっ、と私は声を上げてしまった。オリコンの順位自体はそこまで落ちていないのに、そんなにちがうのか。

「もちろん、売り方が悪いと言われれば反論はできない。でも、うちだけじゃなくて軒並み下がってるからね。正直、スタジオで何日もかけて録音してCDをプレスしてミュージックビデオを作ってってやり方じゃ、相当ヒットしない限り、確実に赤字だ。出せば出すほど苦しくなる。じゃあどこでその分の赤字を埋めるのかっていえば、ライブだ」

成宮さんは続ける。

「ライブハウスは苦しい苦しいといっているけど、それでもまだ、ライブに足を運ぶ人は多い。全国各地で開催されるフェスは、高い動員数をキープしている。音源はいくらでもコピーして手に入れられる時代だから、録音された、いつ誰が聴いても同じ物に価値はなくなってしまいつつある。そうではない物――つまり、その場でしか体感できない一期一会のライブの価値が、相対的に高まっているといえるだろう。いや、音楽界における商業的価値の最後の砦、と言ったほうが正確かな。だから、昔ながらのやり方でCDを出すアーティストは、ライブをやって物販をやって、CDの赤字を取り返す。そうしないと、次のCDが出せない」

「つまり……赤青の場合、ラディッシュハウスで儲けた分が、そのままCDの制作費になるってことですね」

「その通り。パソコンで音を作って配信限定でリリースしてってやり方ならそんなに原価はかからないけど、そういう形はみんな望んでない。うちはスタジオが自前だし演奏も自分たちで全部やるから、その点はまだ楽だよ。華子がレコーディングエンジニアもするしね。とはいっても、華子一人じゃすべてまかなえないから外部スタッフは頼むし、MVを作ったりジャケットを撮影したりCDの宣伝をしたりに金がかかる。それに、クスミは音作りに拘るから。音楽制作の場合、拘れば拘るほど費用がかさんでいくんだよ。新しい機材をどんどん買う、スタジオに何日間もこもる。ほんと、レコーディングスタジオが自前でよかった。そうじゃなきゃ、スタジオレンタル料でパンクするところだ」

たぶん、それが分かっていたからこそ、ラディッシュハウスにレコーディングスタジオも併設したのだろう。クスミさんが、気兼ねなくレコーディングに時間をかけられるように。

「というわけで、たしかにうちは儲かっているよ。よそから羨ましがられることも多い。でもそれは、赤青の活動費用でとんとんだ。だいたい、儲かっているならもっと人を雇うよ」

その言葉には全力でうなずきたい。成宮さんも華子さんも、実質休みなんてないんじゃないかと思うぐらい働きづめだ。ラディッシュハウスに泊まりこむことも多々ある。それでも足りない部分は、赤青のメンバーが補っていた。ヨースケさんはデザインセンスがあって、フライヤーを作ったり他バンドのライブの照明を担当したりする。ミナミさんは、華子さんの代わりにPAができる。タカは大工仕事担当だ。そういう助けがあって、業務がなんとか成り立っている。

「それと、経営が楽じゃない理由はもうひとつあってね……。ちょうど、梨佳ちゃんがバイトに来始めたころかな。〈七月の雨〉ってバンドがいただろ?」

はい、と私はうなずいた。

「今、うちのレーベルに所属しているアーティストは赤青だけだ。赤青に頼っていれば経営は成り立つけど、それじゃいけないとずっと思っててね。ライブハウスはただの箱じゃない、音楽文化を発信する基地であるべきだ。バンドを呼び集めてチケットノルマで売上を確保するだけではなく、ライブハウスが主体的にバンドを育てなきゃいけない。クスミから、ライブハウスを作りたいって話を聞いたとき、頭に浮かんだのはそのことだった。一従業員として働いていて、ジレンマを覚えてたからね。クスミと一緒に、僕も僕なりの理想のライブハウスを実現したい。だから、赤青だけじゃなく、後進のバンドも育てようと考えた。それが、七月の雨だったんだよ。正直、面倒くさいバンドだった。やっている音楽はマニアックだし、本人たちの性格にも難があったし。でも、きらりと光るものがあったんだ。これは、僕が拾わないと誰も拾わない、世間に見つかることなく消えてしまう、そう思った」

私も何度かライブを見たことがある。フィッシュマンズを思わせるような、レゲエのリズムを持つ浮遊感のあるバンドで、およそ一般受けはしそうになかった。だが、少ないながら熱烈なファンがついていて、じっくり見守ればすごい作品を物するかもしれないという雰囲気はあった。

「だけど……ね」口惜しげに成宮さんは言う。「ぽん、と弾けるみたいに、終わっちまった」

そのときの混乱には私も立ち会っている。七月の雨の、初めてのワンマンライブのことだ。開演時間になっても、ボーカルの町野さんがラディッシュハウスに現れなかった。

「原因はなんだったのか……今でもよく分からない。もともと繊細な質だったから、こっちがかけた期待がプレッシャーだったのかもしれない。ただ単に、約束が守れない、社会人失格というだけのことかもしれない。よくない友人とつるんでいるなんて噂も聞いたしね。いずれにせよ、町野とはそれっきり連絡がとれなくなって、バンドは空中分解だ」

成宮さんは、焼酎の水割りをビールみたいに呷った。

「ちょうどフルアルバムを出したところだった。七月の雨の魅力はシングルじゃ伝わらない、アルバムでこそよさが分かる。だから、レコーディングに時間もかけたしプロモーションにもお金を使った。ところが、出すだけ出して、さあこれから回収というところで解散だ。未だにそのショックを引きずっていて、なかなか次のバンドに手が出せない。ただまあ……客観的に見れば、あれは僕の失敗だ。クスミは乗り気じゃなかったが、僕が押し切ったんだ。しかし、結果はご覧の通り。ただでさえ経営は楽じゃないのに、余計に苦しくしてしまった」

　小さく自嘲して、成宮さんは言う。

「でもそれは、クスミには関係ない。経営がどれだけ苦しくたって、音作りにもライブにも妥協しない。いや、いいんだ、それで。クスミにそういう環境を用意したくて始めたことだから。でも、それがゆえに、こちらも弱音は吐けない。金がないとは言えない。だって赤青はちゃんと稼いでくれているんだからね。こっちも、泣き言言わずに働く。クスミが、黙っていても音楽ができる環境を用意してやる。だが、それは楽なことじゃない。率直に言って、苦しい。そういう状態のところに、降ってきた一〇〇〇万だ」

　成宮さんは、長い前髪の下から私の目を見て言う。

「ありがたくないわけがない」

　私は、なにも答えることができなかった。

　ごめん、と俯いて成宮さんは口にする。

「不謹慎な言い方だったね。ヨースケの死を喜んでるとか、そういうことじゃない。その死が悲しいのとは別に、一〇〇〇万はめちゃくちゃ助かるって話だ」

「それは……分かります」

　成宮さんは微笑んだ。

「もちろんだからって、僕はヨースケを殺した犯人じゃない。でも、うちの事情を知る第三者から、おまえたちには動機があると指摘されたら、否定できない。――面倒な話で申し訳ないけど、そういう事情は従業員である梨佳ちゃんにも知っておいてもらったほうがいいかと思って。今のところないけど、週刊誌に書かれたり、噂になったりすることがあるかもしれない。そうなったときに、動揺してほしくないんだ」

私はうなずく。そうなっても、動揺はしないだろう。だってすでに今、動揺している。ライブハウスの経営は楽じゃない。分かっていたはずなのに、やっぱりまだ小娘の私は危機感が足りなかったようだ。とはいえ、一〇〇〇万があれば当面は安泰だろう。しかしそれは、そうやって安心する私にも動機がある、ということを意味する。

赤青のボーカルの死による損失と一〇〇〇万の臨時収入、どちらが大きいかは難しい。だが、赤青は結局、クスミさんのバンドだ。クスミさんさえいれば続けられる。たとえ、ボーカリストが代わっても。

「最後にひとつ、訊いてもいいですか」

私は成宮さんに尋ねた。

「ロックって、なんだと思いますか？」

なんだい唐突に、と返す成宮さんに、私はヨースケさんのMCの話をした。

「そうだなあ」

成宮さんは髪をかきあげる。広く骨ばった額が見えた。今の気分を正直に言うなら、と前置きをして告げる。

「金」

冗談めかした笑みを浮かべていた。

「結局のところ、経済活動なんだ、なにもかも。ビートルズがなぜ世界中でヒットしたのか。もちろん、曲がいいからだ。でもそれだけじゃなくて、そのいい曲が、金になったからだ。ギターをアンプに繋(つな)いだ段階で、ロックと商業主義とは切り離せなくなったんだと思う。アコギ一本で楽しませられる聴衆は多くない。道端で弾き語りがせいぜいだ。でも、ギターの音を電気的に増幅すれば、たくさんの人が一度に参加できる。するとそこには、経済的利益が発生する。それによって音楽家は、また新しい作品が作れる。どれだけいい作品であれ、金を生み出さなければ、次作は制作できない。そのことは、我々音楽の普及活動に携わる者は忘れちゃいけないと思うよ。ロックが好き、という感情だけじゃどうにもならないんだ」

成宮さんは続ける。

「僕が初めて楽器を手にした九〇年代は、バンドブームの最盛期でね。CDを一〇〇万枚売ったりドームをツアーで回ったりといった様を目の当たりにしていた世代にとっちゃ、音楽は、経済的成功のひとつのビジョンだった。女性にモテたい、有名になりたい、大金を稼ぎたい。そういう動機で楽器を始めた人間は、少なくないと思うよ」

「ロックは……お金だけですか。お金を稼げなければ、ロックじゃないんですか」

成宮さんは静かに頭を振る。

「そういう側面もある、というだけのことだ。そして、僕に語れるのはそっちの側面だけ、という意味でもある。なぜなら僕は、己の手でロックを追求することを、途中で放棄してしまった人間だからね。僕は、挫折者なんだ」

昔、成宮さん自身もバンドを組んでいた。だがこの二年間一度も、遊びですら彼が楽器を演奏している姿を見ていない。

「ロックとはなにか。それを正面から探求するのは、苦しいことだよ。四六時中音楽と向き合い、あらゆる音楽に耳を傾け、自分にしか鳴らせないオリジナルの音を追い求めなきゃいけない。苦しくてつらくて、僕はその道から逃げた。だから、本質的な意味でのロックを語る資格は、僕にはない。それは、クスミや、ヨースケや――」そこで成宮さんは一度言葉を切った。「ミナミや、タカに任せている。あいつらのほうが、当事者として含蓄ある言葉を返してくれるだろう。そういう意味では、ヨースケが『ロックがなにか分からない』と呟いた気持ちは、少しだけ分かる。極論するなら――ロックがなにか分からない、と悩み続けること自体がロック、なのかもしれないな。ピート・タウンゼントは言った。ロックは君たちの苦悩を解決しない、ただ悩んだまま踊らせるんだ、って。僕がやっているのはせいぜい、クスミのギターに合わせて踊ってるぐらいのものだけどね」

私は、小さく笑いをこぼした。

「語れない、って言いながら、十分語っているじゃないですか」

「はは、そうだね。――とにかく、今の僕の役割は、ロックの求道者たちが存分に打ち込めるよう、環境を整えてやることだ。そのために必要なのは、音響のいいライブハウス、使い勝手がいいスタジオ、満足できる機材と人材、CDを売るための宣伝。つまるところ、金さ。よって、僕にとってのロックは、金、ってことになる」

成宮さんは、焼酎の水割りを飲み干した。

「ごめん、しゃべりすぎた。忘れてくれ。少し酔ったみたいだ。そういう考え方もある、ぐらいにとらえてくれればいい。梨佳ちゃんには梨佳ちゃんの、ロックとの関わり方があるんだから」


成宮さんはラディッシュハウスから徒歩五分のところに住んでいる。別に構わないと断ったが、成宮さんは駅まで送ってくれた。二十二時を回り、駅前で明かりが点っているのはコンビニと居酒屋だけだ。改札で酔客や暗い顔のサラリーマンとすれちがったが、ホームには誰の姿もなかった。すぐに電車が来る。私は端の席に腰を下ろし、バッグを膝に抱えた。

これからラディッシュハウスはどうなるんだろう。私は改めて、不安を覚えた。昼間に感じていたのとは、また別種の不安だ。どれだけロックがやりたくたって、好きな音を鳴らしたくたって、お金がないとできない。CDが売れなくて、ライブに人が集まらないと、強制的に幕が下ろされる。私が業界と関わるようになった二年間だけでも、いったいいくつバンドが解散し何人が楽器を手放しただろう。理由はもちろん、いろいろある。音楽性のちがい、メンバー同士の仲が悪かったから、曲が書けなくなったから。でもその多くは表向きのもので、本当に一番多いのは、経済的理由だと思う。ライブハウスでそこを支えたい、という成宮さんの思いは分かる。でも、ほとんどのライブハウスには、その体力がない。

やりたいことをやる、好きなものを一生追いかける。口で言うのは簡単だ。でもそれには、うんざりするほど、お金がかかる。音楽ライターだったかロック好きの小説家だかが雑誌に書いていた。お金を理由にやりたいことを諦められるのは、結局その程度の情熱しか持っていないからだ、と。

冗談じゃない。食えるか食えないかという環境を味わってみろ。

うちは、母子家庭だ。私が生まれたときからずっと、父親はいない。離婚したのか死んだのか婚外子なのか、母は一言も説明しなかった。母は一人で私を育てた。

おかげで、生活は常に苦しかった。母は小料理屋に勤めていたが、子供を保育園に預ける余裕がなく、二歳だか三歳だかのころにはアパートに私一人を置いて働いていた。小料理屋の雇われおかみに昇格して生活に余裕のできた今ではただの思い出話だが、もし事故が起きていたらと思うとぞっとする。

母は、私が嫌いだから一人で留守番させたのではない。たぶん、愛していた。だが、愛しているからといって四六時中面倒を見ることを選択すると、生活が立ち行かない。だから、仕方なく働く。私を置いて鍵をかけ家を出るとき、毎度毎度、祈っただろう。帰ってくるときまでこの子が無事でいますように、と。金と愛は、必ずしも両立しない。一時的にであれ、どちらかを優先しなければならないときはある。金と愛が両立する環境をこそ、人は幸せというんだと思う。

ラディッシュハウスの面々が、ロックを愛する人たちであることに疑いの余地はない。でもそれは、金のために人を傷つけないことを意味しない。自分のロックを貫く環境を得るために、誰かを傷つけることだってありうる。

クスミさんが、己のロックをどうしても貫き通したいと考えたとき。バンドのボーカリストと一〇〇〇万、比較して後者を選択したのかもしれないと想像する自分が、窓ガラスに反射して映っていた。能面みたいな無表情だ。がたんがたんと、夜闇(やあん)を走る電車は揺れる。

第四章　伴走者

　ラディッシュハウスでは毎週土曜日が赤青のライブと決まっているが、第四土曜日だけは、新人バンド育成を目的としたイベント、ルーキーデイだ。三から四組程度のバンドが順番に演奏する点は通常の対バンイベントと同じだが、大きく異なるところがふたつある。

　ひとつは、必ず事前にオーディションを開いていること。普通のブッキングイベントの場合、ブッキングマネージャーがよそのライブハウスで演奏を聴いたり、送られてきたデモ音源を聴いたりした中から選ぶ。中には実際に演奏をしてもらい出演の可否を判断するケースもあるが、絶対ではない。

　ルーキーデイの場合、オーディションは必須だ。そこには、成宮さんだけでなくクスミさんも立ち会う。赤青の他のメンバーが参加することも多い。つまり、オーディションを経てルーキーデイに参加したバンドは、クスミさんからのお墨付きをもらったことになる。だから、すでにある程度のキャリアを持つのに、わざわざルーキーデイに申し込むバンドもある。

もうひとつは、チケットノルマがないこと。条件は赤青と同じで、オールハーフバックだ。つまり、集客ゼロでもバンド側に金銭的損失がない。

通常の対バンライブは、出演バンドそれぞれのファンが集まる。フリーの音楽ファンが来ることは滅多にない。だがルーキーデイの場合は、バンドのファン半分、赤青のファンであるラディッシュハウスの常連が半分といった客構成になる。バンドにとっては、新規ファンを獲得する大きなチャンスだ。うまくいけば、そのままラディッシュハウスのレギュラーとして定着するし、さらに出世すれば赤青との対バンライブの相手に選ばれることもある。反対に、演奏の質が低いと、ライブの雰囲気はとてつもなく重くなる。常に盛り上げてくれる自前のファンの比率が低いからだ。数人が最前で拳を挙げ、残りは後方に固まってつまらなげに立つ。バンドマンにとって、一番見たくない光景だ。似たような経験はどんなバンドにもあるだろうが、客の目が肥えていてキャパも大きいラディッシュハウスでそれを経験すると、殊更つらい。

どのバンドも、オーディションで選んでいるからある程度の技術は持っている。とはいえ、毎月三、四組の新しいバンドを出演させようと思うと、どうしても質はばらつく。粒ぞろいのバンドが集まることもあるし、ダメなバンドから切っていった結果、選択の余地がなくなることもある。常連客は、そういう当たり外れも含めて、ルーキーデイというイベントを楽しんでいるようだった。

本来は月に一度のみのイベントだが、赤青のライブの目処が立たない今、そうも言っていられない。第一土曜日は別バンドのワンマンになり、赤青を含む対バンイベントを組んでいた第三土曜日は他のバンドの持ち時間を延ばしてもらって対応したが、ワンマンを予定していた第二土曜日がぽっかり空いてしまった。そこで急遽、この日もルーキーデイを開くことになった。ワンマンのチケットはすでに払い戻している。どの程度損失をカバーできるか分からないが、やらないよりはいい。

再来週の土曜日に出ることができるバンド、という条件でHP上で募集した。それだけでは心もとないので、スタッフそれぞれも心当たりに声をかけた。私もちょうどデモテープを預かっているバンドがひとつあったので、連絡をしてオーディションに出てもらうことになった。実は、私がバンドを推薦するのは初めてだ。ライブハウスを回り営業をしたわけではない。高校時代の同級生が〈シュガーマジック〉というバンドを組んで活動していて、私がラディッシュハウスで働いていることを知り、デモを送ってきていたのだ。

「声かけてくれて、ありがとな」

水曜日の十九時過ぎ、軽バンから降り立った斉木(さいき)君――シュガーマジックでは、サイキングと名乗っている――は、開口一番、大きく笑って私に言った。ジージャンを羽織り、髪をリーゼント風にしっかりセットしている。

「ううん、こっちこそ。急な募集でバンドが集まるか不安だったから、助かったよ」

シュガーマジックは、ギターボーカルの斉木君、リードギターの清水君、ベースの沖田君の同級生三人組と、二年前に加わったドラム、というオーソドックスな編成だ。

私は、一年ほど前、一度だけシュガーマジックのライブを見たことがある。アレンジはシンプルながらメロディラインがキャッチーで、観客を乗せるのがうまい。ピースフルで楽しいライブだった。ラディッシュハウスのハードロック路線とマッチするかが少々不安なものの、一年でどう変わったか、今日のパフォーマンスを楽しみにしていた。

「しかし、まさか児玉がライブハウスで働くとはな。Fコードすらまともに押さえられなかったのにさ」

嫌な思い出だ。それは言わないでよ、と私は答えた。

「楽器が演奏できなくても、仕事は他にたくさんあるからね。機材、運ぶよ」

「いいよ、女の子には手伝わせられないって」

「構わないの。いつもやってることだから」

私はギターアンプを持ち上げる。本当に、体格に恵まれていてよかった。母の仕事を手伝って、よくビールのケースを運んでいたからだろう。ただその分、容姿に可愛げはなくなってしまったが。


今日がオーディションの最終日で、三組がそれぞれ持ち時間二十分のライブを披露する。これまで五組のオーディションが済んでいるが、急な募集のせいもあってか、いまひとつ物足りないクオリティだった。今日の結果と合わせて最低三組、できれば四組を選ぶので、なるべくいい演奏であってほしい。

シュガーマジックのライブは、一番手だった。緊張のためか、斉木君の声がいまいち出ていなかったのは気になった。加えて、シュガーマジックのライブは、オーディエンスがいたほうが引き立つ。クスミさんを筆頭にスタッフ数人のみがフロアの真ん中に立つという重苦しい雰囲気は、少し実力を発揮しにくかったかもしれない。しかし、一年前より確実に演奏技術は上がっていたし、ラディッシュハウスのカラーを意識したのかハードロック調の曲も披露していて、いいパフォーマンスだったと私は感じた。

オーディション終了後、次のバンドが準備をしている間に、成宮さんとミナミさんから話を聞いている。斉木君は強張った面持ちで、何度も「はい、はい」とうなずいていた。声をかけようかとも思ったが、邪魔をしても悪いのでなにも言わなかった。

オーディションを済ませたバンドが見守る中、最後のバンドの順番になった。デモテープだけで選んだ、華子さん推薦の変わり種らしい。

「次のバンドお願いします」

成宮さんがステージ奥に声をかける。ところが、出てきたのは女の子一人だけで、後続が来ない。衣装なのか赤一色のワンピースを着ていて、口紅も真っ赤に塗っている。が、童顔なのでただ背伸びしているようにしか見えない。肩からは、サンバーストのフェンダー・ジャズベースを提げていた。ステージの上に立っているからそうは感じないが、ベースのサイズからするに、たぶん背は小さい。ひょっとしたら一五〇センチもないのではないか。

ベースだけなので、セッティングはすぐに済んだ。

「こんにちは、〈かいわれ大根〉です」

スタンドマイクに向かって女の子はそう真顔で言う。正直、気になることだらけだ。それは、バンド名なのか。バンドメンバーは誰もいないが、それでいいのか。

「他のメンバーは？」

ミナミさんが尋ねた。まだ若く見えるのに、女の子は物怖じするどころか、苛立ちすら見せながら答える。

「いません」

バンドメンバーなしでどうやって演奏するんだろう？　まさか、弾き語り？　ギターならともかく、ベースで？　余計に疑問が膨らむ。

「ええと、かいわれ大根さんは、ソロミュージシャンなんで」

ＰＡブースから、華子さんの声が飛んできた。一人なら普通に本名でやればいいのにと思うものの、ソロでもバンドのような名前を名乗るケースもあるので、否定はしない。かいわれ大根と名づけるセンスを脇に置けば。

「一人で、どうやってライブするの？」

ミナミさんの問いは、ステージ上の女の子ではなく、華子さんに向けられたものだった。

「基本的には、カラオケを流します。ベースだけが生演奏で。それに、歌を乗せます」

ふーん、とミナミさんは無表情でうなずき、腕組みをする。

「かいわれ大根さんは、普段宅録でやってて、音は全部自分で作ってるんです。ドラムとシンセは打ち込みで、ギターとベースは自分で弾いて」

最近、そういう音楽活動の形態が増えてきていた。パソコンの性能が上がり、使いやすい作曲ソフトが世に出回り始めた恩恵だ。自分で弾いたり打ち込みを利用したりして曲を作り上げ、それをネットにアップする。スタジオで録音してミックスしてCDをプレスして、という手順に比べ、圧倒的に手軽だ。もっとも、そうやって安く気軽に音楽をシェアできてしまうことが、音楽業界の衰退を招いてしまっている面もある。なんでもタダで配れば、クリエイターは死ぬ。とはいえ、宅録の楽曲をネットに上げたのがきっかけで人気になり、メジャーでCDを出した例もある。今の時代ならではの新しいプロへのルートといえよう。もっとも、宅録がきっかけで売れた人も、結局はバンドを組んでデビューした。

「詳しい話は別にいいよ。とにかく演奏が聴きたいな」

それもやっぱり、ステージの女の子ではなく華子さんに向けられた言葉だった。赤い口紅の女の子は、むっとした表情でそのやりとりを聞いている。

「じゃあ」

とだけ言って、華子さんは曲をスタートさせた。浮遊感を感じさせるシンセサイザーの音。そこに突然、鋭いギターのカッティングが割り込む。

胸を張り背を伸ばして、マイクに唇を近づける。女性らしい伸びやかな声が、がらんとしたフロアに響いた。

率直に言って、ライブの出来そのものはよくなかった。出だしこそ好調だった歌声も、時間とともに出なくなり、かすれていった。複雑な曲構成のわりにブレスのタイミングもちぐはぐで、これでは到底もたない。必死にベースを演奏していたものの、どうにも音量が小さく、なかなかフロアに音が届かなかった。華子さんが悪戦苦闘しているのは伝わったが、そもそものアンプの調整に問題があったか、演奏自体が拙いかのどちらかだろう。後半には華子さんも諦めてしまった。それに、根本として、せっかくのライブなのにカラオケなのはもったいない。結果を知った競馬のレースを見るような予定調和感がある。唯一の生楽器であるベース音があまり聴き取れないのだからなおさらだ。

欠点だらけのライブで、どれだけ元の音源がよかろうがこれではお客さんの前に出せない。そう確信した上でなお、「これはダメだ」と切り捨てがたいものを感じていた。

まず、単純にメロディがいい。複雑なAメロ、Bメロのあとのサビがキャッチーだ。展開がめまぐるしくて歌いにくそうなのがもったいない。しかし、そのめまぐるしさこそが彼女の持ち味であるとも感じる。思いがけない音、全然ちがうリズムが合わさって、不思議なハーモニーになっていた。

ダメなところはたくさんあるのに、妙に心が動く。もし、ちゃんとボイトレをしてスキルのあるバックバンドがついたら。

どうなるか、想像がつかない。そう、たぶん私は彼女の「想像がつかない」ところに興味をそそられているんだと思う。ものすごいものを生み出すかもしれない。でも、全然ダメかもしれない。その不安定さに惹かれる。

制限時間きっちりにライブを終えた彼女は、頭をひとつ下げてさっさと片付けに取り掛かった。ぎこちなくベースとアンプを繋ぐシールドを巻き、華子さんから音源を返してもらって、ミナミさんから一言二言言葉をもらうと、あっさりフロアを出ていった。名前を聞かなかったな、と思いながら小さな後ろ姿を見送る。

オーディション終了後はすぐに会議だ。広報があるので、できるだけ早く出演バンドを決めたい。事務所は手狭なので楽屋を使う。長机を二つ組み合わせた会議机に、全員が向かった。

「やっぱり、ちょっと厳しかったですね、急なオーディションは」

落ち着いた声音でミナミさんが切り出した。選考会議は、ミナミさんが進行していくことが多い。赤青きっての理論派で、語り口も整然としていて説得力がある。華子さんがＰＡとしての立場で補足し、成宮さんがまとめ、ヨースケさんとタカは適当に口を挟む。クスミさんはしゃべらない。これでよく「クスミトオルお墨付きのバンド」として宣伝できるなと思うが、クスミさんだって、気に入らないときははっきり否定する。なにも言わないのは異論がないということだと受け取っていた。

私は、選考会議に出ること自体がほとんどない。だいたいいつも事務所で電話番をしている。今日はバイトの五十嵐君がいてくれるので、珍しく参加していた。

はじめに、出演は三バンドに絞るというミナミさんの提案が承認された。本当なら、集客が見込めてドリンクやフードも売れるから、出演バンドは多いほうがいい。かといって、ライブのクオリティを下げるのも望ましくない。

各バンドについてそれぞれざっくり感想を述べたあと、話し合いの結果、まず二バンドへの出演依頼が確定した。私の耳でもその二つは安定感があったので、納得の選択だ。次に、四バンドの不合格も決まる。明らかに技術が不足していて、音楽的なオリジナリティもない。その選択にも私は不満がなかった。

残ったのは、シュガーマジックとかいわれ大根の二組だ。

「いやもう、決まりでしょ」

両手を金髪の後ろで組んでタカは言う。

「ありえないって。かいわれ大根。技術的に拙いしキャリアも浅いし、だいたい、あれはロックじゃない」

タカの言う通りだとは思う。でもどこか素直に納得できない。言葉ではうまく説明できないが。

「むしろ、なんで華子さんが推薦してきたのか分かんない。絶対無理でしょ、あれ」

「でも……音源は悪くないのよね、ほんと。光るものはあると思う」

華子さんにしては珍しく、歯切れ悪くそう反論した。

「音源がどうとか、知らないよ。ラディッシュハウスでやるのは、ライブでしょ？　ロックのライブでカラオケ流すなんて、うちの客みんな呆れちゃうよ」

「じゃあ、シュガーマジックについてはどう思うんだ？」

ミナミさんに話を振られたタカは、ちらりと私を遠慮がちに一瞥（いちべつ）してから言う。

「うーん……正直、迷いなく推せるってほどじゃない。メロディはキャッチーだけど、楽曲構成は単純だし、技術力もさほどじゃないし。でも……ひょっとしたら、オーディエンスが入ると雰囲気が変わるかもしれない」

「たしかに、そんな感じのパフォーマンスだったな。――梨佳ちゃんはどう思うの」

急にミナミさんから意見を求められて、私は「えっ」と声を上げてしまった。

「さっきから黙ってるけど、ここに座ってるんだから発言する権利はあるよ？　それに、シュガーマジックのライブを見たことがあるのは、この中じゃ君だけだ」

私は、躊躇いつつも口を開く。

「ええと……たしかにシュガーマジックは、煽りがうまくて、オーディエンスがいたほうが盛り上がるバンドだと思います。私が見たライブも、そうでしたし」

「決まり」

タカは間髪を容れずに言った。

「やっぱ、かいわれ大根はないよ。ちょっと物足りなくはあるけど、シュガーマジックで」

どう考えてもそれが妥当な選択だ。シュガーマジックは、当たる可能性はあるし、仮に外れであっても、仕方ないかと思わせるレベルには達している。少なくとも、ラディッシュハウスの音楽性にある程度マッチしている。だが、かいわれ大根は演奏は拙いし、ベース以外生演奏じゃないし、そもそも音楽性がまったくマッチしていない。なんでこんなバンドをブッキングしたんだ、と客は不満を覚えるだろう。

「クスミ、じゃあこの三組でいいか」

クスミさんは坊主頭を掻く。なにか悩んでいるのか、それとも話を聞いていなかったのか、しばらく不自然な沈黙を挟んだあと言った。

「うん、それでいい」


事件から十日ほど経ち、マスコミによる報道がなくなって、ネットへの書き込みも減った。よくも悪くもトレンドが移り変わるのは早い。タカとも、事件の話をしなくなった。今もまだ未練たらしく思い悩んでいるのは私だけじゃないか、そんな気さえする。

いったい誰が、どういう理由で、ヨースケさんの命を奪ったんだろう。

超絶技巧のテクニックを持つクスミトオルは、なぜ演奏ミスをしたんだろう。

ヨースケさんはなぜ「ロックとはなにか」について迷っていたんだろう。

そしてそもそも、ロック、ってなんだろう。

木曜日、ラディッシュハウスはライブの予定がなく、成宮さんは久しぶりに休みを取っていた。知り合いのバンドが出るライブを見に行くらしい。時間は十五時を回っていた。華子さんは地下のフロアにいて、事務所には私しかいない。ふと空腹を覚え、私は財布を持って事務所を出た。

ラディッシュハウスを出てすぐ西隣に、たこ焼き屋がある。イートインスペースもあるが、あまり利用者はいない。八個入り四〇〇円という標準的な値段で、味も当たり障りなく、トッピングも普通だ。いったいこれがどのくらいの稼ぎになるのか。たぶん、いくつもの意味でラディッシュハウスがなければとっくに店を閉めていたにちがいない。今日のように、小腹がすいたスタッフが買いに来る。ライブ開始前、行列に並ぶ手持ち無沙汰な客がよく購入している(特に、冬場は売れ行きが抜群だ)。だからたこ焼き屋のおばちゃんは、行列を作るならウチのほうに並ばせろ、と言っている。普通、よその店の行列は迷惑なものなので、そう言って引き受けてもらえると、こちらとしてもありがたい。その上、たこ焼き屋の二階には、赤青の三人が間借りして住んでいた。古くて狭い部屋なのでたいした家賃は払っていないが、それがなければ収入は半減だろう。加えて、食材の買出しやテーブルの修繕などをよくタカが手伝っている。ときには、おばちゃんに代わり店番をしていることすらあった。

たこ焼き屋へ行くと、おばちゃんは小柄な体をさらに丸め、椅子に座ってぱらぱらと週刊誌を眺めていた。もう六十歳は超えているはずだ。旦那と死に別れ、三人いた息子は全員自立した。息子たちの部屋を少し改装して、そのまま貸している。

「おばちゃん、たこ焼きひとつ」

私がそう声をかけると、老眼鏡をかけたおばちゃんは「よっこいしょ」と丸椅子から立ち上がった。

「ちょうど、作り置きが売れちゃって。今から焼くけどいいかい?」

もう店じまいにする気で、作り置きを焼かなかったのではないか。営業時間などあってなきがごとしで、おばちゃんが気が向けば開け、疲れたら閉めるという呑気な商売だ。いまさらいらないと言えず、お願いします、と私は答える。

「座って、待ってなよ」

私はおばちゃんが座っていた青い丸椅子に腰を下ろし、週刊誌を広げる。だが特に読みたいと思う記事は見当たらない。

「事件はその後、どうなの。犯人、捕まった？」

タコの欠片（かけら）をタネに放りこみながらおばちゃんは言った。

「まだ。捕まってないよ」

そう、とおばちゃんは答える。

「部屋は、片付けないのかい」

それが、と私は口ごもる。ヨースケさんは、自室の八畳間にぎっしりと機材やCDを積んでいた。実家は音楽の趣味はなく、引き取っても生かせないので音楽系のものはそちらで分けてほしいと言われていたが、まだほとんど手をつけられないでいた。

「まあ別に、好きなだけそのままでいいんだけどね。部屋が空いたって、他に貸す気もないんだから」

たこ焼き器に視線を落としたままおばちゃんは言う。もともと貸し部屋業を営んでいるわけではないので「貸す気がない」のは事実だろう。でもそれは半ば照れ隠しで、実質は私たちへの気遣いじゃないだろうか。なんだかんだ、三人とおばちゃんは仲が良かったから。それこそ、実の親子のように見えることもあった。

「仕事のほうは、どうなの」

「まあ、ぼちぼち」

「通常営業してくれなきゃ、こっちが困るからね。客が来なくて」

すみません、となぜか私は謝る。

「しかしまあ、恐ろしいことだよ。まさか、殺人事件が起こるなんてね。ありゃきっと、土地が悪いんだね」

「土地が?」

「そうそう。前の持ち主の、ワノさんが悪かった。いろいろ、変な噂があったからね」

それはちょっと気になる。私は週刊誌を置いて立ち上がり、「変な噂とは?」と尋ねた。

「一言で言や、旦那の女癖が悪かったんだよ。夫婦喧嘩はしょっちゅうだったね。うるさいったらありゃしない。あたしは不眠症で眠りが浅かったから、よく夜中に目が覚めたもんだよ」

不眠症、なんて繊細な質にはちっとも見えないが、たしかにそうらしい。「まあ、こっちの子供たちも相当騒がしかったから、お互い様だけど」

おばちゃんは、たこ焼きを手際よくひっくり返す。きれいな狐色に焼けていた。

「よその女を孕(はら)ませたこともある、って噂も聞いたね。当人は、金がなくてぴーぴーしてたのに、無責任な話さ。相手の女もかわいそうだよ。ある日、女房がとうとう我慢できなくなって、子供を置いて家を飛び出しちまったんだ。たしか、息子が中学校に上がるころだったかな?それっきり、一度も見ていない。だけど、それもおかしな話だろ?普通だったら、息子の顔を見に戻るものだ。いったいどうしてだと思う?」

だんだん、声にすごみが増している。さあ、と私は首を捻った。

「夫婦喧嘩のとき、旦那はすぐに手を上げてた。変なとこにあざを作ってるのを何度も見たよ。女房に逃げられて、って旦那は言ってたが、嘘だね。カッとなって女房をぶん殴って、はずみで殺しちゃったんだ。だから、誰も女房が出ていくところを見てないし、息子の顔を見に戻りもしない。じゃあ、女房の死体はどうしたのか。あそこの家は元はバイク屋で、裏がガレージになってたからね。ガレージの床はがして穴掘って、埋めたのさ。そうすりゃ、誰にも見つからない」

おばちゃんは焼きあがったたこ焼きを串で刺し、リズミカルに舟皿に載せていく。

「ところが、だ。バイク屋を潰して、ライブハウスなるものを建てるっていうだろう? しかも、地下室まであるらしい。こりゃえらいことになった、と思ったよ。時効はまだ来ていない、ついに旦那の罪が発覚しちまう、ってね。あたしは毎日、工事の様子を見ていたよ。ショベルカーが家を壊して、穴を掘って。そうしたら……」

おばちゃんは、ソースと青のり、鰹節のかかったたこ焼きを私に渡して言う。

「なんも、出なかったよ。はい、一人前四〇〇円ね。待たせた分、一個サービスしといたから」

焼きたてのたこ焼きを持って、私は地下に降りた。明かりの点るがらんとしたフロアには、一見、誰の姿もない。私はPAブースに向かう。

案の定、華子さんはＰＡブースのコンソールの下に潜り込んでいた。

「どうかしたんですか？」

黒のロングＴシャツにスキニージーンズというラフな恰好の華子さんは、埃まみれの手をはたき言う。

「いや、先週からどうも、少し低音が回ってる感じがしてさ。いろいろいじっても改善しないから、シールドをとっかえてみようかと」

昨日のライブで、低音が回っているとは感じなかった。本当に、ＰＡさんの耳のよさはすごい。鋭い聴力で細かい音を聞き分け、それを丁寧にひとつずつ改善していく。やれエフェクターのブランドがどうとか、シールドの長さがどうとか、壁の材質がどうとか。はっきり言って、シールドを替えても、観客の九割以上は音の変化が分からないだろう。でも、そこに拘り抜いた結果得られるのが「音のいいライブハウス」という評判だ。多少の贔屓目込みだが、私は、ラディッシュハウスの音のよさはどこにも負けないと思っている。

「とりあえず、一休みしてたこ焼き食べません？」

華子さんは人懐っこい笑みを浮かべ「いいね」と答えた。

「でも、ＰＡブースを汚したくないから、バーカウンターで食べよ。梨佳、なんか飲み物入れて」

私はウーロン茶を二つのカップに入れてカウンターに置いた。焼きたてのたこ焼きはまだ十分熱く、猫舌の華子さんはふーふーと何度も息を吹きかける。髪は鮮やかな緑色で、右の側頭ない。

部をきれいに剃り上げていた。眉のはっきりした男顔なので、睨むと迫力がある。容姿のせいで初対面の人はだいたい恐る恐る接するが、中身はとてもいい人だ。ただし、仕事には妥協しないしダメな部分は容赦なく指摘するので、怖そうな人、という印象そのものはまちがいではない。

年齢は聞いたことはないが、たぶん三十歳を少し超えたくらいだろう。成宮さんほどではないがクスミさんとの付き合いは長い。イベント会社のPAとして働いていた時代に、サウリバと何度も仕事をしたことがあるという。ただ、ラディッシュハウス開店の際、専属PAとして華子さんが引き抜かれたのは、業界としては意外なことだったそうだ。最近ようやく増えてきたものの、まだまだPAは圧倒的に男性のほうが多い。機材を運ぶことが多く労働時間も長い体力仕事だから、というだけの理由だが、それでもやっぱり、女性PAがバンドマンに舐められてしまう風潮はないとは言えない。

「昨日のオーディション、残念でしたね」

「なにが?」

「華子さん推薦のアーティストが、選ばれなくて」

別に、と言って華子さんは小さく笑った。

「送られてきたデモテープを聴いて前からちょっと気になってたから、この機会に推薦してみただけ。うちには合わないだろうとは思ってたけど、ひょっとしたらおもしろいパフォーマンスを見せるかもしれないし、たとえダメでもオーディションの賑やかしにはなるし。ただそれだけのこと。自分が推薦したバンドの当落やライブの出来をいちいち気にしてたら、仕事にならないって。年間、いくつのバンドを見ていると思う？」

　それもそうだ。華子さんは、剃り上げた側頭部をぽりぽりと掻きながら言う。

「それとも、自分が推薦したバンドは通りました、うれしいです、って嫌味が言いたいわけ？」

「そんな、別に……」

「冗談よ」

　華子さんは歯を見せて笑った。たこ焼き屋のおばちゃんといい、冗談のきつい人たちだ。

「でも私、かいわれ大根、よかったと思います。いえ、パフォーマンスそのものは拙かったんですけど……妙に心惹かれるものがありました」

「ネットに上がってる音源は、聴いた？」

「はい、家に帰ってすぐに。改めて聴くと、歌詞も展開も独特ですよね。変拍子を使ってる曲、サビらしいサビがない曲、わざと音程を外して歌っている曲。クオリティが高いかといえばそうではないと思うんですけど、すごくおもしろいことをやってるって感じました」

「そういう感覚、大事よ。一年見てなかったら、バンドがとんでもない化け方をしてるなんてこと、よくあるから。一度ダメだったからといって、簡単にダメというレッテルを貼らない。ダメな中にも、伸びしろを見つける。この仕事を続けていく上で必要なことだと思う」

　そうですね、と私はうなずく。

「ところで梨佳はさ、ＰＡやる気はないの」

私はたこ焼きに伸ばしかけた手を止める。

「唐突ですね」

「いや、ずっと思ってたんだけど。素人にとって音響機材をいじるのがハードル高いのは分かるよ。でもこの業界に自分から来るのって、そういうのが好きな人が多い。けどあんた、自分からちっとも触ろうとしないでしょ」

否定はできない。機材運びはするしシールドの八の字巻きもできる、シールドをアンプのどこに差せば音が鳴るのかも分かる。だが、ゲインやボリュームなどのつまみは絶対に触らない。PAブースにもできるだけ入らない。

「やっぱり、触れるようにならないとダメですか」

「ダメってわけじゃない。けど、この業界で長く続けていこうと思うなら、PAになるかならないかは別として、ある程度の知識は必要。今んとこうちでは、バーカウンターのことやらHPの更新やらの雑務を一手に引き受けてくれてるから十分助かってるけど、それじゃいつまでも下っ端のままでしょ」

華子さんが親切で言ってくれているのは分かる。でも私は、なにも答えることができなかった。

「あんたって、意外と謎よね」

「えっ?」

「だって、なんでラディッシュハウスで働き始めたのか分からない。ごりごりのロックファンではないし、自分で楽器演奏してたわけでもないし、PA志望でもないし。頭が良くて大学もちゃんと出てるのに、うちみたいな零細企業に勤めること自体、ちょっと変」

「買いかぶりすぎですよ。そんなにいい大学じゃないですから。就職活動に苦戦してたのは事実です。成宮さんから声をかけてもらって、本当に助かったんです」

「ま、別にいいけどね。それぞれ、自分の好きにすればいいんだから」

あっけらかんと華子さんは言う。

「そういう華子さんこそ、どうしてPAになろうと思ったんですか？」

「うーん。生まれたときから決まってた、ってところかな。うち、実家が貸しスタジオでね。両親が機材マニアで、ずっと身近に音楽機材があったの。おかげで耳は良くなった。それは今も財産になってるよね」

「演奏するほうに回ろうとは思わなかったんですか？」

痛いところつくねー、と華子さんは苦笑する。

「正直に告白すると、思った。音楽業界っていう派手な世界なのに、ずっと裏方で仕事してる両親への反発もあったのかな、と今なら思う。こっそりエレキギター手に入れてさ、ばれないように部屋で弾いてたの。音のよしあしにはめちゃくちゃうるさい両親だから、とてもじゃないけど下手な演奏聴かせられないと思ってね。でも、悲しいことに、耳がいいのは親だけじゃなくて、私も、だったのよね」

言いたいことが分からず、私は首を捻る。

「自分で、自分の演奏の下手さ加減に我慢できなかったんだよ。なまじっか耳がいいから、己のプレイがどれだけポンコツか、痛いほど分かる。富士山頂からの景色を知ってるのに、高尾山登るのでぜーぜー言ってる感じ。いわゆる眼高手低（がんこうしゅてい）ってやつね。それでもまあ、高校の文化祭に友達とバンドを組んで出るところまではやった。けど、それで終わりだった。どうも致命的に手先が不器用みたいでさ。卒業後の進路も決めなきゃいけないから、そこできっぱり見切りをつけたってわけ」

「後悔はないんですか？」

全然、と華子さんは即答する。

「クスミさんのカッティングを見ててさ、嫉妬しないのよ、ちっとも。それより、この音をどうやったらよりかっこよくフロアに届けられるか、しか頭に浮かばない。生粋（きっすい）のアーティストなら、たぶんそうじゃないよね。負けたくない、自分もいい音を出したいっていう感情が、少しくらいはあるはず。でも、私にはなかった。やっぱり私は、根っからの裏方人間みたい。残念ながら、両親と同じでね」

華子さんのこういう話を聞くのは初めてだ。私は黙って聞き入る。

「でも、ドロップアウトして楽な道を選んだ、とも思ってないよ。高校を出て音響系の専門学校行ったけど、そこはまあ、楽しかった。同性もそれなりにいたしね。でも、学校行きながらライブイベントの会社でバイトし始めたら、そっちはめちゃくちゃハード。男ばっかりの世界で、女はすぐ辞めると思われるし、機材は重くて毎日筋肉痛になったし。それでも歯を食いしばって働いて、そのままその会社に就職した。でも、長くはもたなかったな」

「そうなんですか」

うん、とうなずいて華子さんは、自分の緑色の髪をつまむ。

「こんな髪型してるのも、半分は単純にこういうファッションが好きだから、だけど、もう半分は、舐められたくない、って気持ちの表れなのよね。女ってだけで下に見られるから、せめて見た目だけでも脅してやれ、と思って。でも、そう思ってるってことは、はじめから自分がそれを意識してるってことでしょ？　突っ張ってばっかりじゃ、やってけないよ」

「それで、どうなったんですか」

「倒れた。もともとたいして体力ないのに無理して機材運びやってたら、腰、やっちゃって。もっと早くに安静にしてりゃよかったんだけど、意地張って隠してたらどうにもならなくなってね。半年仕事休んだら、もう私の居場所なかったよ。クビってわけにはいかないから内勤に回されたけど、まあつまんなくて。腰は完治したって主張しても、異動させてくんない。でもそれも、分かるよ。ただでさえ女で体力なくて扱いにくいのに、傷物になったとあっちゃ、使えないよね」

華子さんは、過酷な思い出を平然と語った。

「そんなときに、成宮さんから話もらったの。ラディッシュハウスで働かないかって。泣くほどありがたい話だったけど、私は断った。だって、同情でしょ、そんなの。私がPAとして働けないのを哀れんで、こいつなら安い給料でも引き抜けるだろうって下に見てんだなって。そう思ったら腹が立っちゃって、絶対嫌ですって啖呵きったよ。言った直後にはもう、ああ意地張って失敗した、人生終わったなって後悔したんだけど、一週間後、また来たのよ成宮さん。お願いだから来てほしいって。なんでって訊いたら、こう答えた。『クスミが、華子がいいって言ってる。だから、来てほしい』って」

華子さんは、ほどよく冷めたたこ焼きを口に放り込んだ。ゆっくり嚥下してから言う。

「泣くよね、そんなこと言われちゃ。あの、天下のクスミトオルに。そりゃ何度も一緒に仕事して、私も手応えはあったよ？　仕事やりやすいな、いいライブになったなって。でもまさか、自分とこのライブハウスのたった一人のPAに呼ばれるなんて思わない。今から思えばさ、口がうまい成宮さんのウソで、実際はクスミさん、そんなこと言ってないのかもしれない。私も、たしかめてないし。でも、もういいやって思った。私は、ミュージシャンとしてのクスミトオルに惚れてる。赤青は今の時代で一番かっこいいバンド。それを、よりかっこよく見せる仕事に携われるなら、自分のプライドとか世間の評判とかどうでもいい。灰になるまで、赤青の音を支え続けるよ。そういう気持ちで、私は今、ここで働いている」

私は無表情を作って二の腕を握る。自分はなんて恥ずかしく情けない人間なんだろう。彼女に比べれば、私がラディッシュハウスで働いている理由はひどく陳腐で自分勝手なものに思えてならない。

「私に、アーティストの才能はない。でも、アーティストの創作活動を支えることはできる。私よりうまくできる人もいるかもしれない。でも、私は私のできることをやる。別に、それでいいと思うんだ。近くで見てると、あいつら、眩しいからね。よくあんなに疑いなく自分を追い込めるなって。でも、表現者だから価値が高い、裏方だから価値が低いってことはない。クスミさんの後ろでドラム叩くのも、PAブースで音作るのも、チケットのもぎりをするのも、バーカウンターでドリンク入れるのも、全部必要な仕事だから。別に、自分を卑下する必要、ないと思う」

　華子さんの声音は穏やかだ。彼女の意図を、私はたった今理解した。

「卑下……してるように見えましたか」

「ちょっと、ね。でも、それは普通のことだと思う。褒めたら調子に乗るから絶対に本人に言わないけど、タカは、すごいドラマーだよ。自分と同い年の人間がさ、とんでもない努力をしてめきめき実力をつけて、華やかなステージの上に立ってる。劣等感を持たないほうがおかしい。特に、梨佳くらいの年なら。私だって、同年代のアーティストや同業者にずいぶん嫉妬してきたからね。でも、最近になってようやく、人は人、自分は自分って思えるようになってきた。自分の仕事に誇りが持てるなら、ギタリストもドラマーもPAもバーテンダーも、同じくらい素敵な仕事だよ」

「でも……私まだ、自分の仕事に誇りなんて持てていません」

「あー、そっか。まあそれも仕方ないよ。まだ二十四でしょ？　今探してます、で十分。もぎりやバーテンダーがいいっていうならそれでいいし、PAをやってみたいっていうなら教えてあげる。ブッキングマネージャーを目指すなら成宮さんについていけばいいし、この業界辞めて別の仕事します、結婚して主婦になりますっていうのでもオッケー。言いたいのは、それだけ」

華子さんの気遣いに胸が熱くなった。ありがとうございます、と頭を下げる。でも、PAの仕事教えてください、という台詞は出てこなかった。働いていてずっと、お腹の底に引っかかっているものがある。いつかは分からないがそれがとれたとき初めて、踏ん切りがつけられるのかもしれない。

「でも今は、それどころじゃないか。事件が解決してないもんね。ごちゃごちゃしてるのが落ち着くまでは普通にやってもらわないとこっちも困るし」

ひとつ息を吐いてから、私は尋ねた。

「華子さんは、事件のこと、どう思ってるんですか」

それにには即答せず、華子さんは私の顔を見た。

「ストレートに訊くのね」

「すみません」

「いいよ、変に遠まわしに言われるよりずっとマシ」

華子さんはスツールの上で、スキニージーンズに包まれた足を組み替えた。

「――悲しい。それが一番かな」

黙って瞬きをする私の顔を覗き込むようにして、華子さんは言う。

「意外？」

「……正直に言うと、少し」

「ひどいなあ、私、別に鋼鉄のハートの持ち主じゃないよ」

「いや、そんなつもりじゃないんです。ただ華子さんなら、悲しいより先に、悔しいとか、犯人に対して腹が立つとか、そういう感情が来るのかなと思って」

「そうね。怒り。それはまちがいなくあるよ。いったい誰がこんな取り返しのつかないことをしたんだって。でも、どうやったって死んだ人は帰ってこない。たとえ、怒りに任せて犯人をぶん殴っても。そのことは、自分に言い聞かせてる」

どうやったって死んだ人は帰ってこない、という言葉が胸に刺さった。

「華子さんは、誰が犯人だと思いますか」

「分かんない。私じゃないよ、としか。幸い、私はライブ中ずっとPAブースにいたから、信じてもらえると思うけど。隣に高辻さんもいたしね。それはあんたも認めてくれるでしょ？」

私はなにも答えなかった。

「まさか、私のこと疑ってる？」

私は頭を振る。

「そういうわけじゃないんです。ただ……ちょっと、気になってることがあって。事件と関係があるかは分からないんですが」

「なに？　面倒だからさっさと言って」

「ライブのことです。アンコールの『夜明けのファンファーレ』のギターリフ、クスミさん、ミスしましたよね？」

ラディッシュハウスでのライブは、基本的にすべて録音している。多くは再生されることなくHDに埋もれるだけだが、赤青のメンバーが自分たちのライブを聴き返すこともあるし、希望があれば他のバンドにデータを渡すこともあった。フロアの外音を録っただけのものなので音質はよくないが、クスミさんがミスをしたことは、はっきり聴き分けられた。

少しの沈黙のあと、華子さんはうなずく。

「そうね、まちがえた。珍しく、ド派手にまちがえたね」

「なぜクスミさんはミスをしたのか、気になりませんか？　もちろん、クスミさんだって神様じゃないですから、ミスをすることだってあると思います。でもそれは滅多に起こらないことで、それが偶然、事件の直前に起きるなんて。普通じゃ考えられない確率だと思いません？」

「クスミさんが犯人だ、とでも言いたいわけ？」

「ちがいます。だって、ミスしたとはいえ、演奏中だったのはまちがいないんですから。ただ、事件となにか関係があったんじゃないかとは思うんです。クスミさんのミスは、偶然じゃない」

「偶然じゃなかったら、なんなの」

「誰かの手によって引き起こされたものじゃないか、そう考えたんです。じゃあいったい誰なら、クスミさんにミスさせられるのか。ありうるとしたら、クスミさんの出す音を管理している、華子さん。ちがいますか？」

弦を弾けば、音が鳴る。アコースティックだろうとエレキだろうとそれは同じだ。アコギの場合、木製の本体の空洞が共鳴して音が響く。エレキは、シールドをアンプに繋ぎ弦を弾いた音を増幅させ、アンプに内蔵されたスピーカーから音を出す。路上でちょっとしたライブをするなら、ギターとアンプがあれば十分だ。プロのギタリストは必ず自分のアンプを持っていて、そのつまみを調整し、自分なりの音を作る。つまり、ギターの演奏、及びアンプからの出力は、ギタリストの管轄だ。

ただし、ちゃんとしたライブハウスで演奏する場合、アンプの音だけでは貧弱だ。そこでギタリストは、エレキギターを自分のアンプにシールドで繋ぎ、アンプの音をボーカルと同様にマイクで拾ってPAミキサーで調整する。つまり、マイクから先の音は、音響スタッフ、PAの管轄だ。

ほとんどのライブハウスの場合、フロア全体の音を聴けるようPAブースはフロア後方にある。バンドがどんなにいい演奏をしても、PAの技術が拙いと、各パートの音のバランスが崩れひどい演奏に聴こえてしまう。また、低音部分がまったく鳴っていないように聴こえたり、反対にやたら増幅されすぎてしまうこともある。ライブハウスでの音作りは、演者とPAの共同作業と言えるだろう。どちらかの技量が低くてもダメだし、両方が優れていても、連携がとれなければうまくいかない。クスミさんが専属のPAを置く気持ちも分かる。より完璧な音作りを目指すなら、同じ場所、同じ設備、同じPAでライブをするというのは当然の選択だ。

クスミさんのギターのサウンドは、クスミさん一人が作っているものではない。華子さんとの共同作業の成果だ。それはつまり、クスミさんにミスをさせうるのも華子さんだけ、ということではないか。

「言いがかりもいいところね。高音がハウリングを起こしたとか低音が消えたとかならまだ分かる。私に操作できなくもない。でも、あれはピッキングミスだった。クスミさんは、本来弾くべき弦とは、別の弦を弾いた。いくらＰＡでも、ギタリストのピッキングを操作することはできないよ」

「それはもちろん、分かってます。なんらかの要因で、クスミさんは動揺し、ピッキングミスをしてしまった。華子さんなら、それを作り出せたんじゃないかと思って」

「具体的にどうやって？」

「モニターです」

　そう私は答えた。ライブハウスでの演奏の場合、フロアに向けられたスピーカーからの音、いわゆる外音は、ステージに立っている演者は聴き取りにくい。そこで用いられるのが、モニターだ。ステージ上で鳴っている音、いわゆる中音（なかおと）は、バンドが演奏する生音、ギターのアンプからの音、外音の跳ね返りなどが渾然（こんぜん）としていてとてつもなく演奏しづらい。それを整理するのがモニターの役目だ。モニターとは演奏者に向けられたスピーカーのことで、ドラム音やベース音、自分の楽器の音など、演奏をする上で自分が頼りにする音が流れるようになっている。外音の調整と並ぶ、ＰＡの重要な役割だ。リハーサルと観客が入ったライブでは音の伝わり方が変わることも多く、よくライブ中に演奏者が、手振りだったり口頭だったりでＰＡに指示を出している。

　もしそのモニター音が、ライブ中突然消えてしまったら？　動揺のあまりミスをしてもおかしくないのではないか。ミキサーを操作するだけなので、隣に高辻さんがいても気づかれない。

　華子さんは、苦笑いを浮かべた。

「アイデアとしてはおもしろいけどね。残念ながら、ちがう」

「どうしてですか？」

「赤青のライブで、前に一度あったのよ。曲の最初のほうで、シールドを足で引っかけたかなにかして、急にギターのモニター音がぷっつり切れたことが。そのとき、どうなったと思う？」

　私は頭を振る。

「クスミさんは、平然と演奏を続けた。ドラムの生音を頼りに勘で弾いたんでしょうね。いや、勘、なんてあやふやなものじゃないな。クスミさんの脳内では、鳴ってるんだと思う。自分の理想とする音が。モニターがあろうがなかろうが、その通りに演奏するだけ。もちろん全員がそんな調子じゃ絶対に合わないけど、他のモニターは生きてたからね。みんな、クスミさんのギターに合わせて演奏できる。私はそのことを、ライブが終わってから知った。つまり、ＰＡすら気づかないレベルの演奏をやってのけた、ってこと」

　華子さんは続ける。

「しかもそれって、四人での演奏のときのことだから。今回は、ソロでしょ？　誰かに合わせる必要もないし、そもそも鳴ってる音が少ないし、モニターがなくてもギターアンプから音は出てるし。それでも、急にモニター音を切ったら少しくらいは驚くかもしれないけど、なにせ相手は、ライブ中に照明器具が落ちても表情ひとつ変えなかったクスミさんよ？　その程度でピッキングミスなんてするわけない。仕掛けるほうだって期待しないよ」

　まったく、おっしゃる通りだ。私は反論できなかった。

「だいたいさ、私がクスミさんにミスをさせて、それがなんになるわけ？　仮にそうだったとして、事件にどう関係があるの？」

　私は俯いて頭を振った。

「それはよく分かりませんでした。ただ、華子さんならクスミさんにミスをさせることができたんじゃないか、と思っただけで……」

　はは、と華子さんは声を上げて笑い、ウーロン茶を飲む。

「考えすぎ。クスミさんだって、ミスすることはあるよ。ああ見えて一応、人間だからね。なにせ、一ヶ月ぶりの復帰だったんだから。少なくとも私は、おかしな工作はなにもしてないし、クスミさんがミスする理由に心当たりもないよ。どうしても気になるんなら、クスミさんに直接訊いてみれば？」

　答えられないでいる私を見て、華子さんは苦笑いをした。

「やっぱ、訊きにくいか。クスミさん相手に『なんでミスしたんですか』なんてね。私でも、ちょっと勇気がいる。まあ、無理に訊けとも思わないけど。いずれにせよ、あんまりややこしく考えないほうがいいんじゃない？」

ところがそこで、華子さんはふと真顔になって言葉を切った。

「どうかしましたか」

「いや……事件に関係ないと思ってたけど、ひとつ、気になることがあって。アンコール待ちの間、ステージも会場も真っ暗だったでしょ？　まあ、おかしな演出じゃない。でもあれ、クスミさんの指示だったらしいの」

えっ、と私は声を上げた。

「高辻さんから聞いたんだけどね。本編が終わったら暗くしとくよう指示されたって。その一言しか聞いてなくて、言われた通りアンコール待ちの間、照明を暗くしていたら、メンバー揃ってないのにいきなりクスミさんのギターが鳴り始めたでしょ。明るくしていいのか暗いままでいいのか分からなくて困ったって。あとで、あれでよかったか、どういう意図だったのか訊いてみたんだけど、教えてくれなかったって言ってた。ギターのミスとは関係ないと思うけど……珍しいな、と思って」

クスミさんは、ライブの演出やフライヤーのデザイン、ＣＤのジャケットなど、音楽に関わらない部分に口を出すことは滅多にない。バンドで話し合った演出だとしても、スタッフとの調整はミナミさんかヨースケさんの役割だ。クスミさんが照明の指示をしている姿なんて見たことがない。

本編が終わったあと、真っ暗にする。いったいどんな効果を狙ってクスミさんは指示を出したのか。結果だけを言えば、真っ暗だったがために犯人は、誰にも見られず犯行に及ぶことができた。まさか、クスミさんは誰かの共犯者？　かといって、他者への指示というあからさまな証拠を残すだろうか？　しかし、事件に関係のないただの演出なのであれば、どうしてクスミさんは演出意図を隠すのだろう？

クスミトオルは、いったい暗闇になにを望んだのか。

企図通りの暗闇の中で、なぜ演奏ミスをしたのか。

　クスミさんのミスは、私にはどうしても、華子さんの言うような「偶然のミス」とは思えなかった。ＰＡが音を操作したわけではないとしたら、ひょっとして、ギター本体になにか工作がなされていた？　それはありえないだろう。なぜならミスが起きたのはアンコールで、本編は問題なく演奏していたからだ。舞台袖にはけたほんのわずかな間に、誰かが細工したとも考えがたい。

　久しぶりのライブだったから、という理由も納得できない。リハーサルは、ブランクを感じさせない完璧なものだった。それに、久しぶりだからまちがえるというなら、アンコールではなく本編のうちに起こるのではないか。

　となるとやはり、なんらかの方法でクスミさんの動揺を誘ったと考えるべきだろう。モニターの操作ではない。照明が急にクスミさんを照らす、なんてことも起こっていない。もしかして、フロアに意外な人物を見つけた？　たしかにあの日ライブハウスには、元サウリバのベーシスト、タナベリクという珍しい人物はいた。しかしタナベさんは事前に楽屋へ挨拶に行っているし、そもそもライブの頭からいたのだから、アンコールのときに驚くのはおかしい。それ以外の、予想外の人物？　思いつくのは、サウリバの残ったもう一人のメンバー、ドラムのイマムラユズルか。だがそれなら誰かが入場の際に気づくだろう。

音響でも照明でも、観客でもない。しかしそれ以外にひとつ、ステージ上で、クスミさんさえも動揺させうるようなドラマティックなことが起こったではないか。

まさか、誰かがヨースケさんを刺しているところを目撃し、動揺した？　それならさすがに、驚いてミスをしてしまうのも理解できる。だが、代わりに別の謎が生まれる。

ではなぜクスミさんは、犯行を止めようとせず、平然と演奏を続けたのか。

なぜ、犯人が判明していない今も、自分が目撃したことを誰にも話していないのか。

華子さんに指摘されたように、私にはそれをクスミさんにたしかめる勇気はなかった。クスミさんのことを恐れているからではない。もし本当にクスミさんが事件に関わっていたら。そう考えると怖い、という感情のほうが強い。自分のことを「女々しい」と言った成宮さんと同じだ。

かといって、「事件と関係のないただのミスだ」という答えも、私は聞きたくなかった。そんなのまるで、クスミさんの腕が落ちてしまったみたいじゃないか。

クスミさんには事件に関わっていてほしくない。かつ、ミスなんてしない超人でいてほしい。私にとってクスミトオルは、身近にいる神様みたいな、不思議な存在だった。

華子さんと話したあと、急ぎの仕事もなかったので、私は十七時過ぎにラディッシュハウスを出た。こんなに早く帰れるのも久しぶりだ。気晴らしに、CDショップに立ち寄って小一時間ほど試聴し、本屋で文庫本を二冊買った。スーパーで買い物を済ましマンションに帰り着いてバッグからスマホを出し、驚く。何件もの着信が入っていた。成宮さん、タカ、さらにはミナミさんまで。いったいどういうことだ？　またなにか事件があったのだろうか。

タカからは、メッセージも届いていた。

『おまえ、これ本当なのか？』

たった一行の言葉のあとに張られたURLを、座りもせず私はクリックし、ネットのまとめサイトに飛んだ。

その表題を見て、私は凍りつく。頭が真っ白になる。

これはなにかのまちがい、これはなにかのまちがい。十回小声で繰り返した。手が震える。買ってきた冷凍食品すら片付けぬまま、ページを頭から終わりまで読んだ。二回読んでも「なにかのまちがい」ではなかった。どうしていいか分からない。とにかく、ラディッシュハウスのスタッフ全員にメッセージを送った。

お騒がせしてすみません、明日話します、と。

こんな日に限って人身事故で電車が遅れた。十三時を少し回ったころにラディッシュハウスのドアを開けると、事務所には成宮さんが一人で座っている。

「みんな、奥にいるよ。一息ついてからでもいいけど」

私はカウンターのガジュマルを一瞥する。水はあとであげるからね、と心の中で告げてから、いいえ、と頭を振った。

「待たせるのは申し訳ないですから。すぐに行きます」

リュックを置いて、成宮さんと一緒に楽屋に入る。スタッフ全員が顔を揃えていた。華子さん、タカ、ミナミさん、一番奥にはクスミさんまで座っている。まるで裁判みたいだな、と思った。

私は、被告のために空けてあったかのようなパイプ椅子に腰を下ろす。

「まずは、謝ります。お騒がせしてすみません」

「それは別に構わねえんだよ」

私の言葉を遮るように、タカは言う。

「謝罪なんか後回しでいい。それより、ネットに書かれてあったのはほんとのことなのか、嘘っぱちなのか。それを教えてくれよ」

私は五人を見回した。緊張で自分の顔が青ざめているのが分かる。自分が自分じゃないみたいだ。でもそれは、みんなにとっても同じだろう。きっと、昨日の私とはちがう私に見えているにちがいない。

震える手をぎゅっと握った。ゆっくりとうなずく。

「ネットに書かれていたことに、まちがいはないです。私、児玉梨佳は、ワノカズヒコの腹違いの妹です」

　口の中が乾いている。私はそっと唇を舐めた。飲み物ぐらい用意すればよかったと後悔したが、もう遅い。

　タカが送ってくれたURLのリンク先、ネットのまとめサイトのタイトル、それを見たとき私は、飛び上がるほど驚いた。

『ラディッシュハウスのスタッフに、ワノカズヒコの妹が紛れ込んでいる？』

　元は誰かが巨大掲示板に書き込んだものらしい。でっち上げにしては、妙に情報が詳細だ。記事にぶら下がるコメントは、大半が半信半疑ながら、中には事実だと決め付けているものもあった。あげく、私がヨースケさんを殺害した犯人じゃないかなんていう素人推理まで。いったいどうして？　実はヨースケさんは七年前、クスミさんを引き抜くためにワノカズヒコを殺害したから。妹である私が、その仇（かたき）を討った。そんなバカな、と笑ってしまう。でも簡単に笑い飛ばせるのは、自分が犯人でないと知っている私自身だけだ。

「事情を聞かせてもらっていいかな」

　穏やかな声音で成宮さんは言った。ひとつうなずき、私は話し始める。

「知っている人は知っていると思いますが、ワノさんのお父さん、以前ここにあったバイク屋を経営していた人は、あんまり家庭的な人じゃありませんでした。私の母は当時、近くのスナックで働いていたんです。ワノさんのお父さんはそこの常連で、二人は、いわゆる不倫関係にあったそうです。そのうち、母は妊娠しました。はなから、離婚して自分と一緒になってくれるとは期待してなかったみたいです。それでも子供はほしかったから、母は一人で私を生みました」

「梨佳ちゃんって、いくつだっけ？」

「二十四歳です。ワノさんとは、ちょうど一回り離れています。ワノさんが小学六年生のときに、私は生まれました」

　思えば、ワノさんの母親が夫婦喧嘩の末家を出たのは、私が生まれた前後だろう。よその女に子供を生ませたことが原因にちがいない。もう少し待っていれば母は後妻に入れたかもしれないが、それで幸せになれたとも思わない。

「子供のころは、貧乏暮らしで大変でしたよ。母は、父親からまったく援助を受けてませんでしたから。たまたま親身になってくれる小料理屋に勤めることができたんで、なんとかなったんですけど。私は、父親が誰かなんて知りませんでした。母はずっと内緒にしていたし、一度も会ったことがなかったんです」

「じゃあ、どうしてそれを知ったの？」

「きっかけは、ワノさんの死でした。ロックなんて聴きもしない母が、ワノさんの訃報に妙に動揺していて……問い詰めたら、本当のことを話してくれたんです。それまで私は、サウリバのことを知ってはいましたけど、別にファンではありませんでした。でもそれを機に、母に隠れてサウリバを聴き始めたんです。ネットや雑誌で、評判も漁りました。すごい人だったんだ、と誇らしい気持ちになりました。でも、そんな素敵な兄がいると知ったのに、手遅れ……私は一度も、兄と顔を合わせることができなかった。それが、ずっと心に引っかかっていたんです。大学に入って一人暮らしを始めて、ふと私は、輪野バイク店に足を運んでみようと思いました。母が以前どこに住んでいたかは知っていましたし、サウリバがワノさんの実家のバイク屋で練習していたってエピソードも有名だったから、それを手掛かりに」

「それはひょっとして、父親に会いに？」

少し迷ってから、私は首肯する。

「別に、会ってなにか言おうとかそういう気持ちじゃありませんでした。ただ、一度は顔を見てみたい、というぐらいのことで。だって、ワノさんのときみたいに、手遅れになるかもしれないし……。私は、地図を調べてバイク屋のあった場所に足を運びました。そうしたら……そこは、ライブハウスになっていたんです」

あのときの驚きは、今も忘れられない。古びたバイク屋を想像して行ったら、真新しいライブハウスだったのだから。

「元サウリバのクスミさんが新しいバンドを始めたことはなんとなく把握していたんですけど、バイク屋のあとにライブハウスを建てていたなんてまるで知らなくて。ちょうどライブのある日で、少しだけ当日券があったから、深く考えずチケットを買ったんです。ロックバンドのライブを生で見たのは、そのときが初めてでした。赤青のライブは本当にすごい迫力で、めちゃくちゃかっこよくて……。それから、私はちょくちょくラディッシュハウスに通うようになりました。赤青だけじゃなくて、他のバンドのライブにも行きました。そうしているうちに、アルバイトの求人が貼ってあるのを見つけて……思い切って、応募してみたんです」

「それは……ネットに書いてあったような、下心があったから？」言いにくそうに成宮さんは問うた。「君は、赤青のファンではあったけど、そのためにライブハウスで働きたいというほど熱心なファンではないように見えた。PA機材は触ろうとしなかったし、長くこの業界でやっていきたいと考えている風でもなかった。なのに、大学を卒業すると、常勤スタッフとして働き始めた。それは……働きたいという純粋な気持ち以外に、なんらかの目的があったからなのかな」

小さくうなずき、私は言う。

「下心は、ありました。ただし、ネットに書かれているようなものじゃありません」

「ラディッシュハウスに勤めていれば、父親と会う機会があると考えた？」

「それも……あります。実際、一度だけ会うことができましたし。でも、目的の一番ではありませんでした」

たまたま近くへ来たのだ、といってワノさんの父親が、喜八堂の煎餅を持ってラディッシュハウスを訪ねてきたことがある。ライブを見に来たわけでなく、約束もなく、ふらっと現れた。たぶん、パチンコか競馬で勝って機嫌がいいんだろうと、帰ってから成宮さんは言っていた。

もちろん私は、自分が娘であるとは告げなかった。苗字から気づかれることを恐れ、名を名乗りもしなかった。この人が私の父親かと思ったものの、特になんの感慨も湧かなかった。

「まあ、そうだろうね。僕も覚えているけど、あれはまだ君がバイトのころだった。会うことだけが目的なら、大学を卒業してからも働き続ける必要はない。じゃあいったい、目的はなに?」

「父親には、たいして思うことはありません。それよりも私にとって大きいのは、ワノさん――兄でした。結局会えないまま、兄は亡くなってしまった。病死という以外なんの情報もなく。私はずっと気になっていたんです。なぜ兄は死んでしまったのか、が。ラディッシュハウスで働けば、クスミさんのそばにいれば、いつか知ることができるかもしれない。それが……私が抱いていた下心です」

間をおかず私は続ける。

「もちろん、赤青の音楽をかっこよく思う気持ち、ライブハウスで働く楽しさは、ウソじゃないんです。でも、それだけじゃなかった。あわよくば兄の死因を知ることができないだろうかという考えがあった。それは、まちがいありません。今から思えば、すべて正直に打ち明けておいたほうがよかった気もします。でも、言い出す勇気がなくて……。だから、隠していたことは謝ります。すみませんでした」

「それは別に、構わないよ」

成宮さんは静かに言った。

「話に筋は通っている。君の言う通りなら、たいした問題じゃない。だけど、ネットに書かれているのはそれだけじゃないよね。申し訳ないけど、確認させてもらうよ。君は、ヨースケの死になにか関わっているの?　それについて、我々に隠していることはある?」

「なにもありません」

私は即答した。

「事件のとき、私はバーカウンターにいました。そのことは三品さんが証言してくれます。実際に手を下していないのはもちろん、事件には一切関与していませんし、隠していることもありません」

「ヨースケに、恨みを持っていたりはする？」

「そんなまさか。成宮さんだって、ヨースケさんがボーカルの座を奪い取るためにワノさんを殺した、なんて話を信じているわけじゃないでしょう？　私だって、そうです。信じていませんし、そんなの妄想すらしたことありません」

「なるほど、よく分かった。──僕はこれで納得したけど、他になにか訊きたい？」

成宮さんは周りに視線をやる。

「そもそもの疑問なんだけど」

ミナミさんが口を開いた。

「どうして、いまさらこんなことがネットに流出したわけ？　心当たりはある？」

私はしばし思案したあと、頭を振った。

「昨日からずっと考えてたんですけど、全然思い当たらないんです。私は、誰にもこのことを話してません。私以外、誰も知らないはずなのに」

「いや、一人確実に知ってる人がいるじゃん」ミナミさんは告げる。「君の、お母さん。でしょ？」

「たしかにそうですけど……どうして母がこんな情報を流すんです？　だいたい、元はネット掲示板に書かれていた情報ですよね。母は機械音痴ですから、自分でネットに書き込むとも思えませんし」

「別に、君のお母さんが直接の犯人だって言ってるわけじゃないよ。事情を知っていた君のお母さんの友人が、赤青が話題になったのに便乗して、ネットに書き込んだのかもしれない」

はあ、と私は曖昧にうなずく。母は、私にすら父親のことを秘密にしていた。正直、ミナミさんの言葉に納得したわけではない。母は、私が他人に軽々と児玉梨佳とワノカズヒコが異母兄弟であることを話していたとも思えない。だが、私が情報源ではない以上、母のところから漏れたと考えるしかない。

そのとき、唐突にクスミさんが立ち上がった。いったいなにがあった？　もしかして私の告白に腹を立てた？

クスミさんは、楽屋の隅に立てかけてあったハードタイプのギターケースをとり、長机の上に置く。メンバーの使っている機材は把握しているつもりだが、見たことのないケースだ。

クスミさんは黙ってギターケースを開ける。青空を思わせる濃い水色のフェンダー・ジャガーが、照明を反射して光っていた。物自体は古びているものの、よく手入れされている。

「それ、ひょっとして……」

ミナミさんが呟く。クスミさんはうなずいた。

「ワノが使ってたギターだ」

ギターを見下ろしミナミさんは言う。

「ライブで何度も見たな……。たしか、メジャーデビュー前から使ってるんですよね？　そのわりにはきれいだな」

「ワノは、めちゃくちゃ機材を大事にするやつだったからね。暇さえあればよく磨いてた」

そう成宮さんは答える。

クスミさんはギターケースを閉じて、持ち上げた。それを、私に向かって差し出す。

「受け取れ」

戸惑いのあまり、私は声も出せない。

「ワノの遺品だ。どうするかずっと迷って、俺が持ってた。受け取れ」

「そんな……私、ギターも弾けないし」

「知らん」

クスミさんは、彫像みたいに私に向かってギターケースを差し出したままだ。どうしよう。簡単に受け取るにはあまりに重い品だ。とても使いこなせない。

だが、ここで受け取らねば、私はまた同じ失敗を繰り返すのではないか。父親のことが気になりながら母に訊かず、結果、兄に会うことができなかった。後悔するぐらいなら手を伸ばしたほうがいい。たとえ重みで腕が千切れたって。

私はギターケースを手にとった。手を離したクスミさんは、なにも言わず腰を下ろす。

椅子に座った私はギターケースを膝に置き、ネックを包むように両手で抱え込んだ。かすかに匂いがする。昔、押入れの中でかいだような懐かしい匂いだ。

「——さて、問題は今回のことにどう対処するか、だけど」

改めて成宮さんが切り出す。

「黙殺。それでいいでしょ。だって、梨佳はなにも悪くない」

タカの言葉に成宮さんは軽く頭を振る。

「それはどうかな。この手のスキャンダルは、事実と認める部分は認め、否定する部分はきちんと否定しておくほうがいい。今はネットだけだが、週刊誌なんかに掲載されたら、面倒だよ」

うーん、と華子さんは唸る。

「そこまで大袈裟に騒ぐこと？　こっちが真正面から取り上げたら、かえって事が大きくならない？」

「まあ、それも一理ある。ただ、あれを見たお客さんだったり関係者だったりにどういうことだって訊かれることはあるだろ？　そのときラディッシュハウスとしてどう答えるかは決めておくほうがいい」

「でもそれは、梨佳の意思を聞かないと始まらないんじゃない？」

「私は……ラディッシュハウスの迷惑にならないことが一番です。積極的に広めたくはないですが、別に隠すこととも思ってません。なにも恥ずかしいことはしていませんし。ただ……事実を隠して働いていたことだけは、問題になるかもしれないって思います」

「縁故採用だって、叩かれる？」

「それもあります。でもそれより、隠して働いていたのは別の目的があるからだ、って邪推されそうで……」

「よし、じゃあこうしよう」成宮さんは軽く手を叩く。「基本的に、スタッフは梨佳ちゃんの出生のことを知らなかった。だが僕だけは採用後、こっそりそのことを聞いていた。恥ずかしいので話さないでほしいと言われていたから話さなかっただけ。それで、なにも疚しいことはないだろう。ラディッシュハウスとして公式には発表しないけど、訊かれたら普通にそう答える」

「事実と少しちがう、という点は気に入りませんが、まあ妥当な判断でしょうね。万が一、週刊誌が食いついて取材に来ても、その回答なら、おもしろくないから記事になりにくいだろうし」

ミナミさんは言う。

「じゃあ話はこれで終わり。手間かけて悪かったね」

「ちょっと待ってくれよ」

成宮さんの言葉を遮ったのは、タカだった。

「なにか対応に問題でも？」

「対応に、問題はないっすよ。そういうのは成宮さんに任せます。問題は、梨佳だよ」

「私？」

「そうだよ。事情は、分かった。別におまえがまちがった行動をしてるとは思わない。だから俺はなんとも思ってない。でもさ、ここまできたら、いっこ、言わなきゃなんねえことがあるだろ」

言わなければならないこと？

「さっき言ってたじゃねえか。なんのために、ラディッシュハウスで働き始めたんだ？　その目的を叶える、チャンスじゃねえか。訊けよ、クスミさんに。訊きたかったことをよ」

クスミさんに訊く。思いもしなかったこと——ではない。むしろ、何度も繰り返し夢想していた。クスミさんに直接尋ねる状景を。でもこれまで、勇気がなくて訊けなかった。だが、今なら。私は改めてケースを抱える手に力をこめる。

「クスミさん」

私の声に、俯いて話を聞いていたクスミさんはゆっくり顔を上げた。

「どうして、ワノさんは——私の兄は、死んだんですか？　本当に病死なんですか？　病死であれば、病名は？」

誰もがじっと口を閉ざしていた。沈黙が痛い。びりびりと電流が流れるみたいに体が痺れる。訊かなければよかったと後悔が心にせり上がるものの、もう引き返せない。

クスミさんは坊主頭をひと撫でしたあと、静かに答えた。

「病死だ。それ以外、言うことはない」

そう言って、立ち上がり、楽屋から出ていった。

初めてラディッシュハウスを訪れた日のことはよく覚えている。あれは大学二年生の夏の、夏にしてはどんよりと曇った夏らしくない日だった。実家を出て一人暮らしを始めて、ほどなくして恋人ができた。私にはもったいないような素敵な人だった。素敵すぎて、私以外の女性に好かれて、彼は、隠れて別の女性とも付き合っていた。親子ともども、男運が悪い。いや、男性を見る目がないだけか。それに勘付いて口喧嘩をして、結局別れを告げられてしまった私は、むしゃくしゃして、バイク屋を訪ねてみる気になったのだ。

高校二年生のとき、父と兄の存在を知って、正直私は驚いた。父と兄がいたことに、ではない。母はマリア様ではないのだから、私には父がいるに決まっている。不倫関係の末の子供ではないかとうすうす察していたので、父の家に兄弟がいることだっておかしくない。驚いたのは、兄が、サウザンドリバーのボーカリストという著名人だったことだ。

私にも、ワノカズヒコと同じ血が流れている。それを知った瞬間、生まれてからずっと曇り空だった世界に、日の光が差し込んだ。鼻の下に不恰好なホクロのある十人並みの容姿、勉強も運動も普通、特技といえば料理ぐらい、そんな平々凡々とした自分のキャラクターを、当然のものとして受け入れていた。だがそれは、まちがっていたのかもしれない。だって兄は、素晴らしい才能を持ったアーティストなのだから。私にだって、きっと。

すぐに、高校の軽音部のドアをノックした。好都合なことにちょうど軽音部に興味を持つ友達がいたから、一緒に入部した。ずぶの素人の中途入部者に、斉木君は丁寧に指導してくれた。

ルのコツ。

まずはアコギから。C7、Cマイナー、Fの押さえ方。ギターのチューニングの方法。ボーカ
ところが、私はそのどれも、うまくこなすことができなかった。手が不器用でFすら押さえるのに苦労し、チューニングをしようにも音の高低が聴き分けられない。声は野太く音程も怪しく、リズム感もなかった。

三ヶ月で、私は軽音部をやめた。友人が隣でするすると上達していくのを見れば、己のセンスのなさは明白だ。血の繋がりは、才能を保証しない。それを私は身をもって思い知った。

自分には、周りに自慢できるすごい兄がいる。でも、もう会うことはできない。素晴らしい才能を持ったアーティストだった。でも、自分はその才能を受け継いでいない。兄への憧れ、妬み、劣等感。大きな麻袋に入れたそれを私は、七年間ずっとずるずる引きずって生きている。

一方通行の、歪んだ憧れだ。永遠の片思いだ。兄は、私の存在など知らなかっただろう。仮に知ったとしても、才能もなく見てくれも冴えない私の存在など、優秀な競走馬が背負うハンデの重りでしかないだろう。兄のことを誇らしく思えば思うほど、私は己の凡庸を呪う。

せめて、一度だけでも直接会って言葉を交わせていたら。醜い思い入れでなく清々しい思い出として心に置けたかもしれない。しゃべってみれば案外普通の人だと親しみを覚え、少しはコンプレックスも和らいだかもしれない。だが兄は、もうこの世にいない。

なぜ、死んだのだろう。いったいなにが、兄の命を奪っていったのだろう。

バイク屋を訪れた理由が「父に会いたかったから」というのはウソだ。正直に言って、父に

はほとんど関心がなかった。無責任で女遊びの激しいどうしようもない男。そういう人間に近づけば、娘である自分の価値の低さが突きつけられる。だから、むしろ目をそらしていたんだと思う。素晴らしい兄のことばかり考えることで、私はまだ、己の可能性に縋（すが）っていた。いや、たぶん今も、縋っている。

兄の死について知りたい、少しでも兄に近づきたい、だから私はバイク屋を訪れた。だがそこにあったのはバイク屋ではなく、ライブハウスだった。そのこと自体は意外だったが、結果的には、目的は達せられたといえる。父親を通してではなく、クスミさんと赤青を通して、兄に近づくことができたのだから。

しかし臆病者の私は、なにもアクションを起こさぬまま、二年間働き続けた。兄の影がほのかに見えるラディッシュハウスに身を置いているだけで、兄のそばにいるような気がしていたから。つかず離れずの中途半端な距離に、中途半端な私は満足していた。

結局、それを前に進めたのは、ネットへの情報流出というもらい事故だった。おまえはいつも受身。タカに言われた通りだ。七年間もずっと心に抱えていたことさえ、受動的にしか外に出すことができなかった。しかも、ようやく吐き出せたのに、クスミさんという壁にぶち当たり、すごすごと退散した。

結局私が手にしたのは、青いギターだけ。Fコードすら満足に押さえられないのに。

映像でしか見たことがない兄、ワノカズヒコは、今もまだ遠いままだ。

その後も事件は進展を見せず、土曜日のルーキーデイを迎えた。事件の影響か、急な開催がたたったか、残念ながら前売りの売れ行きは芳しくない。普通の対バンイベントとちがいチケットノルマがないので、集客の悪さはライブハウスの収益にダイレクトに響く。

昼すぎに、アルバイトの三品さんが出勤した。おはようございます、と私にかける声がどこかぎこちない。少し離れたところで、こちらをちらちら見ながら成宮さんと話しているのが見えた。煩わしさを覚えるものの、どうしようもない。距離を置きたいなら置けばいい。むしろ、そのほうが楽だ。

十五時を回り、シュガーマジックを含む三組がラディッシュハウスに入った。リハは、本番の逆順で行う。そうすれば、最後にリハをしたバンドはセッティングなしで本番に臨める。拘束時間の短さで言えばトップバッターが楽だが、ライブのインパクトはトリのほうがいい。ルーキーデイでは、バンドの格や集客力にかかわらず、順番は抽選で決める。シュガーマジックは二番目の出演だ。

チケットは、前売りで二〇〇枚ちょっと出ていた。当日合わせて二五〇枚出れば御の字というところだろう。通常の対バンイベントなら、チケット回収時に目当てのバンドを訊く。だがルーキーデイの場合、目当てのバンドはなくただこのイベントが好きだから通っている客も多い。そこで、会場に投票箱を用意し、入場時に配布した投票用紙で帰りに投票してもらう。つまり、パフォーマンスを評価されたバンドが、その評価の分だけ取り分が得られるシステムだ。万が一どれも気に入らなければ、投票しなくてもいい。その場合はライブハウス側の総取りだ。

入場時には他のバンド目当てで来ていても、ライブを見てちがうバンドに票を投じることもある。

はじめ、投票結果をそのままウェブに公開する案もあったらしい。だがそれは、アイドルの総選挙じゃないんだからと却下になった。別に、競争を煽りたいわけじゃない。ただライブの評価をそのまま各バンドに還元したいだけだ。スキャンダラスな演出をして興味を引く必要はない。

今日はアルバイトの人手が確保できたので、受付は人に任せ、私はバーカウンターを三品さんと担当する。しかし、どうにも集客が鈍い。まず二五〇もいっていないだろう。ライブの開始時刻になっても、フロアには十分スペースが残っていた。

照明が落ち、SEが鳴る。最初のバンドがステージに現れ、ライブが始まった。

予定より五分ほど早くライブは終わった。投票箱は、フロアを出てすぐ、一階へ上がる階段の手前に置かれている。そこなら、客がどこに投票したかがバンドメンバーから見えない。そのほうが客も気を遣わずに投票できる。

フロアから客がいなくなったのを確認し、私は三品さんと一緒に急いで投票箱を開けた。早く集計して、各バンドに支払うチケット代を計算しなければならない。

投票数の合計は、二二〇票だった。やはり、今日は少ない。

そのうち、シュガーマジックに投じられていたのは、わずか一八票だった。

物販に残っていた客も姿を消し、私はドアに鍵をかけ一階エントランスの照明を落とした。普通の対バンイベントの場合、このまま打ち上げに雪崩れこむ。しかし、ルーキーデイは初対面のバンドが集まることが多いので、あまり打ち上げは開かれない。代わりに、赤青メンバーや成宮さんからライブの反省点を聞くことができる。

楽屋では、三組の出演バンドが帰り支度をしていた。

「結果の通り。ダメなライブだったね」

ミナミさんは、シュガーマジックのメンバーを前にはっきり言いきる。他の二バンドはそれぞれ固まって雑談していたが、たぶん、ミナミさんの言葉に耳を傾けているだろう。いい評価であれ悪い評価であれ、誰だって他人がどう評されているかは気になる。

「なぜダメだったか、原因、分かる?」

「……空回っちゃったな、という自覚はあります」

「そうだね。じゃあ、なぜ空回ったか、だ」

シュガーマジックの面々は、誰もなにも言わなかった。

「一曲目、攻撃的な曲で盛り上げようと思ったんだろ? でも、さほど盛り上がらなかった。そこで我慢すればいいものを、焦ってパフォーマンスに走って自滅だ。服を脱いで振り回したり、モニターに足をかけて観客を煽ったり。ああいうのは、盛り上がっているからこそ絵になる行為だよ。会場が温まっていないときにやったって、余計にしらけるだけだ」

ミナミさんの言うことは正論だ。ステージ上のメンバーだけが盛り上げようと空回り、ほとんどの客は引いてしまっていた。その状景を思い出すと、胸が痛い。ステージにいたメンバーは痛いどころじゃない、客が一歩ずつ下がっていく様に、怖気すら覚えただろう。

「じゃあなぜ、一曲目で盛り上がらなかったか。もちろんアウェーだからっていうのが理由のひとつだけど、もうひとつは、単純に技術不足。メロディも曲構成もシンプルすぎておもしろくない。それに、ギターのフレーズが凡庸。速弾きできるわけでもなくオリジナリティーもないのに、客は盛り上がれないよ」

「ドラムにも物申したいね。必死に叩いてるのは分かるけど、でかい音を出しゃいいってもんじゃない。叩きすぎて、音が潰れちまってる。どす、どすって間の抜けた音じゃ、ちっとも締まらないよ」

同い年だというのに、タカは遠慮なく言った。

「ベースはもっとダメ。ただ弾いてるだけで全然自己主張がない。あれならカラオケを流したって変わらない。まだマシだったのがボーカルかな。前半は声も出てたし、必死さも伝わった。だけど、ラディッシュハウスの客はシビアだから、ボーカルだけじゃなかなか乗ってくれない」

ミナミさんは続ける。

「ようするに、甘えてたんだ。常連客たちのノリに。コールアンドレスポンスを多く曲に取り入れ、それに常連客が乗ってくれれば、盛り上がっている風になる。たとえ曲が拙くて演奏技術が未熟でもね。シュガーマジックの曲の乗り方を知っている客ばかりなら、少なくとも客の満足度は高いライブになるだろう。でも、今回はそうじゃなかった。そして君らの演奏は、そうじゃない客を乗せられるほどのレベルではなかった」

「でも……俺ら、今回のライブに賭けてて。ラディッシュハウスはハードロックだって分かってたから、そのための新曲もわざわざ準備してきたんです」

ようやく斉木君が口を開いた。

「それは分かってるよ」

ミナミさんは言う。

「でもね、むしろ最大の失敗はそこだよ。なんで、ラディッシュハウスに合わせようとした？　自分たちのスタンスに自信を持たない？　君たちの売りはなんだ？　コールアンドレスポンスのしやすさ、シンプルな曲構成が故のノリやすさじゃないのか？　それなのに、ラディッシュハウスに媚びて、ハードロック路線の曲を一曲目にやった。それより、四曲目にやった『メニーハッピーリターンズ』って曲があったろ？　あれを頭に持ってきたほうがよかったんじゃないかな」

「いや……初見の客にコールアンドレスポンスを求めるのは難しいかと思って」

「そこは工夫だよ。曲を始める前に客と練習する、簡単な看板を作って演奏中に掲げ言うべきフレーズを伝える、あらかじめプリントした紙を配る。君らの売りをより発揮するやり方はいくらでもあったはずだ。でも、君らはしなかった。ぶれたんだよ。自分たちの音楽を貫き通さなかった。つまるところ、問題はそこだ。もちろん、コールアンドレスポンスを前面に出しても、うけたかどうかは分からない。だが、もう少しマシな結果だったとは思うね」

斉木君は、もう抗弁しなかった。床に置いていたギターケースを抱えあげる。他のメンバーと顔を見合わせた。

「時間とらせて、すみません。貴重な意見、ありがとうございました」

それだけ言って、楽屋から出ていく。少し迷ってから、私はあとを追った。

裏口から出てすぐのところ、街灯の届かない薄暗がりの中にシュガーマジックのメンバーは立っていた。下は砂利になっていて、車一台分のスペースはあるが、そこにはラディッシュハウスの軽バンが止まっている。メンバーの一人が、近くのコインパーキングに止めた車を取りに行っているようだ。

「おう、児玉」

私の姿を認め、斉木君は軽く手を挙げる。

「その……お疲れ様」

「と、しか言えんわなあ。あれだけ外れのライブをやっちゃったんだ。ミナミさんの指摘は、すべてごもっとも。盛り下げちまって、悪かったな。児玉にも迷惑をかけた」

「ううん……それは別にいいよ。今日は、やっぱりやりにくかったと思う。ルーキーデイっていってるけど、何回か出てるバンドもあるし、よかったらまた来て」

だがそれに斉木君は、力なく頭を振った。

「また、はない。これでおしまいさ」

「どういう……こと？」

「バンド、解散するんだよ」

　斉木君の言葉が聞こえているはずなのに、残りの二人は一言も発しようとしない。

「方向性のちがい、ってやつでね。まあ、就職したメンバーもいてなかなかバンドの時間がとれないってだけなんだけど。それでも、俺は続けたかった。だから、ラディッシュハウスのルーキーデイにチャレンジして、その結果で決めようって言ったんだ。一位がとれなかったら、解散。結果、一位どころか大惨敗だ」

　上着も着ずに出てきたから、風が冷たい。Tシャツの長袖を引っ張って手先を包む。

「……それでいいの？」

「いいもなにも、どうしようもないことだろ」

　ベースの沖田君が、ラディッシュハウスの壁に背を預け、吐き捨てるように言った。

「別に音楽が嫌いになったわけじゃない。でも、それだけでやっていけるご時世じゃないんだ。そこそこ人気が出てようやく赤字じゃなくなる程度で、音楽一本で食ってくなんて到底無理。バンドやったって未来はねえよ」

「でも、赤青はやってるよ」

「そりゃクスミトオルの名前があればな。ミナミさんだって、俺たちにあれだけ偉そうなことを言えるくらいうまいってのは分かってるよ。でもさ、それだけうまくたってあの程度じゃねえか。こんなちっこいライブハウスを埋めるのがせいぜい。収入だって、同世代のサラリーマンのほうがよっぽど稼ぐだろ。絶対に、あの年になった俺のほうが出世してるぜ」

「おい、やめろよ」

斉木君は沖田君を制した。ギターの清水君は、さっきから黙ってタバコをふかしている。

「なに言ったって、負け犬の遠吠えだ。いまさらかっこわるいこと言うなよ」

「知るか、ボケ」

と言って、沖田君はラディッシュハウスの白い壁を蹴った。

「もうロックの時代は終わったんだ。今の時代、なにやっても無駄だ。知ったこっちゃない」

斉木君はそれをもう止めることもなく、黙って聞いていた。

「斉木君は……これから、どうするの」

ため息を吐いてから、斉木君はトレードマークのリーゼント風の髪をくしゃくしゃにした。

「音楽は続けるんじゃないかな。やっぱり、好きは好きだからさ。でも、もうバンドは組まないだろう。たまにアコギを弾く程度。——ほら、同級生に神崎っていたろ?」

二年生のとき同じクラスだったので覚えている。バレー部でショートカットで、さっぱりした性格の女の子だった。文化祭のとき、張り切って白塗りをしてお化け役をやっていたのが印象に残っている。

「実は今、あいつと付き合っててさ。でも、バイトしながらバンドって身分じゃ、結婚もできない。才能はないって思い知ったからな。潔く諦めて、髪を切って真面目に仕事を探すさ。ロックからはもう、ドロップアウトだ」

そのとき、ヘッドライトを光らせて軽バンが走ってきた。斉木君たちは、手早く機材を積み込んでいく。

「じゃあな。同窓会でもあれば、また顔を合わそうぜ。ラディッシュハウスがずっと続くことを祈ってるよ」

それだけを言って、斉木君は軽バンに乗って行ってしまった。

ロックの時代は終わった。言葉が銛(もり)みたいに刺さって抜けない。他でもない、自ら楽器を持ちロックに携わっている人の口から発せられたものだから余計に。

ロックは金、そう語っていた成宮さんの言葉が浮かぶ。ロックがもう少しお金になれば、せめて結婚して安定的な生活を送れるぐらい稼げれば、斉木君はバンドを続けただろう。本当に才能があれば途中でやめないしいつか必ず売れる、それはそれで一理あるとは思う。だが、環境さえ整っていれば続けられた、という人はたくさんいるはず。続けてさえいれば、すごい成長を見せて素晴らしい作品を生み出すことだってあったはず。

少しでもそうやって断念する人を減らしたい、という成宮さんの思いは分かる。でもそれは、沈没していく船から水を掻き出す行為に思えてならない。

カルネアデスの寓話が思い浮かんだ。船が沈没し、かろうじて舟板に捕まった男。そこへ別の男が同じ舟板を掴んだ。だがちっぽけな舟板では、二人の人間を支えることはできない。男はもう一人の男を蹴落とした。

ラディッシュハウスは、小さな舟板だ。赤青が精一杯で、シュガーマジックも、七月の雨も、支えることはできなかった。けれど、舟板一枚で赤青もどこまで行けるだろう。静まる気配も見えない荒海を渡っていくことはできるのか。

今の時代に、ロックをやる意義ってなんだろう。走り去っていく軽バンのテールランプを見ながら、そんなことを思った。

月曜日、私は早めの昼食を家で済まし、いつも通りの時間に家を出る。秋物のコートは、三日前に出した。行きはいいがもう帰りが寒い。駅からラディッシュハウスへ向かう途中の公孫樹(いちょう)もほのかに色づき始めている。この季節になると、今年も終わりが近いと気持ちが焦る。

午前中、雨が降っていたのでアスファルトは濡れていた。イヤフォンからは、ニルヴァーナの「All Apologies」が流れている。ロックスターとして祭り上げられたカート・コバーンは、本来自分がやりたい音楽とのギャップに苦悩し、ドラッグにのめりこみ、ショットガンでこめかみを撃ち自殺した。少しずつ消えていくより今燃え尽きるほうがいい、という「HEY HEY, MY MY」の歌詞を引用した遺書を残して。ワノさんは、カート・コバーンを〈最高のロックンローラー。自分の人生を途中で終わらせたという一点を除けば〉と評していた。彼がもし生きていたら、今のこの時代をどう思っただろう。どんな歌を歌っただろう。

私は、足を止めた。正面から、ポケットに手をつっこんだ大柄の男が歩いてきていた。思わずイヤフォンを外す。

「いやあ、今から出勤かい」

黒のテーラードジャケットを着たタナベリクが、にやりと笑って私に話しかけた。丸縁の濃いサングラスをかけ髪を撫で付けたその様は昼間の住宅街には似つかわしくなく、普通の人なら遠目にその姿を認めた瞬間、回れ右して逃げ出すだろう。

タナベさんは、サングラスを外して胸ポケットに入れる。

「こんなところで会うなんて、偶然だな」

まだ二度目とは思えぬ砕けた口調だ。

「偶然、ってそんな。ラディッシュハウスに行っていたんですよね？」

「さあ、それは秘密だ」

「誰に、なんの用事があったんですか？」

「だから、秘密だって」

冗談めかした口調ながら、頑なにはぐらかす。どうやら用件を明かす気はないらしい。

「そっちは最近、どうだい。調子はいいのか」

ラディッシュハウスのことか私のことか、よく分からない。「普通です」と答えておいた。

「ネットで、見たぞ。ラディッシュハウスにワノの妹がいるらしいって。ほんとか？」

「……ええ。私です」

「へえ、あんたなのか。まさかワノに妹がいたとはな」

そう言ってタナベさんは、身を屈め私の顔を覗き込む。

「あんまり、似てないな」

「放っておいてください。コンプレックスなんですから」

「どうしてだ？　ワノは別に美男じゃなかった。似てなくていいじゃないか」

かといってこっちも美女じゃないが、とタナベさんはストレートに言った。

「で、ヨースケを殺した犯人も、あんたなのか？」

「もしそうだったら、とっくに警察が捕まえていますよ」

「それもそうだな。結局まだ、事件は解決しそうにないのか」

「はい。そうみたいです」

「そうか」

「気になるんですか？」

軽く地面を蹴ってから、タナベさんは言った。

「少し、な。まあ、俺には関係ないっちゃ関係ないんだが。もう、一線からは退いた身だ」

「……どうして、タナベさんは今、バンドを組んでいないんですか」

「どうした、唐突に」

「その……友人のバンドが、解散してしまったんです。本人は、変わらず音楽が好きだって言ってるのに」

「まだ続けられるのになぜやめるのか、贅沢だ、ってか？」

「そういうわけじゃありませんが」

ふん、とタナベさんは鼻を鳴らした。

「簡単なことだ。俺にとってワノは、最高のフロントマンだったからだ。あいつなしじゃ俺は俺のやりたい音楽ができん。だから、やめた。正直、新たに別のバンドを組むクスミの気が知れんよ。よく赤青なんざできるな」

「赤青の音楽は、ダメですか」

「それを論評するのは俺の仕事じゃない」

「同じベーシストから見て、ミナミさんのことはどう思いますか」

「嫌いだ」

仏頂面でタナベさんは即答した。

「だって、考えてもみろ。どうしたってサウリバと赤青は比較される。俺と同じベーシストが、ビリー・シーンかってぐらいテクニカルで、おもしろいプレイをしやがるんだぞ？　そんな野郎、嫌いに決まっている。演奏を聴くたびにムカつくよ」

私は思わず微笑んでしまった。ぜひ、ミナミさんに伝えたい。きっと最高の褒め言葉だろう。

「ただ……それでも、赤青はサウリバほど売れていません。というより、ロックバンド自体が売れない時代になっている気がして……。ロックはもう、時代遅れなんでしょうか」

「解散した友人とやらが、そう言ってたのか」

「まあ」

「俺自身は、時代がどう、なんて考えたことはない。だが、時代によって売れ方や音楽性が変わるのは事実だな。はっぴいえんど、村八分、サンハウス、ルースターズ、ミッシェル。それぞれその時代だからこその音だし、そういう蓄積の上に立ってやってた俺たちは、少なからず前時代の影響を受けた。それに、サウリバのデビューは大物バンドが続けて解散したころだったから、行き場を失ったハードロックファンが流れてきた。そういうのも、時代のおかげだ」

タナベさんは続ける。

「だが、やってる側にとっちゃそんなの関係ないんだ。後も先もなく、ただやりたいことをやりたいようにやっただけ。正直、ロックで一生食えるとか、十年後自分がどうしているとか、まるで考えなかったよ。時代が、なんて意識できるやつは、賢いんだろう。バンドじゃ稼げない時代だからってやめるのは、賢明だ。だが俺らはバカだった。一寸先が闇でも構わん。人生設計なんざくそくらえだ。今夜のライブでいい音を鳴らす。それ以外考える暇なんてなかったね」

「なんていうか……ロックですね、生き方が」

「どうだろうな。ただ好きなようにやっているだけだ」

「ロック、ってなんだと思います？」

「なんだ、急に――ヨースケが、MCで言っていたことか」

「はい。ライブ前にも、私に同じことを言っていたんです。ずっと気になっていて。タナベさんは、ロックってなんだと思いますか？」

タナベさんは、迷う素振りもなく「知らん」と答えた。

「ロックとはなにか、なんて考えたこともない。そんなのはただのレコード屋の棚割だ。ちがうか?」

　タナベさんは続ける。

「中学のとき、ワノと同じクラスでな。現物を見たことがないかもしれんが、カセットテープというやつがあって、あいつはそれに自分がはまっている音楽をコピーして、クラス中に配りまわってたんだ。俺は、その音楽をかっこいいと思った。たまたまそれが、世間では『ロック』と呼ばれるジャンルだったってだけだ」

「サウリバはロックだった。誰もが、そう認めていると思いますけど」

「知らん。言葉遊びは嫌いだ。俺は、自分が鳴らしたい音を鳴らしたんだ。周りがそれを、ロックと呼ぼうがオルタナと呼ぼうがパンクと呼ぼうが知ったこっちゃない。プレイしてりゃ、評価や定義はあとからついてくるさ。ただ、強いて言うなら……ロックってのは、打ち上げ花火みたいなもんだとは思ってる。ぱんと派手に散っておしまい。さっき、なんでバンドやめたのか、って訊いたよな。なぜなら、もうとっくに夜が終わっちまったからさ。祭りのあとのゴミやガラクタが散乱する真っ昼間の河原で、花火なんて打ち上げたってどっちらけだろ? そういうことだ」

　早足に過ぎたサウリバの生き方は、たしかに打ち上げ花火のようだった。刹那的で危うい魅力があった。暗闇を疾走するかのようなスタイルで、何十年も続く気がしない。でもだからこそ、彼らの音楽はよりソリッドに響いた。

　儚(はかな)いもの、取り返しのつかないものに人はより心惹かれる。ヨースケさんが亡くなってしまった今、彼の奏でていた音楽も、そういう吸引力を持つのかもしれない。

「事件のことで訊きたいことがあるんです。いいですか？」

「さっきから、質問ばかりだな。これが最後だぞ」

「はい。――アンコールの『夜明けのファンファーレ』のとき、クスミさん、ピッキングミスしましたよね？」

「……ああ、したな。らしくないミスだった」

「いったいどうしてミスしたんだと思いますか？」

タナベさんは、しばらく沈黙した。

「分からん。怪我の影響かとも思ったが、少なくともあの瞬間までは、ブランクなんざ微塵も感じないプレイだった。かといって、それ以外の原因も思いつかん」

「クスミさんらしくないミスだった、ということですね」

「それはそうだ。あんな初歩的なミスをするクスミなんて、高校時代以来、見てない。だが……ミス、と言ってしまうことにも違和感を覚えるんだ」

タナベさんに似つかわしくなく、歯切れが悪い。

「どういうことです？　明らかなミスですよね？」

「そう、ミスだ。だが妙に、おもしろかった。心が、ざわっとなる感じ。分かるか？　まあ、単にやつが珍しくミスったのが愉快だっただけかもしれんが」

やっぱり口で説明するのはうまくできん、とタナベさんは小さく言った。

「クスミ本人に訊けばいいじゃないか、と言いたいが、あいつは俺以上に言葉で語ることをせんやつだからな。訊いても無駄か。気になる気持ちは分かる。なにせ、ちょうど事件が起こったタイミングだからな。クスミがなにか事件に関与してるんじゃないか、とは誰だって思う。だが、これだけは言っておく。クスミはやってねえ。自分の仲間を傷つけるようなやつじゃない」

「……タナベさんはクスミさんと仲がよくない、って噂を聞きましたけど」

「いいわけないだろ、バカ。人の話を聞かねえ、自分のペースでしか行動しない、音楽のことだけはクソみたいに拘る。俺も意地は張るほうだが、やつはその上を行く。気が合うわけがない。だが、音楽に好き嫌いなんざ関係ないからな。性格は最悪でも、俺はあいつ以上のギタリストを知らん。ああ見えて、愚直で情に厚い男だ。無駄に厚すぎるぐらいだ。バンドメンバーを手にかけるなんて、絶対にありえんよ」

ちぇ、と言ってタナベさんはまた地面を蹴った。「しゃべりすぎたな」

「ありがとうございました」

私は頭を下げる。タナベさんはふと迷う素振りを見せたあと、ポケットから名刺を一枚取り出し、ぽいと投げた。私はそれを取りそこない、アスファルトから拾う。

「一応、渡しておいてやる。やっぱり、事件が気になるからな。なにかあれば連絡すればいい。じゃあ、仕事があるから帰るわ」

それだけ言って、タナベさんはさっさと行ってしまった。ああいう物腰で、いくらレコード会社とはいえ会社員が勤まるのだろうか？　だが、不思議と不快感は覚えなかった。その野性的なベースプレイと同じように、でかく太い音を正確に刻む、そういう生き方をしているんだと思う。

第六章　荒　野　行

ラディッシュハウスのドアを開けたときにはもう十三時を回っていた。今日は華子さんが珍しく休みで、事務所には成宮さんしかいない。タナベさんと会ったことは言わなかった。タナべさんは、誰と会ったかなんの用で来たか、秘密だと言った。ならばこちらから探るべきではない。

「こんちはー」

ガジュマルに水をやっていると、正面のドアが開いた。顔を出したのは、酒屋の富士川さんだ。去年店を継いだ二代目で、まだ若くひょろっとしており、いまいち頼りない。台車に、ビールやチューハイの樽、ウイスキーの入った段ボールなどを積んでいる。私は、富士川さんと一緒にエレベーターに乗った。フロアに入り、二人で手分けして荷物を下ろす。ステージでは、今日もタカがドラムを叩いていた。ライブの予定が立たない鬱憤晴らしをしているのかもしれない。私たちが来たのにも構わず演奏を続けている。そこにミナミさんの姿もあった。ステージに座って愛器のリッケンバッカーを抱えているが、アンプには繋いでおらず、黙々と弦を触っている。

「じゃあまたお願いします」

富士川さんは台車を押してフロアを出た。会計は、事務所で成宮さんがしてくれる。私の姿を見て、ミナミさんはベースを立てかけ、バーカウンターへ来た。細身の体に黒いステューシーの長袖Tシャツを着ている。

「なにか食べるものがほしいな」

「ふろふき大根はまだできてません」

冗談じゃない、というようにミナミさんは肩をすくめた。

「昼飯、食ってないんだ。クラブハウスサンド、できる?」

「はい」

私はパンをトースターへ入れた。コンロの火をつけ、フライパンでベーコンを弱火で炙る。焦げない程度、香ばしくなる程度に。冷蔵庫から昨日の余りのターキー、レタス、トマトを取り出した。焼きあがったパンにマヨネーズ、マスタードを塗り、具材を挟んで三段にする。包丁で三角に切り、皿に盛り付けた。

「飲み物、いります?」

「ジンジャーエール」

私は、クラブハウスサンドとジンジャーエールをカウンターに置く。サンキュー、と言ってミナミさんは、クラブハウスサンドにかぶりついた。Tシャツの袖から、銀色に光る細いブレスレットが覗く。

「相変わらず、旨いね」

「褒めたってなにも出ませんよ」

「女性はとにかく褒めろ、って子供のころ教わったんだ」

「女性だけ、ですか」

わずかに怪訝(けげん)そうな表情をしてから、ミナミさんは言った。

「一昨日の、シュガーマジックのこと？」

図星だ。少し迷ってから、私はうなずいた。

「女性は褒めるけど音楽に関しては嘘をつけない。これは性分でね」

「それはそうでしょうけど」

「あのあと、なにか言ってた、彼ら？」

「……バンド、もうやめるそうです」

ミナミさんは、そうか、とだけ言って、クラブハウスサンドをかじる。ジンジャーエールで流し込んだ。

「もっと褒めるべきだった？　観客からの評価は出ているのに？　たまたま実力が発揮できなかっただけ、と慰めればよかったかな」

「そういうわけじゃありません」

「だろうね。俺が指摘した問題点は、たぶん、彼ら自身も分かっていたことだろう。うすうす分かっていても認められず、身動きがとれなくなるよりは、他人からはっきり言われたほうがいい。きっと、俺のことを恨んではいるだろうけどね」

「……恨まれ役を買って出た、ってことですか」

「他人を批評するとき自分が恨まれるかどうかは気にしないってだけだよ。別に、梨佳ちゃんに気を遣って言うわけじゃないけど、彼らがバンドをやめるのは残念だと思ってるんだ。そりゃ、欠点はある。欠点のないバンドなんてない。でも逆に言えば、俺たちが指摘した欠点が克服されれば、魅力的なバンドになる可能性がある。そう思ったから言っただけだ。結果、欠点を埋めるのではなく、進む道を変える決断をした。それはそれで、まちがっていない」

「でも……言っていました。経済的状況が許せば、もう少し続けたかったって。バンドブームのころで、ロックがもっと儲かっていれば、彼らは続けたんじゃないか。そう思えてならないんです」

「でも今は、バンドブームの時代じゃない」

そうミナミさんは静かに言った。

「同情はするよ。俺だって、赤青を組む前は、金がなくてぴーぴーしてた。バンドなんてやめて就職しろって何度も親に言われたさ。だから、気持ちはよく分かる。金銭的問題のせいで音楽の道を諦めざるをえないのは、やりきれない。ただ俺は、たとえ一円も儲からなくたって、死ぬまで音楽をやめる気はないけどね」

食べかけのクラブハウスサンドを置いたまま、ミナミさんは続ける。

「ロックの原型のひとつは、黒人によるブルースだ。じゃあブルースマンは、金になるからブルースを歌ったのか。もちろんノーだ。歌いたいから、歌いたくて仕方がないから、歌ったんだよ。音楽って、そういうものだろ？　ただ自分がいいと思うものを作る。それがたまたま時代のニーズにマッチすれば儲かるし、そうでなければ、生活の足しにもならない。バッハ以前は、音楽で飯を食うなんて奇跡みたいな確率だったんだから、それに比べれば現代はまだマシとも言える。……とはいっても、人並みに生活できる程度には儲かってほしいけどね」

苦笑いをしてミナミさんは言った。

「そういう考え方が、ロック、なんでしょうか」

「どういうこと？」

「いえ、その……」

「ヨースケが、ライブのMCで言ったことが気になってる？」

「……はい。ヨースケさんはあのときどんなことを考えていたんだろう、ヨースケさんの思うロックってなんだったんだろうって。私、前は迷ってなかったのに、最近はよく分からなくなってきました。ミナミさんなら、ヨースケさんからなにか聞いているんじゃないかと思って」

「長くなるよ、事件の話をすると。それに、こんなうるさいところでじっくり話す気になれない」ミナミさんは、タカのほうを一瞥した。「場所、変えよう。俺の部屋でいい？」

一瞬躊躇を覚えたが、はい、と私はうなずく。

「ただ、ちょっと待ってね。その前にこいつを食べちまうから」

ミナミさんはそう言って、あっという間にクラブハウスサンドを胃袋の中に収めてしまった。

フロアを出て階段を上る。事務所でパソコンに向かう成宮さんの横を通ってラディッシュハウスを出たが、特になにも言われなかった。たこ焼きでも買いに行くとしか思っていないだろう。しかし、たこ焼き屋におばちゃんはいなかった。この時間は、奥の自宅でBSのドラマを見ていることが多い。

たこ焼き屋の店舗の西側、玄関ドアに「河津」と表札がかかっている。おばちゃんの苗字だ。ミナミさんはポケットから鍵を出して開け、中に私を招き入れる。私は靴を脱いで、廊下に上がった。ミナミさんは、後ろ手に鍵をかける。

「戸締り、しっかりするんですね」

「どうせ店舗のほうからいくらでも入れるんだけど、一応ね。――もしかして、二人きりで口説かれる、なんて思ってる?」

私は大慌てで頭を振る。はは、とミナミさんは声を上げて笑った。

「冗談だよ。からかってごめん。じゃ、二階に上がろう」

玄関のすぐ先に、階段がある。ミナミさんは先に立って上がっていった。古い家なので、階段がぎいぎいと鳴る。後ろでひとつに括ったミナミさんの黒い髪が揺れた。河津家の二階に足を踏み入れるのは初めてではない。居酒屋で飲んで、その二次会で雪崩れこんだことが何度かない。

ある。正直に言うと、終電を逃して雑魚寝したことも。もちろん、誰とも性的関係は結んでい

もともとおばちゃんの三人の息子が住んでいた部屋を改装しただけなので、玄関を入ればそこは河津家のプライベートスペースだ。赤青の三人も、賃貸というより、下宿といったほうが気分は近いだろう。だが、おばちゃんは決して二階へ上がらないし、三人は一階へ降りて勝手に冷蔵庫の中身をつまんだりしない。風呂は銭湯、洗濯もコインランドリーだ。そこは、きちんと線を引いている。でないと、四年もの間一緒に住むことはできない。

実は、たこ焼き屋のおばちゃんははじめ、ライブハウス建設反対の一番手だった。開店してからも、当初はかなりがみがみ言っていたらしい。行列をこっちへ伸ばすな、不眠症で眠りが浅いから私が寝ている時間に音を鳴らすな、たこ焼き屋に利益を還元しろ。あげく、迷惑料を払えとまで言ってきた。かといっておばちゃんにだけ払うわけにもいかない。じゃあいったいどんな利益を還元してくれるんだという詰問から、なぜか赤青の三人が空いている二階に住んで家賃を払う話がまとまり、今に至る。いつのまにか、おばちゃんはラディッシュハウスに文句を言わなくなった。昔文句をつけていたこともきっと忘れているだろう。

二階には部屋が四つある。階段を上がってすぐ右手側、商店街に面した南西角がミナミさん、南東角がタカ、北西角がヨースケさん、北東角は空き部屋で、おばちゃんの家の物置になっていた。廊下の突き当たりにトイレがある。入居するとき、じゃんけんで勝った順に部屋を決めたらしい。ちなみに、勝利したのはタカだ。日当たりのいい南側を選ぶのは当然として、階段

から遠い東側を選んだのがよく理解できない。トイレが近いほうがよかったのだろうか？

ミナミさんは鍵を開け、ノブを回す。

「どうぞ。散らかってるけど」

散らかっている、は謙遜ではなかった。八畳の部屋には、床一面にＣＤや機材が山積している。壁を埋めるように大きな本棚が四つ置かれていて、その半分がＣＤ、半分が本だ。本のほとんどはミステリで、ミナミさんが書く曲のタイトルや詞に、よく好きな小説からの引用がある。本棚の横には、ベースが三本、立てかけてあった。窓の下にBOSEの大きなスピーカーを備えたステレオが置いてある。その上に、開放型の大振りのヘッドフォンが載っていた。

部屋の真ん中のローテーブルの前に、ちょうどぽっかりスペースが空いている。ミナミさんはそこにクリーム色のクッションを置いた。

「まあ、座りなよ」

ミナミさんは、窓をガラガラと開けた。ひんやりした空気が流れ込む。

「なにか、飲む？」

「いえ、そんな……」

「遠慮しないで。どうせ自分が飲みたいんだから。紅茶かコーヒーしかないけど」

「じゃあ、紅茶で」

部屋には簡易なキッチンが設えられていた。電気ケトルに水を入れ、沸かす。ミナミさんはその間にシャツの袖をまくって手早くカップを洗った。手持ち無沙汰な私は、顔を動かさずに部屋を見回す。

「物、多いだろ。そろそろなんとかしなきゃと思ってるんだけど」

私の視線に気づいたのか、ミナミさんは言う。

「CDなんてもう、データ化すればいい。頭で分かってはいるんだが、やっぱり盤がないと寂しくてね。それに、家賃が安く済んで経済的に余裕があるから、浮いた金でつい、CDや機材を買ってしまう。すると、部屋が狭いから置き場に困る」

「引っ越しはしないんですか？」

「何度か考えたよ。でも、音楽をやるにあたって、ここほど恵まれた場所はない。部屋では演奏ができないが、すぐ隣のスタジオとライブハウスでいつでもタダで音を鳴らせるんだぜ？バンドメンバーも揃っていて、練習も作曲もやりたい放題。住み心地は決していいとは言えないし女性を招き入れるにも適さないけど、この環境を考えると、出るっていう選択はないな。レンタルスペースでも借りようかってほうに今は傾いている」

ヨースケさんの部屋が空いたのだからそこをレンタルスペース代わりに使えば、という言葉が出かかったが、飲み込んだ。ヨースケさんの死は、そうして片付けてしまうには、私たちにとってまだ生々しすぎる。

「砂糖とミルクは？」

「あ、砂糖だけで」

カップをテーブルに置いたミナミさんは、胡坐（あぐら）をかいて座り、コーヒーを飲む。フレームレスの眼鏡が軽く曇った。

「事件の話だよね」

ミナミさんは単刀直入に言った。私は身を強張らせる。はい、とうなずいた。

成宮さんは気さくな人だし、華子さんは強面だが私には優しい。タカは同い年で遠慮のいらない関係だ。クスミさんという別格の存在を除けば、私にとって、ミナミさんがもっとも相対して緊張を覚える相手だった。

「犯人、なかなか捕まんないね。警察はなにをやっているんだか」

「でも……このまま捕まらなくていい、という気も、少し始めています」

「それは、俺たちの誰かが犯人かもしれないから？」

ミナミさんの指摘に、私は躊躇いを覚えつつ小さくうなずいた。

「事件は、ステージの上で起こった。ステージ上にいたのは、俺とタカ、クスミさんだ。裏から回ることも可能だから、成宮さんも加えていいかな。警察がどう思ってるか知らないが、そのうちの誰かが犯人である可能性は高い」

「客席から誰かが千枚通しを投げた、って説もありうると思いますが」

「薄暗闇で正確に千枚通しを命中させるなんて、どこのアサシンだよ？　それに、観客については、警察が聞き込みに当たっているはずだ。名もなき狂信者の犯行なら、その結果を待つしかない」

ミナミさんの言うことももっともだ。

「じゃあいったいいつ、どうやってヨースケは刺されたのか。三つほど可能性が考えられるだろう。ひとつ目。絶叫を上げ、ステージ上に倒れこむ直前に刺された。この場合、バンドメンバー三人は演奏中だったから、アリバイがある。犯人はフロアにいた人間だろう。ふたつ目。アンコールの演奏が始まる前、ステージ上、あるいは舞台袖で刺されたという可能性。この場合、犯人はバンドメンバーの誰かである可能性が高い。ただし、なぜ刺されてすぐ声を上げなかったのかという疑問が残る。三つ目。実はヨースケの自殺だった。物理的な障害はないが、行動は謎だらけだね。自殺の動機は？　なぜステージ上、アンコールの直前で自殺を？　ああ一応、四つ目も出しておこうか。トリックを仕掛けて遠隔操作でヨースケを殺害した。これなら、ＰＡブースにいた華子さん、バーカウンターにいた梨佳ちゃんも犯人たりうる。もっとも、荒唐無稽すぎて仮説と呼ぶにも値しないけど」

　さすがミステリ好きだけあって、分かりやすい整理だ。黙って話に聞き入っていた私の顔を見て、ミナミさんはふっと笑う。

「急に語って、ごめん。一人でずっと、考えてたんだ。だから、すらすら言葉が出る」

　私は頭を振った。

「当然のことだと思います。私も、事件のあと、タカと二人で同じようなことを話しましたから」

「へえ、タカも。俺には全然話さないのに」

　タカは、自分の頭の悪さにコンプレックスを持っているからだと思う。利発なミナミさんとそういう話をして、敵うはずがない。

「本編が終わったあと、クスミさんだけがステージに残っていて、他の三人は楽屋に行ったって聞きました。それで、最初にステージに戻ったのはタカだって」

「そうなのか。俺は、最後だったよ。トイレで顔を洗って楽屋でTシャツを着替えてたら、気づけば誰もいなくてさ。まあいいかとのんびり支度して楽屋を出たら、もうクスミさんが演奏してるのが耳に入って、焦ったよ」

「つまり、ステージに戻ったのはタカ、ヨースケさん、ミナミさんの順ってことですね」

「被害者を、容疑者二人がサンドイッチしてたわけか。これじゃどっちの容疑も晴れないな。いや、最後に戻った俺のほうがより怪しいか」

自分のことなのに、ミナミさんは平然と言った。

「他になにか、気になっていることはありますか」

「事件に関係があるかは分からないけど」そうミナミさんは前置きする。「本番が始まる三十分ぐらい前だったかな。ちょっと訊きたいことがある、と言って、クスミさんがヨースケを連れて楽屋を出たんだ」

「クスミさんが、ヨースケさんを?」

私は思わず訊きかえした。ヨースケさんが誘ったならともかく、逆はちょっと想像がつかない。

「意外だよな、クスミさんが誰かを呼び出すなんて。俺もちょっと驚いたよ。二人は、十分ぐらいで楽屋に戻ってきたかな。すぐ本番だったからね」

「いったいなんの話をしていたんですか？」

「ヨースケからは聞いてない。気になったから、こないだクスミさんに尋ねてみた。返ってきたのは、一言だけ。『音楽の話だ』ってさ」

妙な情報だ。音楽の話なら、楽屋から出ずみんなの前ですればいい。クスミさんはいったいなにをヨースケさんと話していたのだろう？　ミナミさんが訊いても答えてくれない以上、知りようのないことだが。

「ヨースケさんを恨んでいる人に、心当たりはありますか」

「ない」

ミナミさんは即答した。

「梨佳ちゃんもよく分かってると思うけどね、あいつは底抜けにいいやつだよ。そりゃちょっと、頼りにならないところはある。優柔不断で周りに気を遣いすぎるのに、ときどき信じられないポカをやらかす。でも、心はきれいでまっすぐなやつだ。俺のような捻くれ者と付き合ってくれるのがもったいないぐらいの。太陽みたいに明るい男なんだよ。誰もあいつのことを恨んだりしているはずがない」

テーブルに視線を向けたまま、ミナミさんは一気に語る。

「ヨースケさんの一番の親友はミナミさん……ですよね」

「たぶん」

そうミナミさんは答えた。

「あいつ、タカとも仲がよかったからな。実の弟みたいに可愛がっていた。夜中に話し込んだり、二人で飲みに行ったりしていたからね。でも、一番付き合いが長いのは、俺だ。大学の軽音部で知り合ったから、ちょうど十年。俺は、中学時代からずっと音楽が好きでさ。ピアノでも吹奏楽でもジャズでもよかったんだけど、ロックをやることにした」

「どうしてですか」

「女にモテるからだよ」

意外な言葉に、私はなにも返せなかった。

「別に、冗談じゃないぜ。中学生なんてそんなものだよ。文化祭でライブをやったらチヤホヤされるんじゃないか、そういうチャラい考えを持ったやつが五人集まって、でもじゃんけんで負けたから、俺は一番地味なベースになった。それが今でも続いてるんだから、不思議な話だよ」

理論派のミナミさんが楽器を始めたのが、そんな軽薄な理由だったとは。おもしろいものだ。

「やっているうちにどんどんのめり込んでね。高校時代にバンドを組んで、何曲かオリジナルを作って地元のライブハウスでライブもした。だけど、俺が大学進学で上京したのを機に、解散したんだ。大学でもバンドをやるつもりだったから、軽音部に入った。そこで会ったのが、ヨースケだよ。ただ、結局その軽音部は、一ヶ月で辞めた」

「えっ、どうしてですか」

「レベルが期待ほど高くなかった、というのはある。でもそれより、ヨースケと出会えたことで満足したってのが大きい。当時、あいつは今よりもっとギターは下手だったし、ボーカルも安定していなかった。でも、こいつだ、って感じるものがあったんだ。十八歳の自分の審美眼を褒めてやりたいね。よくあれだけの素材を見抜いたなと」

ミナミさんは続ける。

「すぐに意気投合して、二人でバンドを始めることにした。だが、他のメンバーがなかなか定まらなくて。一応メンバーを決めてCDを何枚か出して、それなりに話題にはなったが、結局、うまくいかなかった。どうするか、迷ったよ。またバンドメンバーを探すか、二人組でやってサポートをお願いするか。俺がドラムをやって、ベースレスバンドでやるって案まで出た。徹夜で話し合って、もうなにも考えられないってところまで考えて、朝方、もう現実性とか金の問題とかどうでもいいから誰にバンドに入ってもらえば満足するんだってなって、二人でせーので名前を言うことにした。せーの」

呼びかけに合わせ、二人同時に言う。「クスミトオル」

ミナミさんは、にやりと笑った。

「まさか一致するとは思わなかったからな。正直、驚いた。でもその瞬間から迷いは消えたよ。ダメでもともと、とにかくやってみることにした。まず、クスミさんの行方を探すところからだ。最初に成宮さんに相談を持ちかけてみたら、幸い成宮さんは俺たちの音楽を買ってくれててさ。一緒にあちこち探したよ。そうしたらなんと、クスミさん、ここのバイク屋で住み込みで働いてたんだ」

「えっ、そうだったんですか。いったいどうして……」

「さあ、クスミさんの考えることは分からない。訊いても『なんとなく』としか答えてくれなかったし。で、成宮さんと三人で、口説き落としたんだ。クスミさんがバイク屋なんてもったいない、頼むから音楽をやってくれって。俺たちと一緒にバンドを組もうって。けっこう、時間がかかった。でも最後には、クスミさんも了承してくれたんだ。やっぱりバイク屋は向いてない、って言ってね」

それはそうだ。だいたい運転免許すら持っていないのに。

「音楽に打ち込める環境がほしい、とクスミさんは言った。だから、成宮さんを引っ張り込んで、ライブハウスを始めることにしたんだ。それと並行してドラムを探すことになって、成宮さんがいろいろ紹介してくれたんだけど、いい人がいなくて。みんな、たしかにテクはある。でもどこか物足りなかった。とりあえずサポートでいくかって話になりかけたとき、クスミトオルがドラマーを募集しているらしいって話を聞いた、と言って若い男が押しかけてきてね。それが、タカだ。当時、あいつはまだ十九歳で、はっきり言ってドラムはうまくなかったよ。成宮さんが紹介してくれたドラマーたちと比べればちがいは歴然だった。年のわりには叩けるし、サウリバへのリスペクトも感じたが、体の線は細くてプレイも荒っぽい。だけど、妙に心惹かれてね。案外、こいつでいいかもしれない。そう俺が言い出したら、意外なことに、二人とも即答でオーケーだったんだよ」

「どうしてでしょうか」

「さあね。二人とも、音楽の言語化が苦手なほうだし、俺も詳しくは聞いてない。ただ、今から思うと、未成熟だからこそタカだったんじゃないかな」

どういうことだろう。言いたいことがよく分からない。

「クスミトオルってギタリストは、完成された芸術品みたいなものだった。技術を突き詰めて、どこも削ぎ落とすところのない状態だ。そこに、テクニカルな熟練のリズム隊を用意すれば、当然高いクオリティのものができあがる。でもそれは、はっきり言って、演（や）る前から見えていることだ。新鮮な驚きは、どこにもない。いい音楽になるだろう、いい音楽になった、それだけなんだよ」

ミナミさんは熱っぽく語る。

「バンド――に限らず、クリエイターすべてに言えることだろうけど、完成した瞬間から、物は腐ってくんだと思う。刺激的で素晴らしい作品を出し、でもそのあと、同じ物の焼きなおししか生み出せなくなったつまらないクリエイターを何人も見てきたよ。そういう意味でも、サウリバはすごいバンドだった。完成させて、壊して、また新たなスタイルを作り上げる。『End of the river』は、最後なのに、鮮烈で可能性に溢れるアルバムだった。俺は、そういう音楽がやりたかった。ただクスミさんのサポートに留まるつもりもなかった。そんな俺たちにとって、経験を積んだうまいドラマーは、むしろ邪魔だったんだ。タカは、下手だ。でも、勢いと負けん気は人一倍持ち合わせてる。タカの成長は、バンドを走らせるガソリンになる。具体的にそこまで考えて決めたわけじゃないけど、今から思い返すと、そういう理由だったんだろうな」

そこでふとミナミさんは言葉を切る。

「今の話は、タカには内緒な？　下手だから採用されたんだ、おまえの成長がガソリンって言われても、しらけるだろ？　単細胞なあいつには、なにも考えずドラムを叩いてほしい。それが似合ってる」

ミナミさんの言うことは分かる。単細胞、は欠点だが、言い方を変えれば、一途だ。一心不乱にドラムを叩くタカの姿を見ていれば、こちらも「負けていられない」と焦燥感を覚える。周りの人間を巻き込むエネルギッシュな生きっぷりは、タカの一番の美点だ。

「これから、バンド、どうするんですか」

ふと発した問いに、ミナミさんは押し黙ってしまった。しばらくの沈黙のあと、言う。

「さて、どうしようかな。正直、決めてない」

「話し合いはしたんですよね」

「一応、な。でも決めたのは、当面活動休止っていう、それだけだ。いつまで休むのか、新しいボーカルを探すのか、まだそこまでつっこんだ話をする気になれないっていうのが正直な心境だな」

「ミナミさんはどう思っているんです？」

さっきよりもさらに長い沈黙が返ってきた。

「……バンドのことを思えば、新しいボーカルを探すしかないだろう。フジファブリックやルースターズみたいにバンドの別のメンバーがボーカルをとるってやり方もあるけど、クスミさんもタカも歌わない。俺はコーラスを担当してるから歌えなくはないが、自分がフロントマンに向いているとは絶対に思えない。続けるとしたら、ボーカルを入れるしかない。ディープ・パープルを例に挙げるまでもなくボーカルを入れ替えて継続するバンドはいくつもあるから、ない話じゃないんだが……正直、まだ踏み切れないな」

当然だろう。メンバーでない私でさえ、明日からボーカリストを募集しますと言われたら、複雑な気分になる。

「今の気持ちを率直に言うなら、本当は、ヨースケ以外のやつとやる気にはなれない。だけど、俺にはクスミさんをバンドに引き込んだ責任がある。ラディッシュハウスの借金だって返しきってない。続けなきゃいけない、とは思ってる」

ミナミさんの言葉に引っかかりを覚える。ミナミさんは熟練のドラマーを入れなかった理由を「新鮮な驚き」がないからだと言った。だが、義務感で続けるバンドに、それは生まれるのだろうか？　いや、いずれにせよたった半月で今後をどうこうというのは早すぎる。もう少し経たないと、気持ちも切り替わらない。それに、ヨースケさんの生命保険があるから、借金はそれほど気にしなくていいはずだ。

「なんなら、梨佳ちゃん、ボーカルやる？」

「冗談ですよね」

「新ボーカリストはワノカズヒコの妹、となれば話題になる」

「冗談やめてください」

私はミナミさんを睨んだ。

「血が繋がっている。それだけです。才能はありません。努力もしてません。そりゃ話題にはなるでしょうけどね。それで、ミナミさん、いいんですか？」

「すまない、冗談が過ぎた。——ところで、ワノさんの妹であることを隠してラディッシュハウスで働くのって、どういう気持ちだった？」

少し迷ってから、一言で言うならば、と前置きをし私は口を開いた。

「痛かった、ですね。いろんな意味で」

「過去に縋るのは不毛だよ」

「分かってます。こう見えても女の子なんですから、ミナミさんの信条通り、もう少し優しくしてください」

「そうだね、ごめん。話がそれてしまったから、事件の話に戻そうか」

たしかに本題はそっちだ。私はうなずく。

「殺人事件だって前提で私たち考えてますけど、自殺の可能性はないんでしょうか。一番のハードルは、動機ですよね。ミナミさんになにか心当たりがないか、一度訊いてみたいと思ってたんです」

「むしろこっちが訊きたいくらいだ。周りから見て、ヨースケがいったいなにをそんなに思い悩んでたっていうんだ？」

「いろいろ考えてみたんですけど……ひょっとしたらヨースケさん、自分がワノさんと比べられることに悩んでいたんじゃないか、と思って」

　ロックがなにか分からない。そうヨースケさんは口にしていた。それはもしかして、ヨースケさんにとっての至高のロックであるサウリバと比べられることに悩み、出てきた言葉だったのではないか。ワノさんのボーカルは、がなりたてるような野太い声で迫力があった。ヨースケさんのほうが声質がきれいで音程も安定しているが、ロックらしさという点で物足りなさがあるのは否めない。

「正直に言えば、比べられる悩みはあった。ヨースケだけじゃなく、俺やタカもね。サウリバという偉大なバンドからクスミさんを迎えたんだから、絶対に比べる人はいるし、誰だって悩む。服装ひとつとってもそうだ。サウリバは全員スーツでいることが多かった。俺たちはスーツって柄じゃないんだけど、クスミさんは面倒がってスーツのまま。じゃあ三人が合わせるしかないんだが、そうするとサウリバのコピバンみたいになっちゃいそうで、嫌だった。結局、一人だけスーツっていう妙な状態になった。服装ぐらいで考えすぎだったなと今なら思うよ。でも、それだって五年続ければ慣れたし、誰もなにも言わなくなった。比較に悩んでいなかったとは言わないが、よりによって今、それも自殺を考えるほど深く悩んでいたかと問われたら答えはノーだ」

　ミナミさんの言う通りだ。なぜ今、と考えると理屈に合わない。

「なにか他に、バンドのことで悩んでいたりはしなかったんですか?」

私の問いに、ミナミさんはしばらく俯く。

「……あくまで一般論だけど、伝統的に、バンドのボーカリストは悩みを抱えやすい。ジム・モリソンしかり、カート・コバーンしかり。フロントマンは、それだけ多くのプレッシャーを受けるんだろう。あと、作詞を担当していることが多いのも一因だ。詞を書くのは、自分と向き合う作業だからね。心を掘り下げてそれを歌詞として表出させる。醜い部分やつらい記憶と相対する。キャリアを重ねていくごとに、シンプルで分かりやすかった歌詞が、哲学的でグルーミーなものになっていく。そうやって一人沈んでいくボーカリストと、昔のまま純粋に楽しくロックをやりたいバンドメンバーとの間に溝が生まれるっていうのはよく起こる現象だ。サウンドを突き詰めるのは同じでも、ギタリストやドラマーはフィジカルなスキルを高めていくのに対し、ボーカルは自己表現を深めていくからだと思う。ボーカルの吉井和哉にすべてを背負わせすぎた、と言って活動を休止してしまったザ・イエローモンキーが典型的な例だね」

一部の芸術家は、表現の闇に囚われ、アルコールやドラッグに走ったり自殺を試みたりすることがある。バンドの場合、それを引き受けるのは主にボーカルなのだろう。

「ヨースケさんはどうだったんですか」

「あくまで、俺から見ての意見だけど」そう前置きをしてミナミさんは言う。「いずれそうなっていきそうな萌芽はあった、と思う。最近、聴く音楽が昔と変わってきていたし、自分から積極的に作曲するようにもなってたし。でも、作曲した曲のほとんどはクスミさんが撥ねてたから、まだあまり人前でやってない。自分が作ったものを聴衆へ向けて表現し、その影響でまた深いところへ潜っていく、そういうスパイラルに陥ると危ない兆候だと思うんだけど、ヨースケはまだ、その入り口にようやく立ったかどうかだったろう」

「今のところは自殺を考えるような状況ではなかったってことですね」

「うん、そうだ。——たぶん、近い将来、それが証明されることになると思うよ」

「証明？　いったいなんですか？」

「具体的には、まだ言えない。そのうちね」

ミナミさんは唇に人差し指を当て、思わせぶりなことを言った。気になるが、問い詰めても答えてくれそうにない。待つしかないだろう。

ふと疑問に思って、私は尋ねる。

「ミナミさんの言う通りなら……赤青が活動を続けていれば、フロントマンであるヨースケさんは、深い悩みに陥っていたかもしれないんですよね。そうなったとき、ミナミさんはどうするつもりだったんですか」

何気なく発した疑問だったが、ミナミさんは眼鏡の奥の目を険しくさせて黙り込んでしまった。

「……止めるべき、なんだとは思う。親友として、あいつが苦しむところは見たくないし、まちがっても自殺なんてしてほしくない。でも、そうすることでいい音楽が生まれるなら……俺は、止められないかもしれない。一人で深く悩むあいつを横目に見ながら、素知らぬ顔でベースを弾くかもしれない。やっぱり俺も、表現者なんだ。この橋を越えれば素晴らしい音楽が生まれる、それが見えていながら、ブレーキは踏めない。……誰も苦しまずに、いいものができりゃいいんだけどな。それが両立するときと、しないときがある。あいつが、己の世界にこもってロックと格闘してるとき、危ない兆候だと思う自分と、いいぞもっとやれと思う自分がいる。今はまだ、そこまでシビアな段階じゃない。でも、いつかそういうときがきたら……自分がどう行動するか、まだ決められていない」

ミナミさんらしくなく、そう訥々と語った。

「ただ、ひとつだけ言えるのは……絶対に、ヨースケの意思は尊重しただろうってことだ。もしあいつが、自分が苦しむのを覚悟の上で前に進むっていうなら、俺は、地獄の一丁目まで付き合う。たとえ世間から『なんで助けてやらなかったんだ』と責められても。それが、フロントマンの重圧を引き受けない俺が、あいつにできる唯一のことだから。あいつを孤独な旅路へは行かせられない。ロックっていう荒野を走る機関車に乗り、二人で走り続ける」

もっとも、と小さくミナミさんは言う。

「そんな懸念は、全部杞憂に終わっちまったけどな。そこまで行く前に、ぷつりと切れた」

二人きりの八畳間は、窓を開けているというのに、空気が重くよどんでいる。私はマグカップの紅茶を飲んでから口を開いた。

「バンド以外の、プライベートのことでなにか悩んでいたりはしなかったんですか?」

「女がいたか、って話?」

「まあ、それも含めて」

「いなかった、と思うけどね」

ミナミさんは曖昧な返事をした。

「あいつ、意外とプライベート隠すから。あまりそういう話はしていない」

たしかにヨースケさんは、あけっぴろげに見えて実は繊細な人だった。酒に酔っているときでさえ他人ときちんと距離をとるし、絡んで恋愛話を穿鑿(せんさく)するようなこともしない。私に対して気さくに接していても、肩に手を置いたり頭を触ったりといったことは一度もなかった。

「少なくとも、ヨースケがここに女を連れてきたことはないよ。ただ……最近、出かけることが増えたんだ。この一年くらいかな。それまでは、兄弟かってぐらいにあいつの動向を把握してたんだけど。なにも言わず出ていって、ふらっと帰ってくる。行き先を訊いても、適当に濁す。時には、外泊することもあった」

「外泊してるって、分かるんですか」

「別にチェックしてるわけじゃない。ただ、夜中にトイレに行ったとき、ふと話がしたくなって部屋をノックしたらいなかったり、ね。そういうことが何度かあったってだけだ。ただそれは、ヨースケだけじゃなく、タカもだけど」

「タカも?!」

私は思わず、驚いて言った。

「妬いてるのか」

「そんなまさか」

「そうなのか。おまえら、付き合っちゃえよと思うこともあるんだけどな」

「そんなまさか」

私は同じ言葉を繰り返した。

「タカは、嫌いか？」

「私がどうこう、じゃありません。向こうがなんとも思っていないでしょう。背も同じくらいだし、色気も可愛げもないし。タカが好意を持つのは、いつも小さくて華奢な子ばかり。私のことなんて、女だとも思ってません」

「見た目の好みと、実際に付き合うのは、意外と別になるもんだよ。少なくとも、タカが一番気楽に接してる女は梨佳ちゃんだろ？　あいつ、女性に対して人見知りだから。普通にジョークを言い合える仲っていうだけで、可能性はあると思うけどね」

ミナミさんはそう冗談か本気か分からない口調で言った。

「まあ、それは本人たちが好きにすればいい。タカに、女はいないよ。たぶん、夜中にランニングでもしてるんだろう」

それはありえそうなことだ。タカは、体力強化に余念がないから。

「話を戻すよ。――というわけで、ひょっとしたらヨースケには、女がいたかもしれない。でも俺は、それを聞いてない。ただ、そういうことでトラブルになっている感じはなかった。それにさ、どれだけ女のことで悩んだからといって、あいつがバンドを残して無責任な行動をすると思うか？　こういう言い方も変だけど——自殺を考えるほどあいつを悩ませられるものがあるとしたら、ロックだけだ。それは断言するよ」

ミナミさんの言葉はうなずけるものだった。メンバーへの責任、音楽への情熱、よい作品を生み出したいという意欲、あらゆる意味において、ヨースケさんがバンドを裏切るとは思えない。

「ロックとはなにか」

私は、口に出して呟いた。

「バーでも言いましたけど、ヨースケさん、ロックがなにか分からないって言ってましたよね。ヨースケさんは、なにに悩んでいたんでしょう？　ロックってそもそも、なんなんですか？

ミナミさんはどう思います？」

うーん、とひとつ伸びをして、ミナミさんは言う。

「その話をすると、長くなるぜ？」

「……できれば簡潔に、お願いします」

「努力するよ」

ミナミさんは苦笑いして前髪をかきあげた。

「ロックミュージックとはなにか。そのルーツは、リズムアンドブルースやカントリーミュージック、ソウルだ。大雑把(おおざっぱ)に言うと、アメリカにおいて、黒人社会で歌われていたブルースやソウルと、白人がアコースティックギターで歌っていたカントリーが化学反応を起こして生まれた音楽、ってところだね。ロックンロールって言葉は、もとは黒人社会でのセックスの隠語で、一九五一年に白人ＤＪのアラン・フリードがジャンルを表す言葉として使い始めたと言われている」

簡潔に、と頼んだのに、のっけから長い。

「じゃあ、第一号のロックスターは誰か。それは、エルヴィス・プレスリーだよ。顔立ちのよさとセクシーなダンスでブレイクしたが、今聴いても、十分ロックらしい香りのするサウンドだ。まだ人種差別が根強く残る中、大胆に黒人音楽を取り入れたのが特徴でね。黒人の多いアメリカ南部で育った影響だろう」

ミナミさんは続ける。

「その後、ビートルズの登場でロックは一気に世界的な音楽へのし上がった。大音量でディストーションのかかった音の先駆けとなったジミ・ヘンドリクスは、後のすべてのロックミュージシャンに影響を与えたといえるだろう。レッド・ツェッペリンやローリング・ストーンズ、ディープ・パープルなど、数々の世界的ロックスターが生まれた」

そこでミナミさんはふと、本棚に目をやる。

「俺は常々、ロックとミステリってよく似てると思っててね。近代に新しく生まれた文化で、世界的に流行していて、多くの著名なスターが存在する。実は明確な定義がなく、頻繁に定義の論争が行われ、原理主義者が熱く語るってところも共通点だろう。文化が拡散され大衆化していく中で、そもそもロックとはなにか、ミステリとはなにか、という疑問が生まれ始めたんだ。六〇年代後半にはピンク・フロイドを筆頭とするプログレがロックを深く追求し、七〇年代にはその難解さと高尚さを嫌ってセックス・ピストルズやラモーンズがシンプルなパンクロックを鳴らした。ロックの源に帰ろうという動きだ。これも、松本清張を筆頭とした社会派ミステリが席巻してしばらくしたあと、新本格の時代が訪れたのに似ていると思う。さらにオルタナやポストロックなど多くの派生ジャンルを生み出し、今ではロックはすっかり多様化した。そういう時代において、あえてストレートで純粋なロックをやる道を選択したのが、サウリバであり、俺たち赤青だ。ただ、そのストレートなロックっていうのも結局、ロックという音楽の一ジャンルでしかない。ジャンルの真ん中にいる、とは思ってるけどね。じゃあ簡単に歴史を振り返ったところで、元の問いに戻るよ。音楽的な意味において、ロックとはいったいなんだと思う？」

難しい問いだ。私は恐る恐る答える。

「やっぱり……ボーカル、エレキギター、ベース、ドラムが揃っていて、テンポの速くて聴き手が乗りやすい音楽、それがロックだと思います」

結局、タカとほとんど同じことしか言えなかった。

「ふうん。じゃあ、これを聴いてみて」

ミナミさんは立ち上がり、山積されたＣＤから一枚をとってかけた。シンセともエレキギターともつかない音が鳴り始める。めちゃくちゃかっこいい。

「これは、ロックだと思う?」

「思い……ます」

「実はこのバンド、ギターレスなんだ」

　えっ、と思わず私は声を上げてしまった。

「エレキギターっぽい音は、キーボードをエフェクターで歪ませたもの。ついでに言うとこのバンドは、キーボード、ベース、ドラムボーカルというかなり珍しい編成でね。それでもこんなに分厚い、ロックらしい音を出す。独特なコールアンドレスポンスでライブも盛り上がるし、すごくおもしろいバンドだよ。次はこっち」

　ミナミさんはまた、別のCDをかけた。ガールズボーカルのポップチューンだ。一分ほど聴いて、うなずく。今度は私でも分かった。

「ベースレス、ですね」

「そう。たしかに少々物足りなさはあるけれど、これはこれで、ガレージの香りのするかっこいいロックだ。ボーカルの女の子が、ほぼ素人なのにドラムを叩いたりギターを弾いたりしていてね。ライブはもっとぺらぺらな音でなかなか衝撃的だが、そのヘタウマ感がかえってくせになる」

　ミナミさんは続ける。

「他にも、ジャズ界の帝王、マイルス・デイヴィスが積極的にエレクトリックサウンドを取り込んだ意欲作『Bitches Brew』『On the Corner』なんかは、先入観なしに聴けば実にロッくらしいサウンドだ。ジミヘンと共同でアルバムを出す話も具体的に計画されていたぐらいでね。ちなみに、両作ともボーカルはいない。という具合に、ギターがいなくてもベースがいなくてもボーカルがいなくても、キーボードがいてもトランペットがいても打ち込み音でも、ロックはロックだし、ロックじゃないのはロックじゃない。殺人事件が起こって密室トリックやアリバイトリックが用いられた作品がイコールミステリとは限らない、というのと同じでね」

言いたいことは理解できる。私はうなずいた。

「使っている道具では、ロックは、ミステリは定義できない。もっと言ってしまえば、音楽性ではロックは定義できないと俺は思ってる」

とんでもない話になってきた。紛れもない「音楽」であるはずのロックが、音楽性では定義できない？

「ロックは音楽じゃない、ということですか？　じゃあいったい、なんなんです？」

「文化だよ」

そうミナミさんは即答した。

「だって、ロックというフレーズは、音楽以外のものを形容するときにも用いられるだろう？なんてロックな行動だ、あの人の生き方はロックだ。そういう文脈で使うとき、その人の頭の中でエレキギターが鳴っているわけじゃない。じゃあいったいどんなイメージが浮かんでいるのか」ミナミさんは私の顔をまっすぐ見る。「一言で言うなら、反抗、だ」

コーヒーを一口飲み、ミナミさんは続ける。

「もう少し丁寧に説明すると、既存の概念や常識に縛られない、強い意志を持った行動や生き方。そういうものを総じて、ロックな○○だ、って言うんじゃないかな」

実際私も、型破りで反抗的で自由奔放なタナベさんの生き方を「ロックらしい」と感じた。

「つまり、ロックとは反抗の文化だ。これは、その成り立ちが関係している。さっき言ったように、ロックのルーツのひとつは、黒人のブルースだ。差別が根強く残る中、白人への反抗心を、音楽という手段で表現していた。そもそも反抗心を内包していたロックが次に飛び火した先が、ティーンエイジャーだよ。映画『乱暴者(あばれもの)』『理由なき反抗』に代表されるように、大人と子供との間で価値観の亀裂が広がる時代だった。良識的で穏当な大人に対し、既存の価値観をぶち壊す不穏当なロックで立ち向かう。そういう社会的構図があった。だから当時のロックスターは、不必要なほどの大音量でライブをし、ステージで火をつけギターをぶっ壊す。常識外れなレベルで酒やドラッグに溺れる。そういう反社会的行動こそ、ロックスターだったんだ。今ではさすがに古びてしまったが、ロックをやるのは非行少年、なんてイメージもそこからきている。赤青の曲に『NOISY MINORITY』ってあるだろ？ 本来は口うるさい少数派って意味なんだけど、俺は、ロックを象徴する言葉として選んだ。大音量で歪んだ音を鳴らすロックはノイジーで、大人が支配する社会においてはマイノリティな存在だ。既存の概念に逆らわないありきたりで穏当な音楽は、どれだけ聴衆を集めようと、どれだけテクニカルにエレキギターを弾いていようと、ロックではないんだよ」

ミナミさんの説明は、今まで聞いた中でもっとも論理的で、納得できるものだった。少し話が長いのが玉に瑕だが。

「現代では、コードもメロディも歌詞も、はっきり言ってもう出尽くしている。それでもなお既存の概念を打ち破ろうと、新しいものを模索し続ける。トリックや筋立てが出尽くしていても新しい発想を求める、ミステリと同じで。かといって、まったくロックから逸脱するのもいけない。これまでのロックに立脚しつつ、冒険心も忘れずに。ロックの境界線を、内側から新しい世界へ押し広げようとする行為がロックだ、といえるかもしれないね」

ミナミさんの話を聞いて、私はふと疑問を覚える。

「境界線を内側から押し広げる行為がロック、というのは分かります。でもそれって、矛盾しませんか。さっきミナミさんは言いましたよね？　サウリバや赤青は、ロックというジャンルの真ん中にいるって。それって逆に、ロックではないんじゃないですか？　だって、ロックを押し広げていない、新しいことをやっていないんですから」

するとミナミさんは肩を軽くすくめ「鋭い指摘だね」と答えた。

「正直に告白すると、俺自身もその矛盾は感じている。というか、今説明したようなことを意識しだしたのは、ここ数年なんだ。それまではなにも考えずただ自分がいいと思う音楽をやっていて、それがたまたま、円の真ん中だった。自己矛盾を感じ始めると、プレイも中途半端になってさ。おかげで一時期、スランプに陥った。ただ今は、暫定的にだけど、答えは見つけている」

どういう答えだろう？　とても気になる。

「ロックを取り巻く現状。ライブハウスで働く梨佳ちゃんならある程度分かってると思うけど、かなり厳しいよね。ＣＤは売れない、ライブハウスの経営はかつかつ、ほとんどのロックバンドが音楽だけで食えない。ポップスやアイドルソングが持てはやされる。もっと厳しく言うと、ロックはこのまま衰退し、いずれ死ぬ。それが社会の潮流だと言っていい」

躊躇いを覚えつつ首肯する。

「俺たちは、そういう時代の流れに逆らい、あえてストレートなロックをやる。川の真ん中で、足を踏ん張って立つ。川岸から見れば、まっすぐその場に立っているだけだ。でも、川の流れという社会の動きから見れば、俺たちは反抗している。そういう行動は、十分ロックと言えるんじゃないかな、と思う」

ミナミさんは苦笑いを見せた。

「まあ、少々苦しい理屈だというのは認めるよ。でも、その考えにたどり着いて、なんとかスランプからは脱したんだ。適当にやっているんじゃない、あえて真ん中にいることを選んでいるんだって思えたからね。ただ、さっきも言ったように、これは暫定的な答えだ。これからも、より正しい答えは模索し続けるだろうし、その過程の中で、音楽性が変化することもあると思うよ。今やっている、ストレートなロックだけがロックじゃないとは思っているから。――サウリバでどの楽曲が好きか、ということは、ときどきメンバーで話す。そのとき、一番とは言わないが俺が必ず挙げるのが『マリー』なんだ」

「えっ……意外です」

「だろうな。みんな、そう言う。サウリバ唯一のバラード……とは括りがたいけど、テンポは一番遅い。一目会えただけの愛しいマリー、って、割とストレートに恋愛を歌っているのも珍しい。少なくとも、サウリバらしい曲じゃない」

「マリー」はサウリバ後期の配信限定シングルとして発売された曲で、アルバムには収録されていない。実は、サウリバ唯一のシングルでもある。

「実験的なサウンドに挑戦していた後期サウリバの象徴的な曲だ。正直、サウリバファンからは賛否ある。だが、あれだけの地位を築いてなお、それを失うことを恐れず、新しいチャレンジをした。そして実際、本当に美しい曲だ。ああいう姿勢は、見習いたいね」

ミナミさんの話を聞いていて、私は先日のオーディションが浮かんだ。

「じゃあなんで、ミナミさんはかいわれ大根を落としたんですか。はじめ、私はあれがロックかどうか分かりませんでした。でも、心がざわざわと掻き立てられました。ミナミさんの話を聞いて、その理由が理解できたんです。やっぱりあれは、ロックだと思います。今までのロックをリスペクトしつつ、新しい音楽にチャレンジしていた。既存の概念に縛られていなかった。ミナミさんの定義に当てはまるはずです。なのになぜ、落としたんでしょう?」

「おいおい、俺はかいわれ大根の音楽性は、まったく否定していないぜ。落とすことを強く主張したのは、タカだ」

たしかに急先鋒（きゅうせんぽう）はタカだった。でもミナミさんも、それに反対しなかった。

「逆に考えてみてくれ。俺は司会役として、八組中、合格二組、落選四組を先に決めただろ?

つまり、俺はかいわれ大根を、最後の一組の候補に残したんだよ。あの音楽を、評価していたから。それでもなぜ落としたのか、理由はひとつ。技術が足りなかったからだ。それさえあれば、少なくとも通すことには賛成しただろう。だからオーディション後、彼女に直接伝えた。もう少し経験を積んでまた受けにおいでって。梨佳ちゃんだって思うだろ？　いくら目指しているところが高尚でも、あのパフォーマンスじゃ客前には出せない」

否定はできない。たしかにパフォーマンスはひどかった。でも同時に、妙なうれしさがこみ上げる。ミナミさんも、かいわれ大根のことを高く評価していた。近い将来また彼女に会えるんじゃないか。根拠はないがそんな気がした。

「ミナミさんの考えはよく分かりました。ミナミさんは、そういう話をヨースケさんとしていたんですか？　ヨースケさんは、それについてどう言っていたんですか？」

するとミナミさんは、うーんと唸ってしまった。

「実は、あんまり話していない。いまさら改まって『ロックとはなんぞや』みたいな話をするのも、照れくさくてね。意外とバンドマンってそんなもんだよ」

言われてみればたしかに、バンドマンが熱く音楽論を戦わす姿はほとんど見たことがない。

「ただ、俺は行動でそういう考えを示してきたつもりだ。ロックを大切にしつつ、新しいフレーズを積極的に取り入れようとした。正直、クスミさんはそれについてどう思っているかよく分からない。タカは、さっぱり理解していなかったみたいだ。でもヨースケは、おおむね賛同してくれていたと思う。あくまで、俺がそう感じてたってだけだけどね」

他ならぬミナミさんの直感なら、当てにしていいはずだ。ミナミさんのように論理立てて整理していなかったにしても、おおよそ近い立場にいたと考えていいだろう。その上で、ロックとはなにか、について悩んでいた。

そこでミナミさんは、ふと天井を見上げてぽつりと言う。

「そういえば梨佳ちゃん、ワノさんのギター、どうしたの」

「持って帰って……まだ、ギターケースから出せていません。触るのは、少し怖くて。かといってしまいこむ気にもなれず、部屋の隅っこに立てかけてます」

そうか、とミナミさんは漏らした。

「クスミさんは、どんな気持ちで、七年間あのギターを抱えこんでいたんだろうな」

私は、青いギターを弾くワノカズヒコ――兄の姿を脳裏に浮かべた。彼がもしもっと長く生きていたなら、果たしてどんなロックを鳴らしただろうか。

「ヨースケのレスポール・ジュニアをどうしようか迷っていてさ。棺に入れて燃やすって案もあったんだが、踏み切れなかった」

ミナミさんは視線をドアのほうへやる。

「俺が、引き取ろうかな。ステージで弾くわけじゃないのが申し訳ないけど。俺は、あいつともっと、ロックの旅を続けたかった。それができないならせめて、あいつのギターだけでも連れていってやりたい」

ミナミさんはふっと笑い声をこぼす。

「感傷的なことを言って、ごめん。ただ、安心してくれ。ヨースケがいなくなったのには半身を失ったような喪失感を覚えているけど、それでも俺は、止まらないよ。死ぬまで音楽をやる。ロックの沼であがき続ける。それが、唯一無二の親友の遺志に答えることだと思っているからね」

応援しています、と私は言った。ありがとう、とミナミさんは答える。

「実は少し、迷っていることがあったんだがな。梨佳ちゃんと話して、吹っ切れたよ。迷ったときは、己のロックに問うべきだ。やっぱり、反抗の気概と柔軟性は失っちゃいけない。とにかく、やれることをひとつずつやっていこうと思う」

そう言ってミナミさんは、傍らに置いてあったスマホを手にとり、くるっと器用に回した。

第七章　高架下

　私は一人でミナミさんの部屋を出る。玄関で靴を履き、鍵を開けて外へ出た。

「どうしたの、一人で。まさか、部屋でデート？」

　おばちゃんが手ぬぐいを頭に巻き、店先に立っていた。にやにや笑いながら、私にそう声をかける。残念、いないうちに帰ろうと思ったのだが。

「なんでもないですよ。鍵、お願いしますね」

　それだけ答えて、私は事務所に戻る。時間は十五時を回っていた。私はパソコンの前に腰を下ろし、ファイルを開いてイベントのフライヤー制作に取り掛かる。出演バンドからアー写のデータはもらっているので、それを組み合わせ日付やチケット代などのデータを打ち込むだけだ。ラディッシュハウスで働き始めてから、イラストレーターの使い方を覚えた。やってみると意外に楽しい。印刷所にデータを渡して作ってもらうケースもあるが、簡易なものなら自前のプリンターで印刷してしまう。一昔前は手書きのフライヤーも多かったが、さすがに最近は減った。ライブハウスのフライヤー立てはいつもフライヤーが満載で、壁はポスターで埋まる。ライブハウス特有の猥雑な雰囲気を成宮さんがあまり好まないので、整理がいつも大変だ。

十六時近くになったころ、あっ、と声を上げて成宮さんが席を立つ。

「そういや、銀行に行かなきゃいけないんだった。梨佳ちゃん、留守番頼むね」

はい、とうなずいた。成宮さんは正面の出入り口から出ていく。一人になった私は、椅子の背もたれに体を預け、大きく伸びをした。

そのまま、汚れの目立ち始めた事務所の天井に視線を送る。

私は、いつまでラディッシュハウスで働き続けるんだろう。

ロックは好きだしライブハウスで働くのは楽しい。毎日、充実している。それはたしかだ。しかし、兄の存在がなければラディッシュハウスに足を運ばなかったのもまちがいない。兄の死の真相を知りたいという気持ちがあったから、バイトの面接も受けた。

働き始めて二年、ようやく、クスミさんにその疑問をぶつけた。しかし、答えは不透明なままだ。このまま働いていても、きっとなにも分からない。それでも自分がラディッシュハウスにいる意味はあるのか。兄の影を追いかけてロックの端っこにぶら下がっているだけで才も覚悟もない自分に、この席に座り続ける価値はあるのか。

「……行く手が深い闇でも、胸を張っていきなよ、マリー、マリー、マリー」

ふと私は、「マリー」の一節を口ずさむ。ラブソングだと解する人が多いが、実はサウリバ流の応援ソングではないかと私は感じていた。行く道に悩んだとき、背中を押してもらいたいとき、不思議とよく「マリー」が頭の中で流れた。ワンコーラス歌ってみたが、迷いは晴れない。ぎいぎいと所在なく椅子を鳴らす。

　そのとき、こんちは、というラフな挨拶とともにドアが開いた。

「成宮さん、います？」

　顔をのぞかせたのは、ミュージシャンの戸加部（とかべ）さんだった。チェックのシャツにハンチング帽を被った姿は、まるで美術教師のようだ。以前はバンドのフロントマンだったが今はソロでやっていて、アルバムごとに編成を変え実験的なロックを鳴らす。テクノポップに寄せたりアフリカの民族音楽を取り入れたりと試みがおもしろい。うちでも何度もライブをしている。

「すみません、今出かけてて。なにか、約束ありました？」

「ううん、不意に思い立って来てみただけだから」

「どんな御用でしょう？　ライブのブッキングですか？」

　私はスケジュール表を取り出す。

「いや、ライブの相談じゃないんだ。ちょっと、込み入った話でね。成宮さんは、しばらく戻らない？」

　時計の針は十六時ちょうどを指している。成宮さんが出て十分ほどが経っていた。

「いいえ、すぐ戻ると思います」

「じゃあ、待たせてもらうよ」

　戸加部さんは、ポケットからタバコを取り出す。

「ああごめん、禁煙だったっけ」

「いえ、別にいいですよ」

とは答えたものの、事務所に灰皿はない。成宮さんも華子さんも私もタバコを吸わない。タカとミナミさんは喫煙者だが、吸うときは外へ行く。

「いやいや、女性の前でぷかぷかやるのも申し訳ない。裏で吸ってくるからさ。成宮さんが帰ってきたら、声をかけてよ」

戸加部さんは、事務所の奥のドアを開け楽屋へ行く。そのまま裏口を出て外で吸う気だろう。常連の出演者なので、ラディッシュハウスの構造もよく知っている。

銀行が混んでいたのか、成宮さんが帰ってきたのはそのさらに十分後だった。

「用事があるって言って、戸加部さんが来ていますよ。裏でタバコを吸っていると思います」

「戸加部が？　なんだろ。ちょっと行ってくるね」

カバンを置いて成宮さんは奥へ姿を消した。そのまま十分ぐらい二人は姿を現さなかった。

事務所に戻ってきたのは、成宮さん一人だった。

「ミナミ、どこにいるか知ってる？」

「部屋にいると思いますよ」

「電話したんだけど出ないんだ。悪いけど、呼んできてくれないか。戸加部が話したいことがある、って」

分かりました、と答え立ち上がってから、私は成宮さんに尋ねる。

「戸加部さんは、ミナミさんになんの用なんですか？」

うーん、と成宮さんは唸った。

「まあ、そういう話が来ているって事実は、隠す必要もないか。──実は、戸加部の次のアルバムのサポートベーシストとして、ミナミに参加してほしいっていうんだ。今まではことごとく断ってきたけど……状況が状況だからね。うちとしては、特に止める気はない。ミナミの意思を尊重するつもりだよ」

なるほど、それはたしかに「ちょっと込み入った話」だ。じゃあ呼んできます、と言って私は事務所を出た。

「あら、帰ってきたよ」

たこ焼き屋のおばちゃんの言葉を適当にあしらい、玄関の扉を開ける。私が出たときのまま鍵はかかっていなかった。靴を脱いで階段を上がる。

さて、ミナミさんはこの話を受けるだろうか。戸加部さんの作品は、演奏者にスキルを要求する挑戦的な楽曲が多い。ミナミさんなら適任だろう。ミナミさんも、彼のサウンドは高く評価しているから、誘われて悪い気はしないはずだ。今までは赤青の活動を優先し、他アーティストのサポートや楽曲提供などの話は一切断ってきた。しかし今、赤青として活動する目処は立っていない。戸加部さんも、そのことを理解したうえでミナミさんに声をかけたのだろう。

二階に上がって、私は足を止めた。ミナミさんの部屋のドアが、開けっ放しになっている。トイレにでも行っているのか。

私はひょいと、部屋の中を覗き込んだ。

開いたドアに直角にもたれかかり、ミナミさんは俯いて座っていた。

「ミナミさん――」

声をかけた瞬間、私は身を凍らせた。首に、黒いコードが巻きついている。コードはドア板に沿って上にぴんと伸びていた。ヘッドフォンだ。クッション性のヘッドバンドの部分がドア板の上に引っかけられている。

「ミナミさん」

私はもう一度声をかけた。

ミナミさんはなにも答えず、俯いたままだ。銀のブレスレットが光る腕を、だらりと床に垂らして。

私の喉は、叫び声すら上げなかった。たっぷり十秒ぐらいはその場で固まっていたと思う。これはいったいどういうことだ？　なにが起こった？　これからなにをすればいい？　ミナミさんはどうなった？　まさか自殺？

私は自分の側頭部をぶん殴る。自殺かどうかは、後回しだ。とにかく人を呼ぼう。いや、その前に救命措置か？　だが、一人でできることは限られているし、このままでは救急車も呼べない。まず事務所へ走ろう。ちょっと待て、せめて先に首に巻きついているヘッドフォンを外すべきでは？

ドア板に引っかかっていたヘッドフォンに手を伸ばす。ミナミさんの体重がかかっていて少し重かったが、すぐに外れた。ごん、と音を立ててミナミさんの体が倒れ眼鏡が転がる。そのとき初めて私は、ひっと小さく悲鳴を上げた。

直視できない。する勇気がない。私は、よく転ばなかったなと思うぐらいの勢いで階段を駆け下りた。靴をつっかけ玄関を出る。事務所へ駆け込んだ。

「――どうしたの」

事務所には成宮さんしかいなかった。私は荒く息を吐く。

「ミナミさんが、ミナミさんが――自殺したかもしれないんです」

「なんだって！」音を立てて成宮さんは立ち上がる。「まだ、息はあるの？」

「分かりません、たしかめてないです」

「分かった。部屋だよね？　僕が見てくる。梨佳ちゃんは救急車を呼んで。それからこのことを、タカとクスミに知らせて。――できる？」

私は無言でうなずく。成宮さんは事務所を飛び出していった。事務所の電話をとって、一一九番にかける。状況と住所を告げた。声が震えていた。他の人にも知らせなきゃ。まずはタカだ。ずっと姿を見ていない。たぶん地下のステージでまだドラムを叩いているだろう。私は急いで階段を降りた。フロアの重いドアを開ける。

いつもと同じ、正確なリズムのドラム音が響いていた。荒野に敷設されたレールみたいな規則正しさは、ほんの少しだけ私に落ち着きを与えてくれる。ひとつ深呼吸してからステージへ走った。

「タカ！」

ステージによじ登り、大声で叫んだ。演奏を中断され不機嫌そうな顔でタカは、「どうした？」と言う。

私はごくりと唾を飲み込む。一語一語切って事情を説明した。

「マジかよ！　自殺?!」

そう言ってタカは飛び上がり、ドラムシューズのまま駆けていこうとする。

「ちょっと待って、どこ行くの」

「決まってるだろ、様子を見に行くんだよ！」

落ち着け、と言いかけたが、止める理由もない。それに、向こうには成宮さんがいる。必要があれば適切な指示を与えてくれるだろう。

「おまえは？」

「クスミさんに知らせる」

「任せた！」

それだけ言って、タカはステージ裏の階段を駆け上っていった。私はステージから降り、フロアを出る。階段を使おうかとも思ったが、ちょうどエレベーターが地下一階にあったので、上のボタンを押した。

エレベーターに乗りこみ、内壁に背をもたせかける。

いったいどう、クスミさんに伝えよう？

なぜメッセンジャーの役を引き受けたんだろう。私は後悔を覚えた。ミナミさんが助かるかどうか、私には分からない。脈が止まっているかさえ確認しなかったから。ただ、ヘッドフォンを外したときの、ごん、と床に崩れ落ちた音ははっきり覚えている。あれは、人の立てる音ではない。物が落ちて鳴る音だ。無事であってほしいという思いと、たぶんダメだという悲観的な感情が、頭の中でマーブリングみたいにぐるぐる混ざっている。

七年前ワノさんを失い、半月前ヨースケさんを失ったクスミさんが、今度は、ミナミさんを失うかもしれない。なぜクスミさんのバンドのメンバーにばかり、立て続けに不幸が訪れるのか。なんと告げていいか分からない。でも、エレベーターはあっという間に二階へ着いてしまう。今日も、中からギターの音が漏れ聞こえる。

それは、いつか聴いたのと同じような、哀愁漂う旋律だった。

まるで、ミナミさんの運命を暗示するかのような。

「ロックはどこへ行くんだろう」

インターフォンを押しかけて私は手を止め、そう呟いた。


成宮さんが現場にたどり着いた段階で、すでにミナミさんは心肺停止状態だったそうだ。五分後、救急隊員が到着したが、ミナミさんが息を吹き返すことはなかった。

ミナミさんは、なぜ亡くなったのか。第一発見者である私の目で見た情報だけなら、自殺に見えた。首吊り自殺といえば、高いところからロープを垂らしてそれを首に巻きぶら下がるイメージが一般的だが、全体重をかけずほぼ座ったような状態でも十分自殺は可能だ。

「自殺、ということはありえないよ」

　事件のあと、パトカーで連れていかれた警察署で、事情聴取担当の警察官は私の質問にそう答えてくれた。警察は一般人に情報を明かさないと思っていた。単に親切な警官だったか、どうせニュースになるから構わないと思ったか。あるいは私を犯人と疑い、プレッシャーをかけるためあえて明かしたのかもしれない。

「首吊りの場合は基本的に、頸動脈と椎骨動脈の血流が遮断され、脳内が酸欠状態になり死亡する。しかし被害者の死因は、気道を塞がれた上での窒息死だった。これは、何者かによって絞殺されたときに多い死因だ」

「多い、というだけで、絶対にそうとは限らないんじゃ？」

「絞殺死の際に首に残る、索条痕というものがあってね。絞殺されたと見られる水平の索条痕、ドアに吊るした際に残ったと見られる斜めの索条痕、二つが残ってた。絞殺したあと、自殺に見せかけるべく何者かが吊るしたのは明らかだよ。稚拙な偽装工作さ。また、絞殺に用いられたヘッドフォンには、君のもの以外、一切指紋が残っていなかった。被害者である南航太郎さんのものさえね。犯人は素手でヘッドフォンを用い被害者を絞殺し、その後、指紋を拭きとりドアにかけたんだろう」

　反論のしようもない。ミナミさんを殺害した何者かが存在することはまちがいないようだ。

交代で現れる警察官に何度も発見の経緯を細かく説明し、ようやくラディッシュハウスに戻れたのは二十時過ぎだった。私が一番遅かったようで、ラディッシュハウスの楽屋には私以外の全員が揃っていた。呼び出されたのか、華子さんも姿を現している。戸加部さんも、疲れを顔に浮かべ楽屋の端っこに座っていた。

クスミさんもタカもいる。ミナミさんだけが不在だ。そのことに私は、ミナミさんの死を痛感した。

「みなさん、早かったんですね」

「いや、そうでもないよ。少し前に解放してもらったばかりだ。だから正直……まだちょっと動く気がしない」

成宮さんの言葉に、戸加部さんもうなずいている。

「警察にはどんな話をしたの？　事件について、なにか教えてもらえた？」

私は、ミナミさんの死が自殺ではありえないことをかいつまんで説明した。

「そうか、自殺の可能性はない、か……」

そう呟いて、成宮さんは全員の顔を見回す。この中の誰かが犯人じゃないかと疑っているかのように。自分の視線の意味に気づいたのだろう、成宮さんは息を吐いて無言で頭を振る。

苛立ちをぶつけるように、タカは漏らした。

「黙ってたってしょうがないっすよ。赤青のメンバーが、二人立て続けに死んだ。なんでこんなことになっちまったか、みんな気になるんでしょ？」

タカの言葉に反論する人間はいなかった。

「なんでこんなことが起きたか、知ってることを言い合いましょうよ」

分かったよ、と言って、成宮さんはタカから司会役を奪った。万が一タカが暴走してしまう危険を思えば、自分がイニシアティブを握ったほうがマシと考えたのだろう。

「まずは、事件がいつ起きたのか、だな。ミナミの姿を最後に見たのは？」

「たぶん……私だと思います」

そう言って私は小さく手を挙げた。

「話したいことがあって、二人でミナミさんの部屋にいたんです」

「部屋を出たのは何時？」

「十五時十分ごろでした」

何度も訊かれたことなので、すぐに出る。

「そのとき、なにかおかしいことはあった？」

「なにもなかったです」

「ありがとう。じゃあ、それ以降に誰かミナミの姿を見た？」

「姿を見た、っていうんじゃないけど」

タカが口を挟む。

「ミナミさんから、電話がかかってきたんだよ」

「時間は？」

ちょっと待ってくれよ、と言って、ジャージのポケットからスマホを取り出す。

「十五時十三分。梨佳が部屋を出た直後かな」

「用件はなんだったんだ？」

「たいしたことじゃないよ。ステージにベースとアンプを置きっぱなしにしちゃったから、片付けといてくれって。たぶん、またステージに戻ってくるつもりだったけど、なにか理由があって気が変わったんだろうな」

なぜ気が変わったのだろう。もしかして私のあとに誰かが——犯人が訪ねてきたから？

「他にいる？」

次に口を開いたのは、意外なことに、戸加部さんだった。

「僕も姿を見たというんじゃないんだが」と断って、スマホをかざす。「Tweetがあったんだよ、ミナミ君の。……ええと、時間は十六時一分」

本人によるTweetだとすれば、十六時一分から私が再び部屋に行きミナミさんを発見した十六時二十五分の間に事件は起こった、ということか。

「そのぐらいの時間にそれぞれなにをしていたか、順に話そうか。まずは僕から。梨佳ちゃんが十五時十分ごろに事務所に戻ってきたとき、僕も事務所にいた。そのあと、十五時五十分ぐらいかな、銀行に出かけて、戻ったのは十六時十分ぐらいだったと思う」

少し口ごもってから、成宮さんは続ける。

「……警察にも証言したことだから正直に言うけど、銀行で手続きをしたのは十五時五十五分ごろだ。帰るのが遅くなったのは、野暮用があって家に立ち寄っていたから。それを証明してくれる人は誰もいない。まっすぐラディッシュハウスに戻っていれば、十分ぐらいは時間の余裕ができただろう。その間に犯行に及んだ可能性は否定できないね」

成宮さんはそう、自らアリバイがないことを証言した。

「……次は私、ね。久しぶりの休みだったんで、家で洗濯して掃除して寝てた。一人暮らしだから当然、アリバイなし。以上」

華子さんは自転車通勤なので、密かにラディッシュハウスを訪れるのは簡単だ。

次に私が、自分の行動を説明した。成宮さんがラディッシュハウスを出た十五時五十分から遺体発見の十六時二十五分まで、基本的に事務所に一人でいたが、途中成宮さんや戸加部さんが出入りしている。とはいえ、十分もあれば犯行は可能なので、アリバイは成立しない。

「俺はずっと、地下でドラム叩いてたよ」

そうタカは答えた。フロアから階段を上がって正面から出ようと思えば、必ず事務所の横を通る。私はタカの姿を見ていない。ただし、裏の階段を上って裏口から出るルートもあるので、必ずタカが地下フロアにいたと証明はできなかった。

タカの隣には、クスミさんが座っていた。

「……ずっと二階にいた」

もちろんアリバイを証明する人間はいない。ただし、クスミさんが誰にも気づかれずラディッシュハウスの外に出ようとすれば、階段で一階に降り私に見つからぬよう静かに楽屋のドアを開け裏口に抜ける、という複雑なルートを通るしかない。しかも、十六時以降は裏口に戸加部さんが立っていたはずだ。ほぼアリバイ成立と見なせるのではないか。

　最後に戸加部さんが口を開く。

「僕がラディッシュハウスへ来たのは、十六時ちょうどだ。事務所でスタッフと打ち合わせをしていて、ミナミ君にサポートに入ってもらったらどうだろうって案が出てね。思い立ったらいてもたってもいられなくて、アポもなしにタクシーで直接来た。だから、それ以前のアリバイは証明できると思うよ」

　戸加部さんは続ける。

「事務所に来たら、成宮さんがいないっていうんで、裏口を出たところで待たせてもらうことにした。タバコが吸いたかったんでね。スマホを触っていたら、十六時十分ぐらいに成宮さんが来て、そのままそこで十分ぐらい話していたかな。本来の用事はミナミ君にあったんで、成宮さんがミナミ君に呼び出しの電話をかけたんだけど、出なくて。呼んでくるといってラディッシュハウスの中に戻っていった。それから、救急車が来て騒ぎになるまで、僕はそこに立ってたよ」

「ずっと裏口にいたんだな。そこから、たこ焼き屋の裏口が見えるだろ？　誰か怪しい人物が出入りするのを見なかったか？」

　成宮さんの問いに、いいや、と戸加部さんは頭を振る。

「スマホに集中していて見過ごした、ということは？」

成宮さんは妙に念入りに確認する。

「いや、ないよ。十メートルと離れてないし、ミナミ君がそこから現れるかもしれないと思って注意を払ってたから。猫が出入りしたっていうならともかく、人間を見逃したなんてことはない」

戸加部さんの答えに、成宮さんははっきり困惑の表情を浮かべる。

「どうかしたんですか、成宮さん」

いや……と呟き、成宮さんは首を捻る。

「実は……さっき、たこ焼き屋のおばちゃんと少し話をしてね。十五時過ぎから救急車が来るまでずっと店先にいたが、怪しい人間の出入りは見ていないって言ってたんだ」

その言葉の意味するところに思い至り、私ははっと息を飲む。

「ちょっと待ってください……だとすると犯人は、いったいどこからどうやって出入りしたんです?」

ミナミさんが最後のTweetをした十六時一分から私が遺体を発見した十六時二十五分までの間、河津家の正面にはおばちゃん、裏口には戸加部さんが立っていた。

「窓から逃げた……んですかね?」

成宮さんは頭を振る。

「ミナミの部屋の窓から飛び降りたにせよ、そこは商店街だ。おばちゃんに見つからないはずがない。タカの部屋には、ラディッシュハウスとの間の路地に面した窓もあるけど、路地からじゃどっちにせよ表か裏に出ざるをえないのは同じだ」

ラディッシュハウスとたこ焼き屋の間は、路地とはいってもあとから取り付けたベニヤ板で両側とも塞がれている。表から見えにくいせいか、何度もゴミを不法投棄されたからだ。おばちゃん、あるいは戸加部さんに気づかれず、ベニヤ板を乗り越えられるとは思えない。ラディッシュハウスに忍び込もうにも、一階に窓はないから不可能だ。

「でも、たこ焼き屋のおばちゃんが犯人でその証言が嘘なら、誰にも見つからず犯行に及ぶことができるんじゃないですか？」

「別の理由で、無理だよ。ミナミを絞殺し、ドアのところまで引きずって、首に体重がかかるようヘッドフォンを引っ張りドア板にかける。おばちゃん、小柄だし腰痛持ちだろ？　非力な女性にできる犯罪じゃない」

華子さんが口を開く。

「非力だから無理、っていうなら、私も容疑を外してもらえるのかな？」

「いや、それはできないな。華子にせよ梨佳ちゃんにせよ、普段から重い物を運んでるだろ？　ミナミの体を引っ張りあげるのも、無理じゃないと思う」

華子さんは「まあそうだよね」と言って、力瘤を作ってみせた。

「だったら……犯人は、犯行後もずっと河津家の中に潜んでいた？」

「それもない。事件直後にタカにざっと家の中を見回ってもらったけど、なにもおかしいところはなかったから。表はおばちゃんが見張ってたし、警察もすぐに来たからね」

「疑うわけじゃないんだけど……第一発見者の梨佳が犯人、って可能性はないのかな？　それなら、密室は関係ないでしょ」

華子さんの言葉を成宮さんは否定する。

「梨佳ちゃんはミナミを呼びに行って、ほんの一、二分で戻ってきた。とてもじゃないが、絞殺して吊るす余裕はない。だいたい、偶然呼びに行くように頼まれた機会に事件を起こすなんて、そんな綱渡りなことをする必要がないよ」

「だとすると、『Tweet 自体が犯人の捏造なのかな。犯行時間は、ミナミがタカに電話した十五時十三分から、戸加部さんが裏口に立った十六時一分までの間だった。それなら、表にはおばちゃんがいたけど裏口は誰もいないから、犯人にも出入りは可能」

「ありえないよ。この目で見たんだけど、スマートフォンはミナミの部屋に落ちていたから。仮に偽装工作であったとしても、犯人は十六時一分にミナミの部屋でスマートフォンを操作したことになる。家から出られなかったことに変わりはない」

誰かがハッキングしてアカウントを乗っ取ったんじゃ、という考えが浮かんだが、すぐに打ち消した。音楽バカばかりのラディッシュハウス関係者が、ＩＴ技術を駆使してそんなトリックを仕掛けるなんて想像できない。成宮さんと華子さんは多少パソコンを使えるが、ハッキングできるほど詳しいわけではない。

「他に誰か、なにか気になっていることや、怪しい人物を見かけたというようなことはある？」

成宮さんの問いに考えをめぐらし、思わず「あっ」と声を上げてしまった。周りの注目が集まり、私は慌てて言う。

「すみません。たいしたことじゃないんです。たぶん事件にも関係ないと思うんですが……今日の昼、私、タナベさんを見かけたんです」

「タナベを?」

成宮さんが驚いたように声を上げる。

「ええ。事件が起こるより三時間は前ですが。出勤のときに駅からの道でばったり出くわして、少し話しました。タナベさんは、ラディッシュハウスに来ていたようでした。いったい誰に用事があって来たんでしょう?」

しかし、誰もが顔を見合わせるばかりで、その問いに答える人はいなかった。

「……この中の誰でもないとすると、ミナミに会いに来た、としか考えられないな」

そういうことになる。しかし、タナベさんはなんの用でミナミさんに会いに来たのだろう。戸加部さんと同じように、サポートの依頼か。それともまさか、引き抜き? 結束力の高い赤青においてはありえない話だが、ヨースケさんが亡くなった今、絶対にないとは言えない。少なくとも、タナベさんがそう考えた可能性はある。

私は改めて、事件について考えを巡らせる。十六時一分に「Tweet があった以上、それが本人のものであれ犯人の偽装であれ、その時間に犯人がたこ焼き屋の二階にいたのは明らかだ。しかし、表にはおばちゃん、裏には戸加部さんがおり、現場は完全な密室状況だった。なにかトリックを用い、現場を脱出した? 自殺に見せかける工作は、あんなに稚拙なのに? それともまさか、自殺なのだろうか。それなら密室は問題ではない。だが、どうやって二重の索条痕を残した？　ヘッドフォンの指紋が拭きとられたわけは？

状況は、ヨースケさんの死と同じくらい、いやもっと不可解なもののように思えた。

「そういえば、ミナミさんの最後の「Tweet」って、どんな内容だったんです？」

事件発生からずっとドタバタで、まだ私は「Twitter」どころかスマホを見てもいなかった。「Tweet」が本人のものか判別するヒントになるかもしれないと思い何気なく発した問いだったが、それが、と言って戸加部さんは複雑な表情を見せる。ポケットからスマホを取り出し操作した。

「ミナミ君に会いに、ラディッシュハウスに来たからね。裏口のところでタバコに火をつけて「Twitter」をチェックしてみたら、タイムラインの一番上に表示されたから、その偶然にとても驚いたよ。――しかも、内容はこれだ」

戸加部さんは、スマホをみんなに向かって見せる。一四〇字まで投稿できる「Twitter」なのに、句点を含めてたった九文字しか書かれていない。

ロックは人を殺す。

事件の翌日には、ミナミさんの死はワイドショーやスポーツ紙でセンセーショナルに取り上げられた。当然だろう、同じバンドのメンバーが、相次いで不審死を遂げたのだから。

ニュースは、自宅で死亡しているのが発見された、としか報じなかった。自殺、他殺、事故、いずれとも明言していない。今のところ、世間の人々もそう捉えているようだった。不審な死だが、原因は分からない。赤青のバンドメンバーを狙った連続殺人か、あるいは後追い自殺か。もしくは実はミナミさんがヨースケさんを殺害した犯人で、犯行が発覚しそうになって自殺したか、それとも第三者がそう見せかけて殺したか。他人事となれば、みんな好き勝手に言い立てる。私のこともネットに書かれていた。七年前、サウリバからクスミさんを強奪するためにヨースケさんとミナミさんが共謀してワノカズヒコを殺害した、だからその恨みを晴らしたのだと。もはや笑い飛ばす気力すら起きない。

『ロックは人を殺す』

ミナミさんの最後の一言が、さらに波紋を投げていた。それまでもミナミさんは、歌詞の断片のような脈絡のない言葉をよくTwitterで呟いていたが、内容があまりにタイムリーだ。とりようによっては、自分はロックに殺されたのだ、という遺書にも見える。それとも、自分がヨースケさんを殺害した犯人であり、その動機はロックだという告白か。あるいはミナミさんは、誰が犯人なのか気づき、それを示唆する言葉として『ロックは人を殺す』と呟いた？想像は膨らむが、答えは出ない。

私は、機材とCDと本で埋まった八畳間での、ミナミさんとの最後の会話を思い返す。

ロックとは、なにか。

ミナミさんは熱く、かつロジカルに語っていた。

〈ヨースケのギターは俺が引き取ろうかな。せめてあいつのギターだけは、ロックの旅に連れ

ていってやりたい〉

〈ヨースケを失っても、俺は止まらない。死ぬまで音楽をやる、ロックの沼であがき続ける〉

そう語っていたミナミさんが、自殺なんてするはずがない。ロックのこれまでと未来を、冷静な目でまっすぐ見据えていたのに。

「――あ」

そこまで考え私は、己の痛恨の忘れ物に気づいた。

タナベさんがミナミさんを「嫌いだ」と評していた言葉を、伝えそびれてしまった。聞けばミナミさんは絶対に喜んだはずだ。大袈裟に言うなら、赤青結成後の五年間が報われた気さえしたかもしれない。今までなら、どうせ毎日会うのだからいつでも言えた。でももう伝える機会は永遠に訪れない。また私は、チャンスを逃した。ミナミさんはこの世からいなくなってしまった。「変態ベーシスト」のベースは、二度と鳴らない。

赤青は、どこへ行くのだろう。とうとうメンバーは、クスミさんとタカだけになってしまった。ヨースケさんのレスポール・ジュニアを、ミナミさんのリッケンバッカーを、またクスミさんが抱えるのか。ようやくワノさんのフェンダー・ジャガーを手放したのに。どうして、クスミトオルの周りにだけ、不幸が起こるのか。それとも、クスミトオル自身が悲劇を引き起こしているのか。相変わらずクスミさんは黙して語らず、その心情は想像することしかできない。

変死ということで解剖が行われていて、通夜や葬儀の日程はまだ決まっていなかった。事件の翌日である今日、たこ焼き屋は実況見分で封鎖されたままで、ラディッシュハウスも午前中は警察がいろいろ調べていたが、午後からは使うことができた。いつも通りに出勤したものの、仕事が手につかない。成宮さんは黙々とパソコンに向かっていた。華子さんはずっと地下のPAブースにこもっている。

「すみません、先に帰ります」

業務がないわけではなかったが、私はそう言ってショルダーバッグを持ち立ち上がった。時間はまだ十八時前だ。お疲れ、とだけ成宮さんに声をかけられた。

夕日が貫く商店街を、私はとぼとぼ歩く。学校帰りの女子高生の一団とすれちがった。楽しげに声を上げて笑っているが、音としてしか耳に入ってこなくて、まるで日本語に聞こえない。妙に足が重い。路側帯の白線にじっと視線を落とす。ロックを鳴らし続ける、と語ったミナミさんは亡くなってしまった。赤青継続の見込みは立たない。CDの売上は年々下がる。もうロックの時代は終わった、そう吐き捨てた沖田君の言葉が脳裏でこだまする。近い将来、ロックは終わってしまうのかもしれない。夜はもう、明けないのだろうか。そんな漠とした不安を抱え一人歩く。

私の自宅は、ラディッシュハウスから電車で五駅ほど離れたところだ。大学時代から住んでいるマンションで、ラディッシュハウスより都心に近い。帰りの電車がいつもすいているというメリットはあるものの、便がよく家賃も高い街から、不便で家賃の安い街へ通うのに不合理は感じる。引っ越したい気持ちもあるが、自分がいつまでラディッシュハウスで働き続けるか自信がなく、踏ん切りがつかないでいた。

電車を降りたときには、十八時半を回っていた。自宅の冷蔵庫の中身は空っぽだ。スーパーで惣菜を買って済まそうかなどと考えつつ、高架沿いを歩く。

ふと、目に留まった。「ライブハウス　LOOP」という看板が。

以前からそこにライブハウスがあるのは知っていたが、入ったことはない。気晴らしに覗いてみるか。幸い、平日にもかかわらず対バンイベントが催されているらしい。当日チケットもあるようで、料金も二五〇〇円と良心的だ。私はチケット代を払って、ライブハウスに入った。

ライブハウスは、意外と高架下に多い。なぜなら、家賃が安いからだ。よりによってライブハウスが電車の騒音がうるさい高架下に店を構えるというのもおかしな話だが、ロックバンドのライブの場合、演奏の音自体が大きいので、かえって電車の音は気にならない。いや、タイミングによってはやっぱり気になるが、それよりも家賃の安さというメリットを選択するのだろう。

内観はラディッシュハウスより年季が入っていて、壁にはべたべたとポスターやフライヤーが貼り散らされている。エントランスを抜け、フロアのドアを開けた。中は狭く、高架下だけあって天井が低い。キャパはせいぜいオールスタンディングで二五〇くらいか。商売柄、バーカウンターにまず目が行く。ロケットテキーラ八〇〇円、というよく分からない飲み物の貼り紙がしてあった。それより、ドリンクチケットで交換できるレギュラーメニューを貼り出したほうが注文がスムーズだとは思うが、珍妙なメニュー名で目を引くのも一手ではある。

ちょうど出演者の転換時間らしく、ステージには誰もいない。フロアはそこそこ埋まっているが、見渡す限り男性ばかりだ。ライブハウスの客は比較的男性のほうが多いが、こうまで男性一色というのは珍しい。ＳＥが鳴って演者が現れた瞬間、私はその理由を悟った。

ステージに立ったのは、五人組の女の子だった。色違いの派手な衣装をまとい、頭には大きな花飾りをつけている。楽器は持っていない。ドラムセットも撤去されている。どうやら今日は、アイドルの対バンイベントらしい。

私はそっと顔をしかめる。出演者の名前ではバンドなのかアイドルなのか判別できなかったのだ。アイドルといえばコンサートホールでライブをしているイメージが強いが、最近はこういう小さなライブハウスでイベントをすることも多い。ライブハウスという箱は、まだメジャーでないアイドルにとって、使い勝手のいいものであるようだ。いわゆる「地下アイドル」と呼ばれる人たちは、自分たちで曲も衣装もグッズも用意し、イベントを打つ。常連客が足を運び、対バンライブではファンの奪い合いになる。物販でグッズを販売し、収益の足しにする。そういう要素を抜き出せば、インディーズのバンドとよく似ている。もちろん、ステージの中身は大きく異なるが。

カラオケ音源が鳴り、女の子たちは一斉に踊りだす。ほんの一分ほど見ただけで、耳を塞ぎたくなった。私はロックが好きだが、テクノやダンスミュージック、ポップスだって嫌いじゃない。だから、音楽のジャンルが受け付けないというわけではない。ただクオリティが低すぎるだけだ。

まず、歌唱力が低い。二人ほどそれなりに歌える子がいるが、せいぜいカラオケでうまいねと言われる程度で、あとの三人はどうしようもない。ダンスは、歌と比べればマシだろう。しかし、商品としてお金をとれるレベルではない。そして、そもそも曲がひどい。八〇年代にタイムスリップしたんじゃないかと思うような古臭い音、ありきたりな展開で、聴いているだけで背中がむずがゆくなる。

なにより不快なのが、そんなチープなパフォーマンスであるにもかかわらず、全力で乗っている客がいることだ。最前列でペンライトを振り、よく分からない掛け声をかけている。だみ声でアイドルの名前を呼ぶ。ステージ上の女の子たちは、たしかに顔は可愛いだろう。手足もすらっとしていてきれいだ。でもそれは音楽に関係ない。

正直に言うと、すぐにでも出たかったが、さすがにチケット代がもったいない。対バンライブなので、次はもう少しマシかもしれない。私はバーカウンターでドリンクを引き換え、そのままカウンターにもたれて苦痛の三十分間を過ごした。

ライブが終わり、アイドルはたどたどしく告知のMCをする。転換の時間になって、客たちがごっそり入れ替わった。一目散に会場を出る客もいる。ロックバンドの対バンイベントでも似たようなことは起こるが、ここまで露骨ではない。

客がいなくなって空いたスペースに、コートを手に持った一人の背の低い女性客の姿が見えた。数少ない同性の存在にシンパシーを覚え、私は彼女の横顔を見る。

「えっ」

思わず小さな声を上げてしまった。なぜなら、彼女の顔に見覚えがあったからだ。

まちがいない。かいわれ大根だ。

同時に、赤いワンピース姿でない彼女を見たことで、別のことに気づいた。ヨースケさんが亡くなった夜のライブに一人で来ていた、ジミヘンTシャツの女性客ではないか。モッシュの勢いに負けてバーカウンターに避難してきていたから、うっすら覚えている。ステージでの印象とちがうので今まで気づかなかった。

なぜ彼女がここに？　ロックだけでなく、アイドルも聴くのだろうか。それとも、友達でも出ているのか。ラディッシュハウスでも浮いていた彼女だったが、男性ばかりのアイドルイベントではさらに場違いだ。

彼女は私に気づく素振りもなく、小柄な体を生かして人混みの中へ突入していった。ちょうど転換が終わり、SEが鳴る。その瞬間、ちょっと驚いた。ザ・フーの「Baba O'Riley」じゃないか。

四人組の幼い女の子たちがステージに現れる。さっきとちがい、白一色のシンプルな衣装だ。SEがフェードアウトし、バスドラとスネアの音が鳴る。私はステージを凝視した。そこにはたしかに、ドラムは影も形もない。なのに、まるでライブでやっているかのような臨場感のある音だったからだ。

「みなさんこんにちは。UMIKARA DETA NINGYOです」

シンセの音が鳴る。ギターリフが乗っかる。グランジっぽいハードな音だが、展開が独特だ。右端のショートの女の子が歌いだす。少々か細い澄んだ声が、びっくりするぐらいマッチしている。それほどうまくはないが、その未成熟な危うさがかえってバックミュージックの完成度と嚙み合っていた。他の子もそれぞれ声に特徴があり、拙いながらハモっている箇所もある。ダンスも懸命で健気だ。残念なのは、男性ファンのだみ声と、ときどき入る電車の音だけ。

不思議な感覚だった。ロックかロックじゃないかといえば、ロックじゃないだろう。ステージにいるのはアイドルで、流れているのはカラオケ。けれど、不思議と胸を搔き立てられる。未知のものに出会った、という手触りがある。

三十分のステージが終わり、右端の子が告知をした。このあとすぐ、エントランスで物販をするらしい。CDを一枚買えば、全員と握手ができるようだ。握手に興味はないがCDは欲しい。だが、ライブと並行して物販が行われるらしく、他のライブを見ていると物販に参加できない。だからさっき何人もの客がライブ終わりでフロアから出ていったのか。

次のアイドルグループは、ワンコーラスだけ聴いてみたが、最初のグループよりマシなもののやはり物足りない。私はドアを開け、フロアを出た。

エントランスの物販には、さっきまでステージで踊っていたUMIKARA DETANINGYOのメンバーが、並んでファンと握手をしていた。横では、スタッフと思しきTシャツ姿の男性がCDやグッズを販売している。

その姿を見て、私は今日一番、驚いた。

CDを販売している眼鏡の中年男性は、元サウリバのドラマー、イマムラユズルだ。

十五分もすると、ファンの列はほぼ途絶えてしまった。私は横に立ってそれをずっと見ていた。人がいなくなったのを見計らい、物販の長テーブルの前に立つ。

「あの……CDを一枚ください」

「はい、ありがとうございます」

声を聞いて、確信が深まる。明るかった髪が黒くなり眼鏡もかけているので雰囲気がずいぶん変わったが、イマムラユズルにちがいない。

「こちら特典券になります」

「いえ……握手は別に」

イマムラさんは、怪訝そうな顔をした。私は思い切って尋ねる。

「ちがっていたらすみません。……イマムラユズルさん、ですよね？」

「……そうだけど。ひょっとして、サウリバのファン？」

特に隠しているわけではないらしい。イマムラさんはあっさり肯定する。

「ええ、まあ。私、実は今、ラディッシュハウスで働いているんです。クスミさんと一緒に」

クスミ、という言葉に、イマムラさんは表情をほころばせた。

「いやあ、懐かしいな。クスミ、元気？」

「ええ……まあ」

「あ、元気、じゃないな。立て続けに事件があったんだよね。ニュースで見たよ」

「はい……でも、クスミさんは相変わらずですから。元気なのか、悲しんでるのか、それもよく分かりません」

　はは、とイマムラさんは声を上げて笑った。

「変わらないなあ、あいつ。時間、ある？　よかったら少し話を聞かせてよ」

　イマムラさんは、もう一人いた男性スタッフに物販を任せ、ライブハウスの外に出た。街灯が照らす自動販売機の前に立つ。ひょろりとしたイマムラさんの横を、きぃきぃ音を立てて自転車が走り抜けていった。

「なに飲む？」

「いえ、そんな」

「構わないよ、ＣＤ買ってくれたしね」

　ありがとうございます、と言って、私はアイスのカフェオレのボタンを押す。風は少し肌寒いが、まだ体がライブの熱気で火照っていた。十分後には、ホットにしておけばよかったと後悔するかもしれないが。

「うちの子たちのライブ、どうだった？」

　高架の壁にもたれかかるように立ち、イマムラさんは問う。

「よかったです、すごく」

　私はそうすぐに答えた。

「どう表現していいのかよく分からないんですけど……とにかく、びっくりしました。まず、音がかっこよくて。生音で鳴っているんじゃないかと思ったぐらい臨場感がありました」

「そこは手間かけて拘ってるからね、そう言ってもらえるとうれしい」

「あれ、ただカラオケを流しているだけなんですか？」

「いいや。ギター、ベース、ドラム、それ以外、と四本の音源を用意してててね。会場によって音の響きがちがうから、一曲一曲、現場でそれぞれの音を調整してるんだ」

　カラオケの音量調整程度で済むはずの他のアイドルに比べれば、たしかにかなりの手間だ。しかしおかげで、あの生っぽい音が実現できている。

「楽曲自体もポストロックっぽくてかっこいいですし、女の子たちのパフォーマンスも素敵でした。音だけじゃない、総合芸術を見ている感じが味わえて、とてもおもしろかったです」

「ありがとう。でも、さすがにちょっと褒めすぎだよ。ラディッシュハウスのスタッフなら、アラも見えたはずだ。今後の参考にしたいから、それをぜひ教えてよ」

　私は少し頭を悩ませる。

「だったら……歌唱力がちょっと不安定でしたけど、それはそれで魅力なので、別にいいかなと思います。それよりも、ダンスが揃っていない箇所があったのがもったいないですね。あと……やっぱり、生の演奏で聴きたい、と思いました」

「そうだよねえ。精一杯工夫は凝らしちゃいるが、それでも生音が楽しい。だが、生バンドはお金がかかるんだよ。ドラムだけでよけりゃ、僕が叩くんだけど」

「それから……これは、言っていいのか分かりませんが、ファンの人たちの、なんて言うんでしたっけ、ミックス？　あれが、うるさくて。せっかくのパフォーマンスを邪魔してしまっている気がします」

するとイマムラさんは、ははっと笑い声を上げた。

「たしかに、そうだね。でも、仕方ないかな、とも思ってる。だってあれが、アイドルの文化だから。それを言ったらさ、ロックバンドのモッシュやサーフだって、音楽を聴く邪魔だ。でも、あれはああいうものとして許容されている。ロックのライブに慣れた身からするとミックスは醜悪だけど、郷に入っては郷に従えということで、最近は気にならなくなってきたな」

言われてみればそうだ。クラシックのファンからすれば、モッシュやサーフ、果てはギターを振り回してぶっ壊すなんてパフォーマンスは、音楽じゃない、気が狂っていると見えるだろう。ロックに、アイドルのミックスを否定する資格はない。

私は言う。

「でも、ほんと、びっくりするぐらいいいライブでした。正直言って……アイドルってジャンルのこと、少しバカにしてたんです。可愛さだけが売りで、音楽性もパフォーマンスもたいしたことないって。CDなんて誰も聴いてない、あれはただの握手券だって。でもそれは偏見だったんだと気づかされました」

「多くのアイドルが、可愛さだけが売りで楽曲がつまらないことは事実だよ。握手目当てに何十枚とCDを買うなんて音楽じゃない、それは僕も同意見だ」

「じゃあなぜ、イマムラさんはアイドルグループに関わってるんですか？　イマムラさんだったら、別のバンドを組むなりサポートドラマーとして活躍するなりできたはずです」

「僕は、デイヴ・グロールじゃないよ」

イマムラさんは、ニルヴァーナの元ドラマーで、現フー・ファイターズのフロントマンの名前を挙げた。

「自分のバンドを作ろうなんて欲はなかったし、他人のサポートをできるほど器用でもないんでね」

「成宮さんは、イマムラさんはうどん屋でもやっているんじゃないかと言っていました」

するとイマムラさんはまた、ははははと声を上げて笑う。

「それは、あながちまちがいじゃない」

「うどん屋、やってらっしゃるんですか？」

「いいや。僕がプロデュースしてるアイドル、UMIKARA DETA NINGYOの頭文字、拾ってみなよ？」

私は少し考えて、思わず噴き出してしまった。

「U、D、N、うどんだ。誰にも言ってないことだけどね」

イマムラさんはにやりと笑みを見せる。

気を取りなおして、私は問う。

「イマムラさんは、なぜアイドルのプロデュースを？　ロックが好きだったんじゃないんですか？　それとも……アイドルのほうがお金になるから、アイドルを？」

「アイドルのほうが儲かるっていうなら、プロデューサー自ら物販でCDを売ったりしないよ」

それもそうだ。

「サウリバを結成した経緯は、知ってる？」

「なんとなくは。高校時代の同級生だったワノとクスミが二人で始めてね。二人は、親友だったから。次に、タナベが加わった。でも、はじめドラマーは別のやつだったんだよ。高一のときの文化祭で、元祖サウリバでライブをやっててさ。いやあ、かっこよかった。実に刺激的で、また聴きたいって思ったね。ところが、ライブは一回こっきり。受験勉強が忙しいからってドラムが抜けちゃったんだよ。それを知った瞬間、言った。自分がドラムをやるって。当然、ドラムを叩いたことはなかった。それどころか、まともにロックを聴いたことすらなかったんだ。今から思うと、よくそんなやつを入れてくれたと思うよ」

イマムラさんは笑う。

「昔っから、新しいもの好きだったんだ。刺激的で、おもしろいことがやりたかった。それが、僕にとってはロックだった。ただそれだけのことさ」

なにが言いたいのかよく分からない。怪訝な顔をする私に、イマムラさんは続ける。

「ワノの家のガレージで、四人で音を鳴らすのは楽しかったよ。日々、新しい発見があった。一緒にCDを作って、ライブして、メジャーデビューして。結局、十年ちょっとか。今だから言うけど、正直、長く続けすぎた気はする」

長く続けすぎた、なんて言葉をサウリバのメンバーから聞くとは思ってもみなかった。

「それって……ワノさんが亡くなっていなくても、サウリバは解散したかもしれないということですか？」

「さあ、どうだろう。それはよく分からない。ただ、スタジオでジャムって曲を作って、CDを売ってライブしてという毎日に、僕が飽きつつあったのはたしかだ。かといって、簡単に抜けるとは言えない。サウリバは、ビッグプロジェクトになってたからね。CDが売れない、ライブができないで困るのは、すでにバンドメンバーだけじゃなくなってた。期待されるのはありがたい反面、少々重くって。そんな状態だったから、ワノが亡くなってバンドをどうするか話し合ったとき、僕は躊躇なく解散に一票を投じた。『End of the river』だって、本当は出さなくてもいいと思ったぐらいだ。でも、クスミが出すと強く言ったから、付き合った。まあそれぐらいの義理は果たすべきだと思ったし、実際、いいアルバムにはなったけど」

　イマムラさんは続ける。

「うちのバンドに来ないかとかサポートドラマーをやらないかとか、誘いはたくさんあったが全部断った。とにかく、まだやったことのないことがしたかったんだ。ほんとにうどん屋をやろうと計画したこともあったけど、結局僕にできるのは音楽しかなくてね。二年前から、アイドルのプロデュース業をやってる。なぜアイドルなのかって？　ロックのときと、同じだよ。アイドルが、新しくて、刺激的だからだ」

「それって、ロックは古臭くておもしろくない、ということですか」

「その通り、と答えれば満足かい？」

イマムラさんは皮肉っぽく言った。

「今のロックがどうなのか、離れた僕に論評する資格はない。ロックは古臭くない、おもしろいっていうなら、君たちがそういうようなロックを作ればいい。ロックとアイドルどっちが上、なんて格付けする気もないよ。僕はたまたまアイドルって素材を見つけて、自分なら刺激的に調理できそうだと思ったから、アイドルをやってる。インストゥルメンタルでも通用するような本格的なポストロックに、ヘタウマなティーンの歌声を乗せれば、音楽的にもビジュアル的にもきっとおもしろくなると思った。事実君も、おもしろいと言ってくれた」

まったくその通りだ。

「本当は僕らよりもう少し上の世代になるんだがね、バンドブームってやつがあって、全国各地で無数のバンドが生まれた。他とはちがう特徴を見せなきゃ、到底目立てない。ほんとに、いろんなおもしろいバンドがあった。バンドの百花繚乱だ。それが刺激的で、僕はバンドにのめりこんだ。だけど今、バンドブームは落ち着いている。代わりに来ているのが、アイドルだ。君は知らないだろうけど、今、全国で何千組って数のアイドルがしのぎを削ってるよ。はっきり言って飽和状態もいいところで、現役アイドルの九割は、十年後でさえこの世界にいないだろう。今だけの徒花(あだばな)と言っていい。でもだからこそ、おもしろい。僕はただ、死ぬまで心躍ることをやっていたいだけだよ。ロックはもう好き放題やった。アイドルブームが終われば、また別の刺激を探す。そういう生き方があってもいいんじゃないかな？——まあ、えらそうなことを言っているわりに、UMIKARA DETA NINGYOはたいして売れていないんだけどね。

まだこんな小さなライブハウスで対バンイベントに出てる」

「イマムラさん、名前を出していないですよね？　元サウリバがプロデュースってうたえば、もっと売れるんじゃないですか？」

「そんなことをしたら、つまらないじゃないか。結局、知名度頼りで売っているだけだ。せっかく新しいことを始めたんだから、一からやるほうが楽しい。それに、君が手に持ってるそのミニアルバムは先月出したばかりなんだが、一部から高い評価をもらっててね。年末には大きなイベントへの出演も決まってるから、きっとブレイクするよ。任せてくれ」

イマムラさんは、どこまで空元気か分からない態度で自信たっぷりに言った。

「繰り返し言うが、別にロックを否定する気はない。クスミはクスミで、好きにやればいいと思うよ。だが、赤青の音源を何曲か聴かせてもらったけど、率直に言って、少し苦しげに感じた。たしかに演奏技術は高いし、音はかっこいいんだが、サウリバの影を追いすぎているんじゃないかと思う。まあ、どっちもクスミがやっているバンドだから、似るのは当然なんだがね。ただ、ボーカルの声はよかった。彼を中心にもっとしっちゃかめっちゃかしてもいいと思うな……ってもう、手遅れなんだけど」

「苦しげ……ですか」

「ああ、ごめんごめん。そんなに真に受けないでくれ。向こうは人気バンドでライブもいつも満員、こっちはしがない地下アイドル。僻(ひが)みのせいで審美眼が歪んじゃってるだけかもしれないからね。自分が、この音が正しいと思うなら、それでいいんじゃない？」

簡単に言ってくれるな。この音が、自分の生き方が正しいという確信なんて、容易に持てない。いつも迷う。でもこの人はここまで、迷わず自分の音を鳴らしてきたんだろう。たとえそれがどれだけ常識外れであれ、逆風の中であれ。

「クスミに、よろしく言っておいてよ。さすがに、ワノも含めて三人もバンドのメンバーを失うなんて、きっと落ち込んでるだろうから、励ましてやって。ほんと、運の悪いやつだよ」

「運、なんですか」

「運じゃないの？　それとも、三人の死の原因はクスミにあるとでも？」

私は慌てて頭を振った。

向こうは私の素性を知らないはずだ。不自然な質問かもしれないと思いつつ尋ねた。

「――ワノさんは、どうして亡くなったんですか」

「公式発表は、病死、だよ」

「それは知ってます。病名は？　死に至った経緯は？」

「知らない」

イマムラさんは答えた。電車の走行音が会話を遮る。

「ごまかしてるんじゃない。本当に、僕も知らないんだ。ああ、死んだ振りして出奔したなんて説は否定しておくよ。葬式でやつの死に顔は拝んだからね。ただ、なぜ死んだかは僕も知らない。酒もタバコも人並み以上にやってて、健康的な生活とはとても言えないけど、かといって持病があるわけでもなかった。病死としか聞かされていない」

「それは、他の二人も同じなんですか？」

「の、はずだ」

イマムラさんは濁した言い方をした。

「ただ……もし知っているとしたら、クスミだろうな。やつは、ワノの親友だったから。僕やタナベより、もう一段深い繋がりがあった。クスミと本気で喧嘩したのはワノだけだったし、自分勝手すぎるクスミの生き方を完全に許容していたのもワノだけ。見た目のわりにうじうじと悩みがちだったワノが頼るのも、クスミだけだったんじゃないかな。もちろん、クスミなら絶対に知ってるって言いたいわけじゃない。やつなら知ってる可能性があるってだけの話だ」

「直接訊いてみなかったんですか」

「訊いたさ。知らん、と言われたよ」

ぶっきらぼうに答えるクスミさんの口振りが簡単に脳内で再生できた。

「ただ、ひとつはっきり言っておくけど、クスミはどんな理由であれ仲間を手にかけるようなやつじゃないよ」イマムラさんはタナベさんと同じことを言った。「強面で無口だから、誤解されることも多いけどね。ああ見えて、人一倍仲間思いだ。——一度、あいつが傷害罪で捕まりかけたことがあるんだけど、知ってる？」

初耳だ。私は大きく頭を振る。

「まだメジャーデビューする前、対バンライブの打ち上げでライブハウスで飲んでたときのことだ。うちらがトリ前だったんだが、めちゃくちゃ盛り上がって、メインのバンドを食っちゃったんだよ。どうやらそれが気に食わなかったみたいでね、僕たちにねちねちと絡んできた。クスミはなにを言われても無表情でやり過ごしていたが、タナベが我慢できなくてさ。向こうのボーカルの襟首を摑み上げたら、別のやつに後ろからビール瓶でぶん殴られた」

すさまじい話だ。イマムラさんは続ける。

「その瞬間、それまで黙ってたクスミが、切れた。回し蹴りでビール瓶で殴った男のどてっぱらを蹴って、ふっ飛ばしちゃったんだ。当然、ことはそれで収まらない。しかも、酒癖の悪いワノが、自分は喧嘩が弱いくせに『もっとやれ』って茶化すもんだからさ。向こうのボーカルはついに、落ちてたビール瓶を叩き割って、こっちを睨んできた。でもクスミは、ぶっ倒れてるタナベを守るように仁王立ちして、一歩も引かない。ポケットに手をつっこみ、黙って相手を見下ろした」

あのタナベさんが〈クスミは愚直で情に厚い男だ、バンドメンバーを手にかけるなんて絶対にありえない〉と言ったのも納得だ。イマムラさんは懐かしむように視線を暗い空にやる。

「結局、相手のほうが怖気づいちゃってね。割れたビール瓶なんか下手に振り回したら、それこそ傷害事件になっちゃうから。適当に理由をつけて、帰っていった。タナベは平気だったのに回し蹴りを食らった男は肋骨が折れたらしくて、傷害罪で訴えるって噂もあったんだけど、向こうのメジャーデビューが決まったおかげか、結局うやむやになった。後にも先にも、あんなに恐ろしいクスミは見たことがなかったね」

坊主頭のクスミさんが仁王立ちしている状景を想像するだけで、背筋が震える。

「意外と温厚でマイペースな男だから、どれだけ自分がバカにされてもいい加減な扱いを受けても腹は立てない。だが、仲間に害が及んだときは別だ。ほんと、鬼みたいになる。週刊誌やらネットやらでクスミについておもしろおかしく書かれているのをいくつか読んだけど、全部根も葉もないデタラメだよ。あいつが自分のバンドのメンバーを傷つけるはずがない。まして、命を奪うなんて。犯人が捕まらなくて疑心暗鬼になっちゃうのかもしれないけど、クスミのことだけは信じてあげてほしいな。進む道は分かれたけど、二十年来の友人であることに変わりはないからね」

再入場可のイベントだったので、私はフロアに戻った。ステージでパフォーマンスをしていたのは、この日のメインを務めるアイドルだった。ロック調のパフォーマンスが売りらしく、会場ではロックのライブさながらのモッシュが起こっているが、紛い物感は否めない。ここにいる全員を、「これが本物のロックだ！」と、赤青のライブに放り込みたくなる。だが、女の子たちのダンスやシャウトは懸命で、これはこれで悪くないかもしれないとも思った。それはたぶん、イマムラさんの話を聞いたからだ。ジャンルは関係ない。ロックだから、アイドルだから、クラシックだから、ジャズだから、ではなく、いいものはいい。

ライブが終わると、フロアにも物販テーブルが出された。それぞれにファンが列をなす。島のような人の群れの間を、小さな影がひとつ、すり抜けていくのが視界の端に映った。開いたままのドアからフロアの外へ出ていってしまう。

私は思わず、人混みをかきわけそのあとを追った。エントランスに出る。もうそこにいない。正面のドアを開け道路へ出て、左右を見た。いた。街灯が照らす薄暗闇の中を、駅のほうに向かって歩いている。

私は走った。

「——かいわれ大根さん！」

なんと呼びかけていいか分からず、結局私はそう声を上げた。知らない人が聞けば、何事かと思うだろう。それでも彼女は——かいわれ大根は、足を止めて振り向いた。

だぼっとした葡萄茶色（えびちゃいろ）のポンチョコートを着た彼女は、怪訝な表情で私の顔を見上げている。

「あの……私、ラディッシュハウスのスタッフで。こないだ、オーディション見たよ」

ああ、とだけ彼女は言った。それきり会話が途切れてしまう。具体的になにかを話そうと思って声をかけたわけではないので、私も言葉が出ない。

すると彼女は、無言のまま駅のほうへ歩いていこうとする。待って、と私は口にした。

「まだ、なにか？」

「……話がしたいの」

まるで下手なナンパじゃないか。こんな風に他人に声をかけるなんて生まれて初めてだ。話をしたかった。そうすれば、なにかが変わる、暗い夜が明ける、そんな気がしたから。もう二度と、目の前でチャンスを逃がすのはごめんだ。後悔を黙々と塗りこむような己の人生に、いい加減倦（う）んでいた。

するとその彼女は、ぽつりと言う。

「お腹すいたな」

「えっ？」

小動物みたいな瞳で、彼女は私の顔をまっすぐ見上げた。

「ご飯、奢ってくれるなら、付き合ってもいい」

急なチケット代の出費があったので、持ち合わせにそれほど余裕がなかった。居酒屋で二人分払うのはちょっと苦しい。正直に告げると、駅前の中華チェーン店でいい、と言われた。油の匂いのする店内は、仕事帰りのサラリーマンで賑わっていた。二階の一番奥、四人がけの席に座る。無言で水が置かれた。かいわれ大根ちゃんは、真っ先に染みの浮かぶ大判のメニューを開き黙って見入っている。小柄なせいもあって年下だろうと思っていたが、こうして改めて見ると、案外同い年ぐらいかもしれない。

髪は、照明を反射して光って見えるほどの艶（つや）やかな黒で、無造作に胸の辺りまで垂らしている。肩幅も狭いし顔も小さいが、目や口などのパーツは大きい。じっと見ていて、私は彼女の顔に感じていた違和感に気づく。右目と左目の大きさがちがう。その歪（いびつ）さが、かえってチャーミングな印象を与えた。不思議な女の子だ。

彼女は餃子（ギョーザ）定食を、私は麻婆豆腐丼とミニラーメンのセットを頼む。私にはなにも断らず、春巻きを追加で注文した。

「名前、聞かせてもらってもいい？」

いつまでも「かいわれ大根」と呼び続けるわけにもいかない。自分の名を名乗ってから、私はそう尋ねた。

「和泉。和泉星那」

彼女は答えた。

「和泉……さん」

「星那、でいいよ。年も同じくらいでしょ？」

訊いてみると、私のひとつ下、二十三歳だった。制服を着ればまだ十分高校生でも通じるだろう。昔から私は年上に見られがちなので少し羨ましい。

「星那は、どうしてさっきのライブ会場にいたの？」

「UMIKARA DETA NINGYO のライブが見たくて」

星那はそう答えた。

「ファンなの？」

「ファン、っていうか。私、ネットに自分の曲を上げてるの。そしたら関連動画として表示されてて、再生してみたら、すごくよかった。だから、ライブに来てみたの」

UMIKARA DETA NINGYO とかいわれ大根。脳内でその楽曲を再生してみる。未成熟さが魅力のガールズボーカル、ロックをベースとした実験的なサウンド、なによりその空気感。

たしかに似た匂いを感じる。かたやアイドル、かたや……ロック？――少なくともアイドルではない――なのだが。

「ライブ、どうだった？」

「すごくよかった。期待通り」

また彼女は即答した。

「そっちは？　どうしてライブに？」

「偶然。家が近所で、通りかかっただけなの。でも、今日の出演者では断然、UMIKARA DETA NINGYO がよかったと思う」

「だよね」

そのときようやく、星那は少し表情をほころばせた。初めて見る彼女の笑顔だ。

「どこがよかった？」

「とにかく楽曲。ポストロックっぽくてかっこいい。その完成度の高い楽曲が、ヘタウマなガールズボーカルとすごく合ってた。ほんと、びっくりするぐらい。あと、女の子たちの一生懸命さが……なんていうか、健気で眩しかった。高校野球を見ている感じ？　技術は高くないんだけど、すごく胸を打たれる」

星那は、複雑な表情で深くうなずく。

「あたしもそう思う。負けた。悔しい」

私は、華子さんの言葉を思い出した。クスミさんのカッティングを聴いて、嫉妬を覚えないから私は裏方でいい。

唇を尖らせて、星那はきれいな髪をくしゃくしゃと掻き毟る。

「ほんと、かっこよかった。カラオケ音源だっていうのを言い訳にしちゃいけないって思った。たぶんだけどあれ、CDの音源とライブの音源、少しミックスがちがうんじゃないかな」

私は、イマムラさんから聞いた、四本の音源を用意して現場で調整する話をした。星那はまた深く首肯する。

「やっぱり、ヘッドフォンで聴いて心地いい音と、ライブ会場で流して映える音はちがうんだね。あたし、それを思い知った。こないだのオーディションの音、もらって家で聴き返したけど、思ってたのと全然ちがったから。ライブ会場だとこんな聴こえ方をするんだって初めて知ったよ」

「えっ……初めてって、もしかして、ライブハウスでライブをするのは、初めてだったの？」

「うん」

こともなげに星那はうなずく。

「基本、家でしか音楽やってないから。録音も編集も全部家で済ます。一応、スタジオを借りて何回か練習はしたけど、それだけ。そもそも、人前で演奏して歌ったのだってあれが初めて」

まさか、初めてだったとは。ならばあの拙さも納得だ。

「だったら、そう言えばよかったのに。初めてライブするんですって」

「どうして？　初めてかどうかなんて、聴いている人には関係ないじゃない。いい音楽かそうでないかだけでしょ？」

オーディションでの彼女は、思い通りのライブができなくても、最後まで顔を伏せなかった。内心では、緊張していなかったはずがないのに。初めてかどうかなんて関係ないと言ったが、それを知った今、改めてまた彼女のパフォーマンスに好感を覚えた。でも星那は、そんな言葉を喜びはしないだろう。

「どうしてオーディションを受けようと思ったの？」

「声をかけられたから。ネットに上げてるあたしの音源を聴いたんだって。こういうオーディションがあるから受けてみないかってメールが来たの」

「えっ、誰から？」

「緑色の髪のPAの人」

おかしい。華子さんは、かいわれ大根のほうからデモテープが送られてきた、と言っていなかったか？　私の記憶違いだろうか。

「でもそれって、すごく急な話だったよね？」

募集が行われたのはヨースケさんの事件が起きてからだから、オーディションまで一週間もなかったはずだ。

「うん。でも、迷ったらやるって決めてるから。どこまでできるか自信はなかったけど、やってみたいと思った。だからすぐに、やるって返事した」

「そもそもなんで、音楽を始めたの？」

「同じ。やってみたいと思ったから、始めた」

「バンドを組んでみようとは思わなかった?」

星那は、少しむっとしたような表情で頭を振った。

「あたし、友達いないし。なんでもずけずけ言っちゃう性格だから」

人とコミュニケーションをとるのが得意ではない、というのは、まだ五分ほどしか話していないが理解できる。

混雑しているのか、料理はなかなか来ない。星那は続ける。

「あたし、一人っ子なの。親が共働きで、ずっと家に一人でいた。遊ぶ相手もいなかった。だから、歌を歌ったり、ヤカンを叩いたり、指笛を鳴らしたり、そうやってずっと遊んでた。基本的に、今やってることも変わらないと思ってる。高校生になってバイトを始めたから、お金に少しだけ余裕ができてさ。それで、二年生の夏にベースを買ったの」

「珍しいね。普通はギターなのに」

「好きなの、ベース音が。音楽を聴くと、いつもベース音を探しちゃう」

星那は上を指差す。店内には小さく、ポップスのインストゥルメンタルが流れていた。かすかにベース音が聴き取れる。

「だから、オーディションのときにベースを弾いたのね」

「うん。でもそれだけじゃなくて、ギターだとエフェクター操作が難しいって理由もある」そう星那は答える。「私の曲って、かなりエフェクターを使ってるんだけど、それを足で踏んで操作する自信がなくて」

　星那はその場で軽く足を鳴らす。たしかにかいわれ大根の曲には、多彩なエフェクターが用いられていた。音を歪ませたりエコーさせたりといった効果の切り替えは、足元のエフェクターボードにセッティングしたスイッチペダルで行う。ライブ初心者なら特に、演奏しながらエフェクターを操作するのは大変だ。クスミさんのように一切エフェクターを使わないスタイルならともかく、かいわれ大根の変則的な楽曲がエフェクターなしでは物足りない。そこを録音に頼るのは合理的判断だろう。ベースだってエフェクターを使うが、ギターほど多彩ではない。

「エフェクター操作は難しいけど、ギター、好きだよ。ドラムだって少しは叩ける。でもやっぱり、一番好きなのはベース。自分の部屋でアンプもなしに毎日弾いてた。けど、それじゃ物足りなくなってきたの」

「ライブがしたくなった？」

「ううん、作曲。演奏を音として残したくなって。だから大学に入ったとき、パソコンを買った。本当に今の時代に生まれてよかったよ。パソコン一台あれば作曲できるし、それなりの機材があれば自分の演奏も録音できる。もちろん、高いクオリティを求めればキリがないけどね。一眼レフカメラとスマホじゃ撮影性能は段違いでも、切り取る風景そのものは同じ。工夫次第である程度できる。そんな感じかな」

　スマホもパソコンも宅録の簡易な機材も、時代の恩恵だ。たった二十年前ですら、そのいずれも簡単なものではなかった。ロックをやりたければ、楽器を手に入れる、アンプを買う、バンドを組む、そういう選択肢しかなかった。

ふと疑問に思って私は尋ねる。

「かいわれ大根の音楽って、はっきりハードロックの影響が見えると思うんだけど、なぜロックなの？　テクノやプログレのほうが、宅録で作るには向いているのに」

「ロックが好きだから」

星那は一言で答えた。もう少し詳しく聞きたい。私は言葉を待った。

「テクノもプログレもポストロックも、アイドルソングもアニソンもクラシックもジャズも、あたしは好き。そういう今まで聴いた音楽のすべてが、あたしの生み出す音楽の元になってる。でもあたしは、自分がやってる音楽はロックだって思ってるよ。いろんなものを取り込んで、ロックとして吐き出してるつもり」

「ロック、ってなんだと思う？」

これまで何人もの人に訊いた問いを投げた。

星那は軽く首を捻る。あたしなりの解釈だけど、と前置きして口を開く。

「ロックンロールって言葉のまま、なんじゃないかな」

「言葉のまま？」

うん、と星那はうなずく。

「ロックンロールって、もともと黒人が使ってた言葉なんでしょ？　でもそれが結果として、ちょうどロックを体現する言葉になった。転がる岩には苔は生えない。ロックっていう強くて固い魂を持ったまま、変化を恐れず転がり続けること。それが、ロックだよ」

星那の言葉は、すとんと胸に落ちた。ミナミさんが熱く語ってくれたこと、それが一言で表されている。ロックは音楽の形式ではない、楽器でもない。強固な魂を持って、既存の概念に囚われず転がり続ける生き方。それが、ロックだ。

「ある人……は、ロックとは反抗の文化だ、って言ってたよ」

「分かる。でも、反抗って言葉は、少し刺々しくって。——同じ意味なんだろうけど、誰かが言ってた。ロックとは自分自身だ、って」

「自分自身？」

「そう。自分自身、そのままでいいよってことだと思う。反抗、っていうのはさ、社会とか大人たちとかの、かくあるべしって固定概念に逆らうこと、でしょ？　それって逆さまに言えば、自分自身の肯定だよね。誰かの言うことに従わなくていい、そのまま好きな音を鳴らせばいいって」

反抗とは、肯定。目の前に明るい光が差し込んだような心地がした。夜が明けた、そんな気持ちになった。

「ロックは……これからどうなるのかな」

独り言みたいに、私は口にした。ずっと心に不安を抱えていた。ロックという文化は今、下り坂にあるのではないか。これからロックはどうなっていくのか。

「変化を恐れたら、ロックは死ぬよ」

そう星那は明言した。

「あたし、ジミヘンが大好き。でも、彼の音楽をそのままコピーしようとは思わない。彼のどこに惹かれたかっていえば、変化や批判を恐れず時代をぶち壊したところ。止まって、苔が生えたら、あとは朽ちるだけだよ。それでも変わらず続けること、守っていくことが大事っていう人もいるかもね。でもそれってもう、伝統芸能だと思う。歌舞伎や、能や、クラシックや、ジャズと同じ。世界を動かす熱いムーブメントだったものが、いつのまにかその形式に拘るようになって、伝統芸能の箱に収まる。別に、それが悪いっていうんじゃないよ？　ただそれはロックじゃない、ロックらしい生き方じゃないってだけで。でも、安心して。あと五十年くらいは、ロックが滅びることはないから」

「どうして？」

薄汚れたクリーム色の背もたれに体を預け、星那は言った。

「あたしが死ぬまで、ロックはこの世界からなくならない。だってあたしは一生、ロックを鳴らし続けるから」

ようやく料理が運ばれてきた。トレイに載った餃子定食は、ぱりっと焼き目のついた餃子が十二個、から揚げ二個、キムチ、スープにご飯となかなかボリューミーだ。

星那は、スープを一口飲んだあと、勢いよく餃子をぱくつく。熱かったのか、はふはふ言っている。麻婆豆腐丼は、まろやかで美味しいが少々辛味が足りない。私はテーブルに置いてあったラー油を足す。春巻きは、きれいなキツネ色に揚がっていた。星那が無言で料理を腹に収めていくので、私もならって黙々と食べる。食うときは食う、それがロック、そんな気分になる。

半分ほどを一気に平らげてから、私は口を開いた。

「そういえば、気になってたんだけど、なんで『かいわれ大根』って名乗ってるの？　本名でよかったんじゃない？　和泉星那、って十分アーティストらしいし」

するとと星那は顔をしかめた。

「いや。怖いじゃない」

「ネットに本名をさらすのが？」

「それもあるけど。本名で活動するなんて、私はすごい、褒めてくださいって言ってる感じがする。名もない誰か、でいたほうが気楽。それに、バンド、って感覚はあるの。現状、ボーカル和泉星那、ギター和泉星那、ベース和泉星那、ドラム和泉星那ってだけで」

「将来、別の人が『かいわれ大根』に加わる可能性があるってこと？」

「分からない。ただ、その余地は残しておきたい。形式に拘らず柔軟にやっていきたいって思ってる。だから、できるだけふわっとした名前にしたかったの」

「じゃあ、どうして『かいわれ大根』って名前に？」

「生えたの、かいわれ大根が」

そう星那は答える。ひょっとしてクスミさんの好物に関係があるのでは、と疑っていたが、ちがうようだ。

「あたしが初めてベースを手に入れた日に、台所に置いてあったかいわれ大根の種が、にょきっと芽を出したの。しばらくして窓際に移したら、もっとにょきにょき伸びていった。水と日の光しかないのにね。すごいエネルギーだよ。あたしもあんな風に伸び続けたい。なにか名前を考えようと思ったとき、そのことが頭に浮かんだの」

「分かる。あの生命力って、ちょっと感動だよね」

「育てたこと、あるの？」

「ある。うち、貧乏だったから。そのままサラダにしてもいいけど、おひたしにしたり味噌汁に入れたりしても美味しいよ」

「へえ、それ知らない」

今度作ってあげる、と言いかけたが、さすがに馴れ馴れしすぎる気がしてやめた。

「曲って、どれくらいあるの？」

「それなりに完成してるのは、一〇〇曲くらいかな」

あっさり答えたので、私はちょっと驚いた。

「メロディーだけだったら、もっとあるんだけど。歌詞が追いつかなくて」

「歌詞のほうが、時間がかかるの？」

「うん。メロディーも曲にするモチーフもどんどん浮かんでくる。でも、いい歌詞がなかなかつけられない。ひっかかるのはいつもそこ。だから、一〇〇曲っていっても半分以上は仮詞で、満足してるのは一〇曲もないよ」

ネットにアップされているかいわれ大根の音源は、五曲程度だったはずだ。納得できたものだけを公開しているのだろう。

「どうやって作曲してるの？」

「どうやってって、適当に。誰だって、大きな声で歌いたくなること、あるでしょ？　悲しい、うれしい、つらい。感情が動くとき、あたしは歌わずにいられないから。水面に物が落ちたら音が鳴る、落ちる物や強さによって鳴り方が変わる。それと同じ」

「まずメロディーが浮かぶってこと？　そこに、コードやベースを足していくんだ」

「ううん。はじめっから、できてる。メロディーもコードもベースもドラムも全部が頭の中で鳴るの。だから、あたしにとって作曲って、それを書き写すって感じの作業。画家が風景画を描くのと似てるんじゃないかな。見た瞬間、風景はそこにあるでしょ。これいいなって思って書き写していって、その最中にもっといいアレンジが思いついたら変えてみて、完成したらまた音色やテンポをいじってもっと魅力的な音を探して。みんなそうなんじゃないの？」

私は大きく頭を振る。ほとんどが、コード進行を作ってそこにメロディーを乗せるか、メロディーを考えてそれに合うコードをつけるかのどちらかだ。最初っから全部できてるなんて、聞いたことがない。

「こういう話を、誰かにしたことは？」

「ない。友達いないって言ったじゃない」

すごくおもしろい。音楽をやる人のほとんどすべては、コピーから始まる。他人の楽曲を演奏し、その手法を学ぶ。教師や友人から、テクニックを教わる。部活に入ったりバンドを組んだりして、互いに影響し合う。しかし彼女は、そういう過程を経てきていない。純粋培養で育った変種だ。

私はふと思い出して問う。

「そういえば、オーディションを受けるよりも前に、赤青のライブにも来てたよね？」

餃子を口に頬張ったまま、星那はうなずく。

「あれは、どうして？　赤青のファンだから？」

星那は首を横に振り、水で口の中のものを流し込んだ。

「正直に言っていい？」

「どうぞ」

「あたし、赤青はそんなに好きじゃない」

ショックだった。面と向かって「好きじゃない」と言う人なんて、今までいなかったから。いや、よく考えればそれは、全員が赤青の音楽が好きということを意味しない。ただ、好きじゃなくなったら黙って離れていくだけだ。

「だったら、どうして？」

「オーディションを受けること自体は急に決まったんだけど、ＰＡの人からメールが来たのは、もう少し前だったから。そのときは、すぐにオーディションどうこうじゃなくて、ライブ経験はあるのか、ルーキーデイっていうイベントをやっているよ、ってぐらいの話だったけど。ライブハウスでPAをやっているっていうから、一度聴きに行ってみようと思ったの」

もうひとつ餃子を食べてから、星那は続ける。

「でもね、別に気を遣って言うわけじゃないんだけど、音源で聴くより、ライブのほうがずっとおもしろかったよ」

「そう、それはうれしいな。やっぱり、ライブハウスで体を動かすのは楽しい？」

「ううん、あんまり。だって、激しすぎて、途中からついていけなかったから」

そういえば、たしかに途中で抜けてバーカウンターで休んでいたっけ。

「単純に、音が。録音より、自由でおもしろい音に感じた。むしろなんで録音だと、あんな風に物足りない感じになるのか分からない」

そんなにダメだろうか。贔屓目もあるかもしれないが、私にはそうは思えない。だが、イマムラさんも赤青の音源に対し「苦しげ」だと言っていた。

「具体的に、どこがよかった？」

「ボーカルの人のギター。それと、ベース」

「ベースはともかく、ヨースケさんのギター？　クスミさんのギターのほうがすごいと思うんだけど……」

「テクニックは、すごかったよ。迫力があってかっこいいのもたしか。でもあたしは、惹かれなかった。なんで、って訊かれてもうまく答えられないけど」

臆することなく彼女は言う。私は、胸がざわつくのを感じた。クスミさんのギターを否定する人を初めて見たからかもしれない。だが、これは本当に否定なのだろうか？　テクニックがすごい、かっこいい、と言っている。ギタリストに対して、それ以外になにを求めるのだろう？

「ボーカルの人のギターのほうが、スキルは高くないと思う。でも、あたしはあっちのほうが好きだった。楽しそうだった。ソロを聴いてみたいって思ったな。でも――」

かちゃりと箸を置いて、星那は小さく言う。

「あたしたちの目の前で、死んじゃったけどね、あの人」

餃子定食は八割がなくなり、春巻きもほとんど星那が平らげてしまった。見た目によらず大食漢らしい。星那も事件の現場に居合わせていた、という事実に思い至る。私たちスタッフだけではない、観衆にとっても、ひどくショッキングな出来事だったはずだ。

「ニュース、見たよ。ベースの人も昨日、亡くなったって」

「……そうなの」

「自殺なのか殺人なのかよく分からない、って感じで言ってたよね。でもあたし、自殺ではないと思うな」

「どうして？」

「ベースを弾くのが、楽しそうだったから。自殺を考えてたなんて思えない」

「分からないよ？　だって、ミナミさんがヨースケさんを殺した犯人で、それが発覚しそうになったから自殺しただけかもしれない」

私はそう思ってもいないことを言った。

「あんなに楽しそうだったのに、それを一緒に作り上げてるバンドメンバーをどうして殺すの？」

論としては感傷的すぎて万人を説得できるとは思えないが、気持ちは理解できる。というより、私の思いそのままだ。あれほどきらきらしたベースを弾く人が、バンドメンバーを殺害したり自殺をしたりするはずがない。そう大きな声で言って世界中の人が納得してくれればいいのに。

「でも、不可解なのは、Twitter の最後のメッセージ」

「見た？」

うん、とうなずき星那は切りだす。

「『ロックは人を殺す』なんて。そんなこと言わないでよ。ロックは、ただそこにあるだけ。人を殺すのは、人だよ」

「もちろん、そうだと思う。でも……みんな、ロックが好きだから。魂を捧げるぐらい好きだから。その情熱がいいほうに転べば、素晴らしい音楽を生み出す。でも悪いほうに転べば、人が命を失うこともある。ジミヘンもカート・コバーンも、ロックをやっていなければ早死にすることはなかった」

「じゃあ彼らは、音楽をやっていないほうがよかったってわけ？」

星那は続けて、きっぱりと反論した。

「ううん、ちがうな。そういう生き方しか選べなかったんだよ。音楽が好きで好きで仕方なくて、音を奏でずには生きていけない。小説家だって画家だってそう。そんな生き方を、あたしは否定したくない。だって、彼らが作った芸術作品は、死んだあとも残って世界中の人を楽しませてるんだから。ジミヘンやニルヴァーナがいなければ、今のロックはなかった。あたしが音楽をやってることだってなかったかもしれない。あたしは、彼らをリスペクトしてる」

「じゃあ、芸術のためなら死んでもいいの？」

星那はそれにも頭を振って否定した。

「命は大事。それと引き換えにできるものなんてないよ。あたしが言いたいのは、アーティストっていうのはいいものを作るためならつい危険を顧みず飛び込んじゃう生き物だ、ってこと。だったらどうすればいいか。彼らが進む先の落とし穴を、周りの人が塞いであげればいいじゃない。音楽性に悩んでドラッグに手を出すなら、その供給源を絶つべき。メディアに祭り上げられることに苦悩するなら、隔離してそっとしといてあげればいい。アーティストは全力で走るから、周りはそれをサポートすればいいんだよ」

私は、深夜のテレビで見たF1レースを連想した。あんなに軽い車体で時速三〇〇キロ以上のスピードを出すなんて、死の危険があるに決まってる。だが、そういうことが起こらないようチームがサポートする。はじめからレースなんてやめれば誰も死なない。だがそれはただの思考停止だ。極限まで速さを追求するF1の技術開発が、失った以上の命を救っただろう。そして、そういうぎりぎりの戦いだからこそ、観衆は熱狂する。

「たしかに、ロックっていう獣を深追いしすぎて命を落とした人はいるよ。でも、周りがやるべきは、それを止めることでもないし、黙って見ていることでもない。本人が思う存分走れるよう手助けしつつ、走りすぎて危険な目にあわないよう近くで見守る。それはきっと、みんなが思ってるよりすごく大事な役目だよね」

成宮さんと華子さんの顔が浮かんだ。二人はプロとして責任を持ち赤青を支えている。二人がいるからこそ、赤青はクラッシュせず走ることができた。だが私は、どうだ。自分の行動に言い訳ばかりでなんの覚悟も決めていない。最前列で見ている観客となにも変わらない。私の存在は赤青にとって、プラスにもマイナスにもなっていない。

「後悔しているの」

私はそう口に出していた。

「目の前でヨースケさんが、ミナミさんが命を落とすのを、私は止められなかった。そのことをずっと後悔してるし、不甲斐なく思ってる。これ以上誰が死ぬのも見たくないけど、私にはなにもできない」

知らぬ間に、兄を失っていたのと同じように。そう、私は未だに、そのことを引きずっている。自分にはどうすることもできないところで人が死ぬのが怖い。

「なに言ってんの、バカじゃないの」

思いがけず飛んできた激しい言葉に、私は星那の顔を凝視してしまった。

「あたしたちは何人ものロックスターを失ったけど、これからのロックスターを守ることはできるじゃない。ぐだぐだ言っている暇があるなら、行動しなさいよ。守りなさいよ。近くにいるんでしょう？　それがあんたにできることじゃないの」

思わず背筋が伸びる。星那の言葉が拳になって、私の胸をぶん殴ったから。私はずっと、無力感を抱えていた。自分にはなにもできないと思っていた。ただこれ以上不幸が起きませんようにと祈っていただけだった。

「でも……なにをどうしていいか分からなくて……」

すると星那は、苛立ちを紛らわすように強く頭を掻いた。

「バンドメンバーが、二人続けて亡くなった。もしかしたら、また次の事件が起こっちゃうかもしれない。そうしないためには、なんとかして犯人を見つけ出す、真相を調べ上げる、それしかないよ」

「けど私……素人だし……」

「素人とか、関係ないじゃない。そりゃ警察みたいな捜査はできないけど、でも、誰よりも近くでバンドメンバーのこと見てきたんでしょ？　ロックのことやバンドのこと、警察よりずっと知ってるんでしょ？　そういう人だからこそ、見つけられることってあると思う」

私だからこそ、できる？　テーブルの下で、拳を強く握った。

「調べて、なにか分かるとは限らない。真相が分かったとしても、余計に傷つく可能性だってある。ううん、二人も死んでるんだから、ハッピーエンドはありえないよ。絶対に誰も傷つかない解決なんて無理。けど、それでもあたしは、分かんないまま放置してるよりずっといいって思う。もちろん――」星那はまっすぐ私の顔を指差す。「梨佳に、覚悟とやる気があるなら、だけど」

覚悟とやる気。あるのか、ないのか。

もちろんないわけじゃない。そうでなければタカと事件の話をしないし、みんなに「ロックとはなにか」について訊いて回りもしない。

だが同時に、恐怖もある。知っている誰かが犯人だったらどうしよう。もしそうであれば、成宮さんが言っていたように、私たちはまた一人、仲間を失ってしまうことになる。そもそも素人の私が事件を調べるなんて常識的じゃない。――常識的じゃない？

不意に我に返った。迷ったときは、己のロックに問う。ミナミさんの言葉が頭に降ってきた。門前の小僧とはいえ、二年間、ロックの音の波を私は浴びてきたはずだ。事件以来、たくさんの人の思う「ロック」を聞いたはずだ。

ロックとはなにか。強くて固い魂を持ったまま、既存の概念に縛られず、変化を恐れず転がり続けること。

怖いとか、常識的に考えておかしいとか、そういうのは一番に取っ払うべき考えだ。いや、反抗の対象として全力でぶち破るべき存在だ。

壁を蹴破って、どこへ行く？　答えはひとつしかない。

「やる気、ある」私は星那の瞳を見据えて告げた。「なんでこんなことが起こったのか、知りたい。もうこれ以上、誰も死なないようにしたい」

「分かった。じゃああたしにも手伝わせて」

「えっ？」

「あたしだって、目の前で亡くなるのを見た一人。誰も死んでほしくないのは同じだから。覚悟を持って進むなら、梨佳の助けになりたい」

闇夜に走る雷みたいに、突拍子もないことを言う娘だ。

「手伝うって……具体的には？」

「実際に、ラディッシュハウスを調べてみるとか」

「星那がラディッシュハウスに来るの？　変じゃない？」

「別に構わないでしょ。アーティストがライブハウスを見学するってだけ」

「たしかにそれなら言い訳は立つけど……」

私は星那の音楽センスに敬意を抱いているし、ロックとはなにかを一言で説明してみせた彼女なら、事件についても今まで気づかなかった盲点を指摘してくれるかもしれないとも思う。一人よりずっと心強いのはたしかだ。とはいえ、数回しか会ったことのない人間をラディッシュハウスへ引き入れ一緒に調べるなんて、常識的じゃない。もちろんその通りだ。だが今の私は、常識的でないならむしろやればいいじゃん、ぐらいに思っている。

「手伝ってくれると……うれしい。助かる」

「オーケー、引き受けた」

星那は、大きく歯を見せて笑った。思わずこちらも微笑んでしまう。胸が熱くなった。

星那は、餃子の最後の一個を口の中に放りこむ。

「というわけで、まずは詳しく話を聞かせて。——あ、その前に、中華ポテトを追加で頼んでいいかな」


早朝、改札へと駆け込む人で駅のコンコースは混雑していた。普段の通勤時間はもっと遅いので、ラッシュに巻き込まれるのは久しぶりだ。とはいえ、電車に乗ってしまえば、逆方向なのでそれほど混んではいない。座席に座ることはできなかったが、私は扉のところにもたれ、外の光景を眺める。イヤフォンからは、UMIKARA DETA NINGYO のミニアルバムが流れていた。改めて音源で聴くと、かなり中毒性が高い。たしかに、ライブとCDでは少し音の印象がちがう。

この音楽を華子さんに聴かせたらなんと言うだろう。少なくとも、アイドルとは思わないにちがいない。でもたぶん、より興味を持つのはミナミさんだ。もう聴かせることができないのが残念でならない。

改札を出ると、券売機の横の壁にもたれて星那が待っていた。デートを待つ女の子のようではあるが、それにしては少々服装が地味だ。ジーンズに黒のパーカー、ポケットのたくさんついた白のショルダーバッグを斜めにかけ、昨日と同じポンチョコートを手に持っている。

「ごめん、お待たせ」

遅れてやってきた彼氏みたいだな、と口に出してから思った。体格でいえば私が男役だが、性格なら逆だろう。

「全然待ってない。行こう」

星那は素っ気なく言って、すたすたと歩いていく。私は黙ってそのあとをついていった。

昨日は結局、終電まで中華料理屋で粘り、事件について知っている限りを話した。ミナミさんやタカらと話したこと、自分の出生まで全部。ほとんど初対面の相手にそこまで話すなんて、ラディッシュハウスや赤青にどんな影響が及ぶか、いいとも悪いとも分からない。だが、そういう分からない中に身を投じることが、今の私には新鮮で心地よかった。

星那と一緒にラディッシュハウスを調べると決めたものの、みんなが見ている前で不審な行動をとるわけにもいかない。幸い、水曜日は定休日だ。休みの日でもスタッフが出てくることはあるしクスミさんが二階にいることも変わらない。だが、全員基本的に宵っ張りなので、午前中から行動することは滅多にない。そんなわけで、こうして朝一番に駅で待ち合わせている。

「平日の朝から動けるなんて、仕事、なにしてるの？」

「ファミレスでバイト。週に四日か五日、夜勤で働いてる。もともと夜型だし、そのほうが時給がいいから」

「就職はしなかったの？」

年はこちらがひとつ上だが、私は一浪しているので、大学卒業年度は同じだ。

「だって、会社勤めなんかしたら、音楽に割ける時間がなくなるじゃない。バイトで最低限暮らせる分だけ稼いで、あとは全部音楽に使ってる。本当は、バイトもせず家にこもっていたいよ。だから、CDを販売したりレコード会社に所属したりっていうのは面倒で嫌なんだけど、バイトが辞められるなら、そっちのほうがいいかなって思ってる」

一応、メジャー志向はあるらしい。バイトを辞めるため、という消極的な理由ではあるが。

〈俺たちの最初の目標なんて、昼間の仕事をせずプレイに専念できる程度の稼ぎが得られるバンドになることだった〉――たしか、ジェームズ・ヘットフィールドの言葉だったと思う。

「なにか話は来ているの？」

「全然」

だが、ネットに上がっている楽曲群が目に留まれば、いずれどこかから話が来るかもしれない。実際、無名でライブ経験もないアーティストのわりには再生回数が多く、コメントも好意的なものばかりだった。

九時前にはラディッシュハウスに着いた。現場であるたこ焼き屋は封鎖されたままだが、警察の姿はない。ラディッシュハウスには誰も出勤していなかった。私は鍵を取り出し、ドアを開ける。

「具体的に、ここを調べようっていう当てはあるの？」

「特にない。あたし、そんなに器用じゃないから。普段、曲を作っているのと同じようにしかできない」

「曲を作るのと同じ？」

「そう。まず音楽の元になる材料を集める。いろんな音楽を聴いて、自分の中に溜める。その上で、目の前の風景を見て、えいやと音を鳴らしてみる。そうしたら、自然となにかの形になるはず」

とにかくあちこち見て回って手掛かりを集める、考えるのはそれから、ということか。

「じゃあ、どこから見る？」

「事務所」

私よりも先に、星那は事務所に足を踏み入れた。コートと荷物を置く。ガジュマルに水をやろうかという考えが頭に浮かんだが、もともと休みの予定だったのだし、気にしないことにした。一日ぐらいはどうということのない品種だ。

星那は適当に椅子をひとつ引き、そこに腰を下ろした。

「正面から出入りする人がいたら、絶対に気づくね」

私はうなずく。受付カウンターで死角になるため、足音をさせず屈んで動けば事務所の横を通り抜けることはできるかもしれない。しかし、音漏れを防ぐ目的もあって、ラディッシュハウスの入り口のドアは厚い。重いドアを音も立てずに開け、出入りするのは不可能だ。ふたつ目の事件の際、クスミさんとタカがここから外へ出ていないのは、受付にいた私が断言できる。また、ひとつ目の事件のときは、成宮さんが受付に、バイトの五十嵐君がエントランスの物販にいた。部外者が外から入ってきたとは思えない。

星那は階段のほうに視線をやる。

「地下から上ってくる人は見えるけど……二階から降りてくる人は気づかなくてもおかしくないな」

事務所から、下る階段は正面に見えるが、上る階段は見にくい。足音さえ殺せば、二階から降りてきても事務所の人間には気づかれない。

「次は楽屋を見よう」

星那は、事務所の奥のドアを遠慮なく開けた。電気が点いておらず、窓もないので真っ暗だ。私は明かりを点けた。楽屋には、四つの長机と大きなソファ、パイプ椅子が多数並んでいる。左手の壁には、物販の際にエントランスへ出す長机が立てかけてあった。右手にはロッカーと小型冷蔵庫、二つのスチール棚が並んでおり、機材や工具、シールド、過去の映像や音源、古いフライヤーが置いてある。オーディションの際にも来ているが、星那は楽屋をゆっくりと見て回った。

「千枚通しは本来、ここに片付けておくはずなのよね」

星那は、スチール棚を指した。私は工具箱を取り出しうなずく。

「部外者では唯一、タナベさんがここから千枚通しを盗み出せた。でも本当にそうかな？　そんなに長く楽屋にいたわけじゃないでしょ？　しかも、周りにはずっとバンドメンバーがいた。その中で工具箱を開けて中から千枚通しを盗むなんて、すごく目立つ」

タナベさんは体が大きく存在感のある人だから、余計にそうだろう。

「ところで、なぜタナベさんはライブに来たの？」

「たまたま近くに来たんだ、って言ってたけど」

「不自然じゃない？　都心から外れた街に、たまたま来ることってある？　しかも、二人連れで」

言われてみればたしかにそうだ。

「連れの人は、何者だったの？」

「……おんなじレコード会社の人、としか聞いてないけど」

タナベさんとちがい、サラリーマン然とした目立たない人だった。タナベさんより年配だった印象はあるが、それ以外まったく覚えていない。

「しかもタナベさん、一昨日もラディッシュハウスへ来てるんだよね。そのあと、ミナミさんが亡くなった。滅多に来ない人が来たその日に二度も事件が起こるのって、偶然？　タナベさんの行動は、なにか事件に関係している。そんな気がしない？」

まるで探偵か警察みたいに鋭い指摘だ。

「……する」

「タナベさんに話を聞いてみたいな。連絡先、分かる？」

「ちょうどこないだ、名刺をもらった。やっぱり事件のことが気になるからって」

「いいじゃない。あとで連絡しよう」

やはり星那は豪胆だ。少しその勇気を分けてほしい。

楽屋にはドアが三つある。事務所から入って左側のドアを開け、星那は顔だけを出す。

「なるほど、こっちがエントランスか」

ラディッシュハウスでは、基本的にエントランスに机を出して物販を行う。よっぽどの大物バンドかあとに予定があるのでない限り、ライブ終わりのバンドメンバーは楽屋からエントランスに出て物販に立つ。気前がいいと、即席のサイン会が開かれることもある。

二階の自宅にいたクスミさんが誰にも見られず隣家へ行く場合、ここを通るしかない。二階から階段を降り、エントランス奥のトイレの前を通り、事務所にいた私に気づかれぬよう静かに楽屋に入る。そこから、裏口へのドアを開けて外へ出る。エレベーターで一気に地下一階まで降りて裏階段から裏口へ、というルートも使えない。タカがステージでドラムを叩いていたからだ。

星那は、残ったひとつの、楽屋の奥のドアを開ける。そこは、左へ延びる廊下になっていた。目の前にまたドアがあり、開けるとラディッシュハウスの裏に出る。今は中から鍵がかかっていた。

廊下の明かりを点ける。左手側にトイレがあり、その先が地下へ降りる階段だ。踊り場を曲がり舞台袖に降りたところで、星那は電気も点けず立ち止まった。

「どうしたの」

「真っ暗だとどんな感じかな、と思って」

事件のとき、照明は点いていなかった。実際はバーカウンターやＰＡブースは明かりがあったので現状よりは少し明るいが、ほとんど変わらないだろう。

「目が慣れたら、それなりに見えるね」

一階の廊下の明かりがわずかに漏れる中、左右を見て星那は言った。舞台袖には奥行き四メートル程度のスペースがあり、フロアからは死角になっている。転換の際は、機材をいったんここに置く。

「ここにも、千枚通しがあったかもしれない？」

私はうなずく。階段下の斜めの天井に合わせる形で、収納棚が並んでいる。シールドやエフェクター、ドラムのフットペダルなどが乱雑に置いてあった。半田ごてやドライバーなどの工具もある。棚の横、マイクスタンドの並んでいる下に、白いシューズが落ちていた。もう、と漏らして私はそれを拾い上げ、空いている棚に入れる。タカのドラムシューズだ。靴次第でバスドラの音は変わる。運動シューズ、革靴など拘りは人それぞれだが、最近ではドラム演奏用のシューズも販売されていた。何度言ってもタカはシューズを持ち帰らず置きっぱなしにする。

星那は、暗闇が立ちこめるステージに歩いていった。

「事件のときも、同じように真っ暗だったよね。ギターの音に気をとられていたせいもあって、事件はもちろん、メンバーがステージに出てきたのさえ気づかなかったな」

「あたしのところにも来たけど、警察は当日の観客全員に聞き込みをしたみたい。それでも誰も捕まってないってことは、やっぱりみんななにも見てないいんだね」

星那は独り言みたいに漏らす。

「五〇〇人もの観衆がいたのに誰も目撃してない……やっぱり、おかしいよ」

「だったら、舞台袖が犯行現場？　そこから、ヨースケさんはセンターマイクの前まで歩いてきた？　それって、理屈に合わないよね。ステージまで歩く体力があるなら、助けを呼ぶべき」

「あたしが言いたいのは、計画的犯行じゃないよねってこと」

「どういうこと？」

「犯行現場がステージ上だとしたら、観衆の前でヨースケさんを刺すなんてリスクが大きすぎるよ。いくら真っ暗だからって、誰にも気づかれない保証はないでしょ？」

たしかにそれもそうだ。

「じゃあ、舞台袖が現場？　どうしてそんなところで犯行に及ぶの？　その場で被害者が悲鳴を上げたら、逃げ場がないじゃない。どっちが現場としたって、計画的な犯行とは思えない。あたしが気になるのは、どうして突発的に事件が起こったのか、ってこと」

なにが言いたいのか分からない。星那は続ける。

「誰かが、ヨースケさんを殺したいって思った。だったら、ライブが終わった帰り道に襲えばいいじゃない。そのほうがリスクはぐっと減る。なのになぜ、ライブ中に事件を起こしたの？　考えられる理由は、ふたつ。ひとつ、急に殺意が湧いて後先考えずやってしまった。ひとつ、そのあとの被害者の行動を阻止するために、どうしても急いで殺さなきゃならなかった」

「衆人環視の中でも絶対に犯人が分からないトリックを思いついたから、という可能性もあると思うけど」

「それもそうね。でもあたしには、その具体例が浮かばないな」

自分で言い出しておきながら、私もそれは同じだ。

「クスミさんが、ギターをミスしたことについてはどう思う?」

「そこ、すごく拘るよね」

「うん。だって、星那は知らないだろうけど、クスミさんがあんな初歩的なミスをするなんてまずありえないんだから。二年間で一度も見たことない。偶然とは思えないよ」

「偶然じゃないとはあたしも思う。でもだからって、事件と直接関係あるとも限らないんじゃないかな」

星那はよく分からないことを言う。どういうことかと問うたが、なんとなくそう思うだけ、としか答えは返ってこなかった。

「明かり、点けてもらっていい?」

スポットライトがステージに落ちる。星那はフロアのほうを向き、足を開いて立っていた。

「どうかした?」

「なんでもない」

そう答えたものの、星那はそこから動かない。小さく息を吐く。

「やっぱり、いいよね。誰かに向かって演奏するのって。満員だったら、気持ちいいだろうな」

「星那でも、そう思うんだ?」

「そりゃあね。憧れはあるよ。あたしだけを見に来た人が、フロアいっぱいに集まる。それってすごく素敵だよ」

気持ちはよく分かる。だが私は、自分自身がそこに立ちたいという願望はあまりなかった。自分がサポートする誰かが声援を浴びているほうが、より達成感を覚えるだろう。やっぱり私は、華子さんと同じで裏方気質らしい。

ぴょこんとステージから飛び降り、星那はこちらに向き直った。

「ヨースケさんの行動を再現してみてくれない？　本編が終わって、アンコールが始まるまで」

「楽屋にも行くの？」

「もちろん」

私は、舞台袖からマイクスタンドを持ってきてセンターに置いてみた。本編最後の曲が終わって、ヨースケさんはどうしたっけ。ありがとう、と手を振って舞台袖に行く。

「やり直し」

フロアの星那から声が飛んだ。

「ギターをステージに置いていったよね？」

なかなか厳しい舞台監督だ。私は、レスポール・ジュニアをスタンドに置くような動作をして舞台袖にはける。階段を上って、廊下に出た。疲れていたはずだし、それほど急ぎ足だったとは思えない。楽屋のドアを開けた。椅子に座る。私は律儀に冷蔵庫を開け、ペットボトルの飲料を半分ぐらいごくごく飲む真似をした。タオルで顔を拭く動作も。ひとつ大きく深呼吸する。それからゆっくり楽屋を出た。

今は静かだが、実際はすでにクスミさんのギターが鳴っていたはずだ。途中でそれに気づき、慌ててステージに戻っただろう。私はセンターマイクに向かおうとしたが、架空のギターをスタンドに置いたことを思い出す。ギターを抱えて、センターマイクの前に立った。ヨースケさんは、ワンフレーズだけ弾いた。エアギターで手の動きだけをして、私はその場に座り込む。

小さな舞台監督は、一部始終をずっと眺めていた。

「動き自体は、合ってると思う。でも、出てくるまで少し早かった感じがするかな。ちゃんと楽屋まで行った？」

「もちろん。ペットボトルの水を飲む動作までしてきたよ」

「そう。じゃあ、少し寄り道をしたのかもね」

トイレ？　あるいは事務所？　それとも、舞台袖で誰かに刺されたから、登場が遅くなった？　当日の録音は残っているので秒数を計ることはできるが、気がするという程度だから大きなちがいはないだろう。

非常灯のほのかな明かりの中、星那はフロア後方へ歩いていく。私もステージから降りてそれについていき、フロアの照明を点けた。

興味深げに星那はＰＡブースを見回す。事件の捜査に関係があるのか、個人的興味なのかは分からない。バーカウンターに立ち、私は「なにか、飲む？」と尋ねる。星那は「オレンジジュース」と答えた。

カップに入れてオレンジジュースを出す。

「一昨日の事件のことを聞かせて。どうして梨佳は、ミナミさんと話をすることになったの」

「偶然。お昼過ぎに酒屋さんがお酒を届けてくれたから、一緒にバーカウンターに持って降りたの。そうしたらたまたまミナミさんがいて、なんとなく事件の話になって」

「酒屋さん。へえ」

星那は意外なところに関心を示した。

「週のいつ、何時ごろに来るかって決まってるの？」

「特には。発注して、在庫があればすぐ届けてくれる、なければ二、三日後。時間もばらばらだけど、うちが午後からしか人がいないのは知ってるから、必ず午後に来る」

「なにが届いたの？」

「ビール樽とチューハイ樽。ウイスキーの段ボールもだったかな。二人で一緒に台車から下ろしたの。で、空の樽を持って帰っていった。それがどうかした？」

「ううん、なんでもない」

星那は頭を振って答えた。まさか、酒屋の富士川さんが事件に関与しているとも思えないのだが。

「ミナミさんとははじめ、バーカウンターで話していたんだけど、長くなりそうだから移動することにした。タカのドラムもうるさかったしね」

「どこに？」

「ミナミさんの部屋」

「そのとき、たこ焼き屋のおばちゃんはいなかった？」

「うん。毎日、その時間は奥でドラマを見てるから。いつも、見終わってから店に出てくる」

「ミナミさんとはどんな話を？」

「事件の話や、ロックの話をした。——そういえば、かいわれ大根のこと、おもしろい音楽だって褒めてたよ。オーディションで落ちたのは、単に技術不足なだけだって」

柄にもなく照れたのか、星那は顔を背けた。

「それは、あたしも直接言われたな。もう少しライブ経験を積んでからまたおいでって。他に、なにか気になることはあった？」

「そういえば……ひとつ、ちょっと気になることがあったな」

私はミナミさんとの会話を思い出す。

「なに？」

「ヨースケさんの死が自殺だった可能性はないか。そう訊いたとき、ミナミさん、言ってたの。その可能性はない、具体的には言えないけど、近い将来それが証明されることになると思うって」

「証明される……梨佳は、なんだと思った？」

自殺でない証明と聞いて、私が思いつくのはひとつだ。

「ワノさんが亡くなったときのことが浮かんだ。『End of the river』は、ワノさんの死が自殺じゃないってファンに証明するような作品だった。ミナミさんも、同じことを想定して言ったのかもしれない」

「赤青として、ヨースケさんの楽曲を中心とした、明るく前向きな作品を出す用意があるってことね」

「そう。ただ……それもおかしいな、とは思ってて。そういう準備があるなら、私に隠す必要ないでしょ？　そんなものが録音されていれば、ミナミさんだけじゃなくて、クスミさんやタカ、華子さんも把握してるはず」

「ミナミさんしか知らないところで録音していた？」

「それもない。スタジオはいつもクスミさんが使ってるし、たこ焼き屋の二階にちゃんとした録音ができるような設備はないし」

「だったら、なに？　自殺じゃないと証明できる、ってどういうこと？　結婚を約束した相手でもいたの？」

　分からない。私は首を横に振った。

「ひょっとしたら、タナベさんが来たことと関係があるのかもしれないね」

「えっ？」

「事件当日、タナベさんが訪ねた相手はおそらくミナミさんなんでしょ？　そのときミナミさんは、タナベさんからなにかを聞いた。その内容を根拠に『自殺ではない』って言ったのかも」

　だとしたら、タナベさんはヨースケさんのなにを知っていたのだろう？　二人に接点があるなんて一度も聞いたことがない。

星那は、オレンジジュースをぐっと飲み干した。私は空のカップを受け取ってゴミ箱に捨てる。

「どこか他に見てみたいところはある?」

「クスミさんの部屋に行ってみたい」

「嘘でしょ?! さすがに中には入れないよ」

「分かってる。部屋の前まででいい」

万が一、クスミさんが部屋から出てきて顔を合わせたら、相当気まずいことになりそうだ。そうならないよう祈るしかない。

私は先に立ってバーカウンターの横のドアからフロアを出た。すぐ目の前にエレベーターがある。エレベーターは二階に止まっていたので階段で上ろうと歩きかけたが、星那はエレベーターの呼び出しボタンを押した。

少し待ってから、二人でエレベーターに乗り込む。

「思い出すな」

私は何気なく呟く。

「ミナミさんの事件が起こったあと、事務所にいた成宮さん、地下にいたタカにそのことを知らせて……それから私一人で、クスミさんのところへ行った。あのときもこうして、エレベーターに乗っていったの」

クスミさんにどう伝えようと重い気持ちになったあの短い時間を鮮明に覚えている。星那がなにか答えるより先に、エレベーターは二階へ着いた。幸い誰の姿もない。

「ギターの音が聞こえないから、たぶんクスミさんはまだ寝ているんだと思う」

「いつも聞こえるの？」

「うん。そういえば、ミナミさんが亡くなった日も、鳴ってたな」

「羨ましい、毎日好きなだけ楽器が弾けて」

星那はマンションに一人暮らしだと言っていた。お金を出してスタジオを借りないとアンプに繋いで音を出すことができない。防音完備のプライベートスタジオは、ミュージシャン共通の夢だ。

星那は、きょろきょろと左右に目をやる。相変わらず壊れて閉まらないままの廊下の窓をガラガラと開けた。

「ここから、隣の家の屋根に飛び移れないかな」

この窓が、ラディッシュハウスで隣家に向いている唯一の窓だ。犯人が窓を抜けて行き来したのではないかと疑っているのだろう。私は、星那の後ろから伸び上がって外を見る。窓は大きく距離も二メートルぐらいしか離れていない。だが、目の前のたこ焼き屋の屋根は急な切妻型になっていて出窓もなく、屋根から家の中に侵入するのは不可能だ。

「屋根がダメなら、窓は？　ちょっと遠いけど、ロープでもあれば可能じゃない？」

星那は下を指す。三、四メートルぐらい離れたところに、たこ焼き屋の二階の三つの窓が見えた。左がタカの部屋、真ん中がトイレ、右が空き部屋だ。こちらは商業施設、あちらは古い一般家屋なので、同じ二階でもずいぶん高さがちがう。

「下から窓に向かって、ロープを投げて引っかける……のはちょっと非現実的か。でも、あらかじめこっちからロープを結んでおいて、隣家に忍び込むときもそれを使ったとすればありうる?」

私は窓から身を乗り出す。ちょうど窓の上にぴったりの配水管があるではないか。丈夫そうなので、体重をかけても問題ないだろう。

だが星那は私とは反対に、窓の下のほうを見ていた。

「こっち、見て」

私はラディッシュハウスの白い壁に目を落とす。細かいタイル張りのそこに、証拠になりそうな汚れも染みも見当たらない。

「特におかしなところはないけど……」

「ない、ってところが、おかしなところ」そう星那は言った。「だって事件の日、午前中に雨が降ってたでしょ? 白い壁をよじ登ったら、絶対に靴の跡がつくはずじゃない」

なるほど、たしかにその通りだ。事件以来好天が続いているから、雨で流れ落ちたとも思えない。そういえば事件の直後、警察がラディッシュハウスの壁を調べているのを見た。そのとき靴の跡を見つけていれば、もうとっくに犯人は捕まっているだろう。

「ラディッシュハウス側じゃなくて、反対のほうの家に飛び移ったってことはないかな?」

星那の言葉に私は頭を振る。

「二軒隣はクリーニング屋なんだけど、ちょうど昨日行って、少し世間話したの。向こうにも警察が話を聞きに来たらしいんだけど、事件のときは両親や従業員がいたから、そっちに忍び込んだってこともありえないんだって」

そっか、とうなずき星那は言う。

「それに、わざわざ現場検証しなくたって分かる矛盾があるよ」

「なに？」

「だって、現場が密室になったのは偶然だから。表におばちゃんがいたのはともかく、裏に戸加部さんが立っているなんて予想できない。なのに、密室になることを見越してロープを用意するわけないでしょ」

戸加部さんは、ミナミさんをサポートに迎える案が上がり、急遽ラディッシュハウスを訪ねた。それを犯人が事前に知る方法はない。犯行時間前後に裏口に立っていたのも、たまたま成宮さんが不在で、かつタバコを吸いたくなったからだ。戸加部さんさえいなければ、裏の路地はほとんど人が通らない。あらかじめ計画していたなら、さっと通り抜ければいい、としか想定していなかったはずだ。

星那は続ける。

「もうひとつ。そもそも犯行が稚拙すぎるよ。絞殺してから吊るして自殺に見せかける工作が見破られるなんて、いまどき中学生でも知ってるでしょ。そんな犯人が、ロープを使って痕跡も残さず密室から脱出するって、イメージに合わない。凶器だって、その場にあったヘッドフォンを使ってる。ヘッドフォンで首を吊って死ぬなんて不自然極まりないのに。壁を伝い降りるためにロープを用意したなら、首を絞めるのにもそれを使えばいいじゃない」

まったく、おっしゃる通りだ。

星那は窓から体を離し、口を開く。

「矛盾してるのよ、どっちの事件も。五〇〇人の聴衆がいるライブハウスで起きた突発的事件なのに、誰にも目撃されてない。絞殺を首吊り自殺に見せかけるっていう安直な犯行なのに、犯人は密室からきれいに姿を消した。犯人は、バカなの？　頭がいいの？　行き当たりばったりの犯行なの？　入念な準備があったの？」

私は黙って首を横に振った。謎がたくさんありすぎて、眩暈がしそうだ。二つの事件ともに、犯人もその動機もさっぱり見当がつかない。数多くの謎が目の前で躍っている。

衆人環視のライブハウスで、犯人はどうやって誰の目にも触れず犯行に及んだのか。ミナミさんを殺害したあと、犯人が密室から抜け出した方法はなにか。

クスミさんは、なぜ演奏ミスをしたのか。またなぜクスミさんは、照明の高辻さんに、本編後照明を暗く、と指示したのか。ライブ前にヨースケさんを呼び出した理由はなにか。

タナベさんはどうして、二度に亙ってちょうど事件の日にラディッシュハウスを訪れたのか。〈自殺でないと証明されることになると思う〉と言っていたミナミさんの言葉の意味はなにか。私の出生の秘密をネットに書き込んだのは誰か。

ヨースケさんが死ぬ前に言っていた「ロックとはなにか」という言葉は、どういう意図で発せられたものなのか。『ロックは人を殺す』というミナミさんの最後の言葉は、なにを意味するのか。

ロック。

一九五〇年代に誕生した、世界中を熱狂させた音楽ジャンルだ。ザ・ビートルズ、ローリング・ストーンズ、レッド・ツェッペリンなど、歴史的スターは数知れない。ここ百年間の音楽業界において、まちがいなく最大の市場規模を誇る。今日も地球上の各所で、多種多様なロックバンドが音を鳴らしている。東京都内だけでも、数えきれないほどのライブハウスで毎日のように電気的な轟音が響く。

ラディッシュハウスに集まっているのは、その中でも選りすぐりのロック信奉者たちだ。彼らが、他者の命を奪っても構わないというほどの強い感情を持つとしたら、そのトリガーになるのはやっぱりロックなのではないか。金でも、恋情でも、恨みでもなく。私はそんな気がする。

そのときだ。ドアの隙間から、音が漏れ聞こえてきた。

「あっ、クスミさん、起きてきたみたい」

起きたとはいっても、ギターが鳴り始めた以上しばらく出てこないだろう。チューニングの音が鳴ってから、クスミさんのエピフォン・オリンピックは旋律を奏で始めた。星那は、はっとした表情で顔をドアのほうに向ける。

「これ……クスミさんのギター？」

「そうだけど」

いや、誰が演奏しているかは見えないが、ここのスタジオは赤青メンバーしか使わない。ヨースケさんがいない以上、ギターを弾いているのはクスミさんしかありえない。

「ひとつ訊いていい？」

「なに？」

「ミナミさんが亡くなった日に鳴っていたのも、こんな雰囲気の、メランコリックな旋律じゃなかった？」

どうして分かるのだろう？　そうだよ、と私はうなずいた。

返事が耳に入っているのかいないのか、星那はじっと押し黙り、下を向いている。たっぷり三十秒ぐらいそうしていた。

不意に、階段に座り込む。なにかを見つけたのか、階段の隅に手を伸ばした。

「これ……」と言って拾い上げたのは、タバコの吸殻だった。「クスミさん？」

「ううん、クスミさんは吸わない。お客さんが迷い込んで吸ったんじゃないかな」

「関係者の中で、喫煙者は？」

「ミナミさんとタカ。タナベさんは知らない。でも、ミナミさんの事件には関係ないと思うよ。もっと前からその吸殻、落ちてたから」

階段を含め、ラディッシュハウスの清掃は私の担当業務だ。バイトの子にお願いすることもあるが、その場合も私から指示する。事件以来それどころではなく、フロアやエントランス、トイレなど、来場者が利用するところしか手が回っていない。たしか、ヨースケさんの事件の少しあとに見た記憶がある。それ以来何度か階段を通ったが、いつも吸殻は同じところに落ちていた。

「ちょっと待って。前からこの吸殻はあった。それにまちがいはない?」

どうしてそんなことを気にするのだろう。私は星那が持つ吸殻をまじまじと見る。根元まで吸われ時間も経ち薄汚れたそれは、銘柄までは判別できない。だが、十日以上同じ場所に落ちていたのだから、当然同じ物だろう。

「たぶん、そうだと思う」

私の答えにうなずいた星那は、吸殻を大事そうにパーカーの前ポケットに入れる。タバコの吸殻ひとつが証拠になる? ミナミさんを殺害した犯人が、なんらかの方法で二階の窓からラディッシュハウスに侵入し、そのときに落とした? ありえない、それよりもっと前から落ちている吸殻なのに。

一分ぐらい、星那は私の呼びかけにも答えずじっと押し黙っていた。その間、ずっとクスミさんのギターはメランコリックに鳴っている。

「――どっちがいい?」

「は?」

唐突に星那は切り出した。

「すぐに警察に知らせるのがいい? それとも先に内輪で事実を明らかにするほうがいい?」

なにが言いたいのか分からない。私を置いてけぼりにして、星那は勝手に結論を出す。

「そりゃ、後者がいいよね。本人から直接事情も聞けず、いきなり逮捕されましたってニュースで知るんじゃ、納得できるわけがない。あたしだって、話を聞いてみたいし」

「ちょっと待って。それって、犯人が分かったってこと?」

まさかそんなことがあるのか。事件解決の手伝いをする、と星那は言ってくれた。でも私は、はなから自分たち素人が事件を解明できるなんて期待していなかった。逃げずに向き合うことで心が軽くなればいい、それぐらいの気持ちで星那をラディッシュハウスへ連れてきただけなのに。

「みんなを集めて。ラディッシュハウスに」

私の問いには答えず、星那は静かに告げた。

「とにかく鳴らしてみようと思う。音を。どういうエンディングになるかは分からない。でも、鳴らさなければ始まらない。一緒に音を鳴らせば、きっと新しいものが生まれると思う。だから——」

第九章　駆動音

　星那に「急いだほうがいい」と言われ、その日のうちに連絡をとり、翌木曜の昼過ぎに関係者たちをラディッシュハウスに呼び出した。夕方にまた警察が来ると聞いていたので、その前がいいと思ったからだ。どうせ放っておいても集まる人たちなので、難しいことではない。ただ一人を除いて。

「――いきなりの呼び出しは勘弁してほしいぜ、まったく。こっちだって、仕事があるんだから」

　どこまで本気かは分からないが、渋面でタナベさんはラディッシュハウスの受付に立つ私を睨む。隣にいるダボっとした茜色（あかねいろ）のカーディガンを着た星那のことは、アルバイトとしか思っていないのかちらりと一瞥しただけだ。他の人たち――クスミさん、タカ、成宮さん、華子さんは、すでに地下のフロアにいる。

「まあ、ちょうど空いてたからよかったが。にしても、なんだ？　急に、追悼イベントだなんて。だいたい、なんで俺を呼ぶんだよ。クスミと昔バンドを組んでたってだけじゃねえか。赤青とは、特に関わりもない」

追悼イベント、とは、タナベさんを呼び出すのに使った口実だ。というか星那が、そう言って呼び出してと言った。ぶつぶつ文句を言いながらもこうやって足を運んでくれるタナベさんは、強面のわりに、案外お人よしなのではという気もしてくる。

「ちょっといいですか」

いきなり星那が口を開いた。いったいなにを言い出す気だ。横にいる私のほうが落ち着かない。

「この人の名前、なんですか」

星那は私の顔を指して、思いがけない質問を投げる。

それに戸惑ったのは、タナベさんも同じのようだった。

「はっ?! なんだよ、いきなり」

「知っていたら、言ってください。この人の名前」

「児玉、だったよな、たしか」

ちゃんと覚えてくれているらしい。たしか、初対面のときに名前を訊かれたきりだが。

「下の名前は?」

「おいおい、クイズかよ。正解を言わないと、入れてくれないのか?」

「ええ」

豪胆にも星那はうなずく。まさか、下の名前までは知るまい。タナべさんは首を捻る。

「リエ、だっけ？」

「惜しい」

「リカ」

「正解です。よく覚えてますね」

「記憶力はいいほうだ」

「だと思います。――というわけで、やっぱりタナべさんなんですね。児玉梨佳はワノカズヒコの妹、そうネットに書き込んだのは」

横で聞いていて私も驚いた。星那の体は、大柄なタナべさんに比べ半分ぐらいしかない。片手で簡単につまみ上げられてしまいそうだ。しかし星那は、まったく臆することなくタナべさんを見上げている。

「いきなり失礼な女だな。どうしてそう思うんだ？」

「梨佳は、自分がワノカズヒコの妹であることを誰にも話していないから。梨佳のお母さんも言っていないそうです。となると、情報の流出元は、梨佳側ではなくワノさん側ということになりません？」

「ワノさん側……って、どういうこと？」

私は思わず星那に問う。

「異母兄妹のことが気になったのは、梨佳だけじゃないってこと」

そう星那は答えた。

「ワノさんは、なにかの拍子に父親がよその女性に子供を生ませたことを知った。一度、母娘の姿を見てみたいと思ってもおかしくないですよね？　かといって、家の前や学校で待ち伏せするのもいかがなものか。一番手っ取り早いのは、梨佳のお母さんが働いている小料理屋に客として行く、じゃないかと思います。ただ、小料理屋にいきなり新規の一人客が来るっていうのも少し不自然。じゃあ、誰だったら事情を打ち明けて一緒に行けるか。――家族よりも親しいバンドメンバーだったんじゃないかと思うんです」

星那は、タナベさんの顔を覗き込む。

「ラディッシュハウスへ来たとき、梨佳の名前を訊いたんですってね。今、あたしの名前は訊かなかったのに。記憶力がいいらしいタナベさんは、小料理屋で手伝いをしていた中学生の梨佳の顔をぼんやり覚えていたんじゃないですか？　だから、名前を訊いてみた。そうしたら、記憶にあるワノさんの妹の名前と同じだった」

がりがりと右手で頭を掻いて、タナベさんは言う。

「百歩譲って、あんたの言う通りだとしよう。だがそれでなんで、書き込んだのが俺だって決め付けられるんだよ。クスミや、イマムラの可能性だってあるはずだ」

「ないですよ。長い付き合いのクスミさんが、なぜいまさらそんなことをネットに？　それに、クスミさんはスマホすら使いこなせないほどのネット音痴です。イマムラさんは、情報がリークされた段階では梨佳に会っていません」

イマムラさんに会ったのは、発覚よりあとのことだ。それまで、私の顔はもちろん、名前すらどこにも公表されていない。イマムラさんに、私がワノさんの妹だと知るチャンスはない。

「それ以外のことまで疑っているわけじゃありません。別に、罪にもならないでしょう。イエスかノーか、答えてくれません？」

「罪にもならんのに追及して、なんの意味がある？」

「タナベさんに貸しをひとつ作りたい、それだけです」

ちぇっ、とタナベさんは大きく舌打ちした。

「イエス。それで満足か？」

「ええ、まあ。ただ梨佳は、気になると思いますけど。どうしてワノさんの妹が梨佳であると知っていたか、なぜネットに書き込んだか」

「尋問か、え？」

タナベさんは受付カウンターに腕を置き、星那を睨みつける。星那は、黙ってそれを見返していた。

「まあ、いい。ワノの妹のことを知ったのは、あんたが言った通りだよ。もう十年ぐらい前になるかな。ワノの親父さんが、酔っ払ってぽろっと漏らしたらしい。おまえに妹がいるってな。当時は、サウリバも一番売れてて、経済的にも精神的にも余裕のある時期だった。ワノは、親父さんから事情を聞きだして、会いに行ってみる――いや、この言い方は正確じゃないな。見に行ってみることにしたんだ。ところがあいつ、小心者でさ。一人じゃ心細いからって、俺とクスミも一緒に行くことになった」

「イマムラさんは行かなかったんですか？」

「あいつは情が薄いから、そういうのには付き合わない。本当は俺も面倒だったが、ワノとクスミだけってのも恐ろしくてな。三人の中じゃ、俺が一番常識人だから」

タナベさんが常識人とはとても思えない。きっと、三人が三人とも「自分が一番マシ」と思っていたのではないか。

「店の場所と母娘の名前を聞いて、行ってみた。とりあえず母親に会えればと思ってたら、あんたもいてな。中学生なのにきりきり働いてたよ。生活が楽じゃないのは一目で分かった。ワノも、必要なら援助しようという心積もりはあったんじゃないかと思う。けど、結局あいつは、なにも言いださなかった。びびりだからな。人の人生を背負うと自由がなくなるなんて戯言(たわごと)をほざいて、女とも付き合わなかった男だ」

「当時、サウリバってある程度、知名度がありましたよね？　もしかして、梨佳のお母さんは、客がワノさんだって気づいたんじゃないでしょうか」

「分からん。少なくとも、怪しい態度はまるでなかった。——いずれにせよ、話はそれきりだ。それ以来、話題にすら上らなかった。だが、人のそういう場面に立ち会うっていうのはなかなか得がたい体験でね、うっすら顔を覚えていた。こう見えて、人の顔は覚えるほうだ。こないだ受付であんたの顔を見たとき、鼻の下のでかいホクロから、もしやと思ったんだよ。だから名前を訊いてみたら、ずばりだった」

「ちょっと待ってください。ということは、クスミさんも私のことを知っていたってことですか？　知っていて、従業員として採用した？」

「そんなわけないだろ。あいつが、昔に一度会っただけの女を覚えてるわけがない」

それもそうだ。そもそも、アルバイトとして働き始めてからもしばらく名前を覚えてくれなかった。そのことに私は、かえって安堵を覚える。

「じゃあ、いったいなぜそれを、いまさらネットに？」

「たしかめたくてな。児玉、なんて珍しい苗字でもないから、確信は持てん。ネットに投げてみりゃなにか反応があるかと思ってさ」

「直接訊けばよかったんじゃないですか？」

「訊いて、素直に答えたか？」

「答えますよ」

「そうか。でもどうせなら、不穏当なやり方のほうがおもしろいじゃないか。しっちゃかめっちゃかになったほうが、思いがけないものが出てくる」

「……しっちゃかめっちゃかにされるこっちの身になってくださいよ」

「すまん。許せ」

一言謝ったぐらいで済まされても、と思ったが、そもそもこの人が他人に謝罪すること自体が稀だろう。もう気にしないことにした。

「それで、いったいどういう経緯でワノの妹がラディッシュハウスで働いていたんだ？」

私は、スタッフにしたのと同じ説明をかいつまんでした。

「疚しいことはなにもない、ってことだな」

「もちろんです。――まさか、疑っていたんですか、私のこと」

「少し、な」タナベさんは、大きな手でキツネの影絵みたいなポーズを作って言った。「根拠なんざなにもない。だが、ラディッシュハウスに自分の出生を隠して働いているやつがいた。そいつがいる前で、またクスミのバンドのボーカリストが殺された。まったく疑うな、というほうが無理だ」

たしかにそうだ。私だってタナベさんの立場なら、同じ疑いを抱くだろう。だからといってネットに情報を書き込みはしないが。

私は小さくこぼす。

「一度も会ったことがないと思っていたんですが。実は会ってたんですね。もっとも、こっちは一切、記憶がないですけど」

「ずるい、ってか？」

「少し」

タナベさんのさっきの動きを真似して、私は言った。

「結局、情報だけなんです、私が持っているのは。映像や音源や、人から聞いた話ばかり。正直に言えば、まだ実感していないのかもしれません。ワノカズヒコが私の兄だなんて。向こうは、若くして亡くなった日本有数のロックスター、こっちはギターのFすら押さえられないいただのライブハウスの従業員。私は醜いアヒルの子かもしれませんけど、だからって白鳥になれるわけでもない。一番惨めだと思いません？」

「そう悲観するもんじゃない。会ったことはなくとも、あんたはでかいプレゼントをもらってる」

「え？」

「顔だけじゃなくて、俺は名前も覚えてた。十年前に聞いたっきりの名前をな。理由は簡単だ。サウリバに『マリー』って曲、あるだろ？　コダマリカ。真ん中の二文字をくっつけりゃ、マリだ。あれは、あんたのことを歌った歌だよ」

声すら漏らせずただ目を見開いた。耳から入ってきた情報が、頭の中でうまく処理できない。

「あの曲、聴いたことはあるか？　ローティーンを思わせる容姿、出会う場所は小さな酒場。本人はなにも言わなかったが、こりゃずばりだと思ったね。おかげで、名前も忘れなかった。リエだったかリカだったか、そのあたりはあやふやだったが」

私は口元を手で押さえる。

「あんたが、白鳥なのかアヒルなのかカラスなのかは知らん。なんであろうと、好きに飛べばいい。ただ、ワノのたった一人の妹だったことはたしかだ。いや、それだって別に血液鑑定をしたわけじゃないからたしかじゃないが、少なくとも、あいつが兄として、あんたに情を持ってたことはまちがいない。『マリー』っていう美しい曲になって残ってる。あんたは、兄とちゃんと会えなかった。そのことは同情する。だが、世界で他の誰ももらえないプレゼントをもらった。それは、誇らしく思ってほしい」

また頭を掻いて、タナベさんは言う。

「あいつは、死んじまったからな。あいつが後に残した物は、大事にしてほしいんだよ」

それだけ言って、タナベさんは星那のほうを見た。

「他の連中は、地下か？　地下に行けばいいのか？」

「はい」

先に行ってるぞ、と言い残して、タナベさんはポケットに両手をつっこんで歩いていった。

私は、顔を覆った両手の隙間からそれを見送る。声が出ない。一方通行の片思いではなかった。ただそれだけで、七年間肩に背負っていたものが消えてなくなっていた。

ぽんぽん、と星那が腕を叩いてくれる。私は顔を覆ったまま、黙ってそれにうなずいた。


トイレに行って顔を洗った。化粧は崩れたが、もともと薄化粧なのでさほど変わらない。これから特別なことが起こる。見た目はいいからとにかく頭をすっきりさせて臨みたかった。

星那はなぜか、ギターケースを肩に提げていた。二人で一緒に地下に降りる。フロアには関係者が集まっていた。クスミさんは、いつもと同じ黒いスーツを着て、ＰＡブースの前のソファに足を組んで座っている。そこから遠いところで、タナベさんはむすっとした表情で立っていた。バーカウンターでは、ジャージ姿のタカが一人でなにか飲んでいる。たぶん、またコーラだろう。フロアの真ん中で、成宮さんと華子さんが話している。

私と星那がフロアに入った瞬間、クスミさんを除く全員が、私たちのほうを見た。

成宮さんが言う。

「話したいことがあるっていうから集まったけど、なに？　タナベまで呼んで」

私は、星那のほうを見やる。

「追悼イベントをやろうと思って」

驚いた。タナベさんを呼ぶための口実だと思っていたのに。

「どういうことだよ、追悼イベントって。だいたい、なんでその知らない女が仕切ってるんだ？　そもそも誰だ？」

タカは、かいわれ大根の顔を忘れてしまっているようだ。

「こないだ、オーディションに来たじゃない。かいわれ大根って名前で、音楽活動してる。本名は和泉星那。私の友達」そう言いきっていいか少し不安で、私は星那の顔を見ることができなかった。「だから今日は、私に免じて、ちょっとだけ付き合ってほしいの。お願い」

タカは複雑そうな表情を見せたが、「しょーがねえな」と漏らした。

「それで、追悼イベントって、いったいなにをやる気だよ。たったこれだけで」

「セッションがしたいの。一曲だけでいいから」

思いがけないことを星那は言い出した。

「は？　なんだよいきなり。それに、誰がどの楽器をやるんだ？」

たしかに編成は謎だ。赤青のメンバーは半減していて、明らかに人が足りない。

「ドラムはショウジさん、ギターはクスミさん、あたしはギターボーカルをやります。で、タナベさんにベースをお願いしたいんですけど」

「はあ?!」

タカのそれとは桁違いにドスのきいた声でタナベさんは言い返す。

「なんで、俺が付き合わにゃならん」

「さっき、言いました。これは貸しだって。その分を、返してほしいだけです」

不機嫌をはっきりにじませ、タナベさんは私を一瞥してから言った。

「けっ、仕方ねえ。だが、何年もまともに演奏していない。期待はするなよ」

「期待します。できれば、ミナミさんみたいに演奏してくれればうれしいです」

「冗談じゃない。あんなにくるくると指は動かねえよ」

「ミナミさんを意識して、で十分です」

「分かった。とっととやるぞ」

タナベさんは大きく腕を回して、ステージに向かう。

「おい、誰かベース貸せ。ミナミのがあるだろう」

「ちょっと待ってください。ミナミさんのを勝手に、なんて……」

タカのほうをタナベさんは睨みつけた。

「遺品だから他人には触らせない、ってか? くだらん感傷だな。物は、物だ。死蔵するぐらいなら使ってやったほうが本望だろう」

「俺はいいっすよ。でも、クスミさんが……」

クスミさんは、黙ってソファから立ち上がった。そのままステージによじ登る。舞台袖から、自分のエピフォン・オリンピックとミナミさんのリッケンバッカーを持ってきた。ちょうどステージに置いていたらしい。

「話が分かるな。やっちまおう。——おい、あんた。曲はなにをやるんだ？　赤青の曲って言われても、俺は知らんぞ」

「『煙の速さで』をやりましょう」

ドラムをセッティングしようとしていたタカは動きを止める。無理もない、思い出の卒業式で演奏された、タカにとっての原点の曲だ。なにか文句を言うかと思ったが、タカは黙ってセッティングに取り掛かった。

華子さんはＰＡブースに入る。それぞれ楽器をアンプに繋ぐ。いち早く準備のできたタカがドラムセットに腰を下ろした。人より小柄なのに、そうしていると妙に大きく見える。ぴんと背筋を伸ばし、まるで威嚇(いかく)するみたいに鋭くドラムを鳴らす。

チューニングを済ませたタナベさんは、仁王立ちしてベースを構えた。ミナミさんで見慣れているせいか、妙に黒のリッケンバッカーが小さい。次の瞬間、ばりばりとてつもない音量でベースラインが鳴った。

「ちぇっ、久しぶりだから勘が摑めねえや」

冗談でしょう、と言いたくなる。それだけの迫力のベースを鳴らしておいて物足りないなんて。

　クスミさんがフレーズを鳴らす。それに、タカとタナベさんが合わせた。三人とも軽く弾いているが、鳴っている音はめちゃくちゃかっこいい。ブランクはあってもタナベさんはさすがだ。そして、元サウリバの二人を向こうに回して一歩も引いていないタカもすごい。誇らしい気持ちになる。

　カーディガンを脱いでTシャツ姿になった星那は、一人だけセッティングに時間がかかっていた。やがて、軽くフレーズを弾いてからＰＡブースに向かって手を挙げる。はっきり言って、不安しかない。三人と一緒に星那が、しかもサウリバの「煙の速さで」を演奏するなんて。

　クスミさんとタナベさんに挟まれると、星那は一際小柄だ。タカのほうを星那は見やる。タカはスティックでカウントをとった。私と成宮さん、たった二人しか聴衆のいないライブが始まる。初っ端は、クスミさんのギターソロ。三小節後、ドラムとベースがそれに加わる。急作りのセッションとは思えない完璧なスタートだ。

「煙の速さで！」

　星那が冒頭のフレーズを叫んだ。正直、驚いた。悪くない。原曲に合わせているので星那の音域からすればちょっと低いのに、ちゃんと声が出ている。ワノさんのざらついたハードなボーカルとはまったくちがう女性らしい澄んだ声が、案外フィットしていた。よく見ると、ギターを持っているくせに、星那はネックに手も触れていない。ボーカルに専念しているからこそのパフォーマンスではないか。

私はふと気づく。元サウリバのクスミさんとタナベさん、サウリバをリスペクトしているタカが練習もなしに弾けるのは当然として、星那はどうしてこの曲を覚えているのだろうか。歌詞に不安そうな様子はないし、音程も合っている。今日のために、一夜漬けで練習した？　昨夜はバイトだったはずなのに。

星那は相変わらずギターを弾かないが、原曲もギターはほとんどクスミさん任せだったので違和感はない。ボーカルが女性であるという点を除き、原曲通りに演奏は進む。

一番のサビが終わった瞬間だ。

急に、星那はギターを弾き始める。

それも、まったくデタラメなフレーズを。

リズムも音もめちゃくちゃだ。四拍子の曲に急に三拍子の曲が割り込んだかのような違和感がある。そのまま星那は、歌いだした。歌詞はそのまま、原曲とは異なるメロディーで。ダメだ、曲が壊れる。音楽じゃなくなってしまう。私はそう覚悟したが、意外なことに、演奏はそのまま続いた。

タカは、あからさまにぎょっとした表情をしながら、それでもリズムはまったく乱さず本来のフレーズを叩く。クスミさんのギターも変わらない。タナベさんも、はじめは驚いた顔をしたが、すぐににやりと笑い、星那に合わせてリズムを変えてきた。すると、びっくりしたことに、それなりに曲として聴こえてくるのだ。それも、ちゃんと「煙の速さで」の雰囲気を残したまま。どうなっているのかまるで分からない。

「煙の速さで黄昏の町を行くのさ」

サビのフレーズだけは原曲の通りだ。でもすぐに、おかしなところへふらふら飛んでいく。私の心はざわつきっぱなしだ。この奇妙なライブは、ちゃんと録音されているんだろうか。いまさらそんな心配をしても手遅れだが。

二番のサビが終わったとき、星那は、まるでクスミさんに喧嘩を売るみたいにギターソロを弾き始めた。演奏に専念したらしたで、思っていたより弾ける。だが、さすがにクスミトオル相手には分が悪い。アンプの調整のせいか、音量も物足りない。

そのときだ。クスミさんが、急に演奏の手を止めた。つかつかと星那のほうに歩み寄り、身を屈める。星那は構わず演奏を続ける。クスミさんは、星那のアンプのつまみを回した。ぎゅいん、と音が歪み、星那のギターの音がぐっとよくなる。クスミさんは自分のポジションに戻り、指を回して、もう一回、とジェスチャーした。星那は再び、ギターソロを頭から弾きなおす。クスミさんも自分のパートを弾く。今度は、負けてない。さっきよりもずっといい。華子さんも即興で対応してくれているのだろう。とてつもないテクニックのハードなギターと、稚拙だけど勢いと伸びしろに溢れたギターが絶妙に嚙み合っている。知らず知らず私は体を揺らす。

最後のサビに入る。星那のギターは奔放さを増していた。このたった一分足らずで、前よりもうまくなったみたいだ。ドラムは、猛烈な音で変わらないリズムを刻んでいる。タナベさんは、さっきからずっと遊んでいる。ぐちゃぐちゃなのに、おもしろい。バランスは悪いけど、かっこいい。

最後、開放弦でギターをがちゃがちゃと掻き弾き、星那のジャンプに合わせて一斉に音を鳴らし、演奏は終わった。

拍手の音がした。自分だった。成宮さんと華子さんも続く。星那は、わずか五分程度の演奏だったというのに、額に汗が浮かび前髪が貼りついていた。その小さな背中をタナベさんがどんと叩く。

「名前、なんていうんだっけ？」

「和泉星那です」

「そっちじゃねえよ。アーティスト名のほうだ」

「かいわれ大根」

「音源はあるのか？」

「ネットに上がってます」

「オーケー、あとで調べるよ」

素っ気ないやりとりだったが、それはタナベさん流の賛辞に感じた。

星那はギターを持ったまま、頭を下げる。

「ありがとうございました」

もう一度、今度はフロアにお尻を向け、演奏者のほうに頭を下げた。

「ありがとうございました」

どういう意図で催されたセッションなのかよく分からない。だが、文句なしにおもしろいライブだったことはたしかだ。

星那はギターを置いて、ステージを降りる。

「なにか飲む？」

汗びっしょりの星那に声をかけた。

「ありがと。オレンジジュース」

私はバーカウンターでドリンクを入れる。受け取った星那は、それを一気に飲み干した。

一息ついて、星那は全員に向かって切り出す。

「あたしのわがままに付き合ってくれて、ありがとうございました。おかげで、自分の考えを確認することができました」

「自分の考え？」

成宮さんが問い返す。ええ、と星那はうなずいた。

「いったい誰が、どういう理由でシノハラヨースケさん、ミナミコウタロウさんの命を奪ったのか。それが、分かりました。だから、今からここで自分の考えたことを話そうと思います」

タカがずいと足を運び星那の目前に立った。男性にしては背が低いほうのタカだが、星那と比べると頭ひとつ分近くちがう。おでこのあたりを見下ろすようにしてタカは言った。

「冗談はやめろ。急なセッションに付き合わされただけでも、こっちはムカついてるんだからな。それ以上適当を言うなら、梨佳の友達だって、叩き出すぞ」

「待てよ、タカ」

成宮さんがタカの肩に手を置いた。

「乱暴をしたってしょうがないだろ。話ぐらい、聞いてもいいじゃないか。内容がデタラメだったら、あとで笑えばいい」

「おい」

タナベさんのだみ声が飛んだ。

「素面(しらふ)で聞ける気がせん。アルコールをくれ」

タナベさんはスツールに腰かけ、私が入れたウイスキーのロックをビールみたいに呷った。

クスミさんは、黙ってソファに座っている。成宮さん、華子さん、タカも並んでスツールに腰を下ろした。

バーカウンター周りに集まる人たちの前に立ち、星那は切り出す。

「まずはじめに言わせてください。——あたしは、ロックが好きです」

真摯(しんし)な表情で、星那は言った。

「セッションをお願いすることは、昨日の夜、思いつきました。どの曲にするか、悩みました。赤青の曲はタナベさんが演奏できない。サウリバの曲がいい。たくさんある中で、『煙の速さで』を選びました。——実はあの曲が、あたしがロックを好きになったきっかけだから。あたしが音楽好きって知った友達が、見せてくれたんです。どこかの卒業式でゲリラライブみたいに演奏された『煙の速さで』の映像を」

私は思わず「えっ」と声を上げてしまった。タカの中学校の放送部員が撮影していた映像を、まさか星那も見ていたとは。なんの縁か分からないが、誰かがダビングして回したのだろう。

星那もタカも、ロックにのめりこんだきっかけがあの「煙の速さで」だなんて。あれから八年、二人の音楽性はまるでちがう方向へ進化したが、根は同じだった。星那の話を聞いても、タカはなにも言わない。

「あたしはそれまで、音楽は雑食だった。ジャズもクラシックもポップスも、全部好き。でも、あの演奏を聴いて、ロックってすごい、って思った。だって、ロックをろくに聴いたことがないはずの中学生や周りにいる親や先生たちが、めちゃくちゃ熱狂していたから。ロックってやっぱり、大衆のものなんだと思う。誰でも楽しめる音楽。あたしがやりたいのはこれだ、って」

「そのわりには……星那の音楽はサウリバっぽくないけど、どうして？」

それに彼女は、クスミさんのギターを「それほどいいと思わない」と言っていた。星那は私の問いに頭を振る。

「あたしがすごいと思ったのは、音そのものじゃないの。誰しもを興奮させる、その熱。でも、十年前、百年前に人々を熱狂させたのと同じ演奏を今やったって、それは生まれない。あたしは今、あたしなりのロックで、たくさんの人を楽しませる音楽を作りたいの。そういう夢をあたしに持たせてくれたのは、あの日聴いた『煙の速さで』。だからあたしは自分の音楽を、ロック、だって思ってる」

星那は薄っぺらい胸をぎゅっと押さえ、周りを見回す。

「ロックが大好き。自分の人生の真ん中にあるのはロック。でもそれは、ここにいる全員、そうですよね。亡くなってしまったヨースケさん、ミナミさんも含めて。みなさんのうちの誰かが、二人の命を奪うとしたら、お金や恋愛感情のもつれだとは思えない。ロックしかない。だって、そういう生き方をしているんだから」

「ちょっと待ってくれ。言いたいことは分からないじゃない。だがそれは、矛盾していないか？　全員、ロックを愛している。いわば、同じ宗教を信奉している仲間だ。心からの信仰心を持った信者同士が殺し合うなんておかしい。それとも、この中にロックを裏切ったユダが存在するとでも？」

成宮さんの言葉に、星那は頭を振った。

「同じ宗教を信奉していても、争いは起こりますよね。カトリックとプロテスタントとか、スンニ派とシーア派とか」

「ロックについての教義がちがえば争いは起こりうる、と？」

「はい。そしてそれは宗教の場合と同じで、ロックへの愛が深いほどシリアスな争いになる。ヨースケさんは、亡くなる前のライブのＭＣで『ロックってなんだろう』って言ってました。あたしも、それを聞いてました。だから、事件のことが気になった梨佳は、関係者たちに『ロックとはなにか』を訊いて回った。実はそれが、重要な役目を果たしたんじゃないかなって思ってます」

「なるほどね。じゃあ、そもそもロックとはなんなのか、君の定義を聞かせてもらってもいいかな？」

「Rock'n'Roll。転がる岩に苔は生えない。ロックとは、先人へのリスペクト。それがなかったら、そもそもロックじゃない。ロックとは、反抗の文化。既存の概念に縛られず変化を恐れない、自分を肯定する生き方。これまでのロックに対して岩みたいに固いリスペクトを持ち、変化を恐れず転がり続ける。そういう音楽がロックだと思ってます」

星那は私に対して言ったのと同じ答えを返した。

「理屈は苦手だが」タナベさんが口を挟んだ。「なかなか的を射た意見だな。とりあえず異論はねえよ」

タナベさんが言うと妙な説得力がある。星那はひとつうなずいて、続けた。

「ロックに対する解釈は人それぞれだと思ってます。どんな音楽を『ロックらしい』と感じるのかも。でもそれだって、だいたいはあたしが言った解釈に収まるんじゃないでしょうか。じゃあなぜ人によってちがうかといえば、きっと、グラデーションの差だろうなって」

「グラデーション？」

「そう。岩のように固いこと、に拘る人。転がることが大事、と思っている人。同じ『ロック』でも、どちらに重きを置くかで、すれちがいが起こるんだと思う」

星那は、軽く頭を下げてみせる。

「いきなり抽象的な話から始まってすみません。先に、そのことを共有しておいてほしくって。

ここからは、具体的な話をします。まず、ミナミさんが亡くなった事件から」

星那は、喉が渇いたのか私にお代わりを求めた。オレンジジュースで口を湿らせてから、カップを片手に話し始める。

「最初の事件も、二度目の事件も、とてもおかしな事件だと思うんです。梨佳にも言ったことなんですが、行き当たりばったりの犯行に見える反面、ちゃんと準備された犯行だって感じるところもある。真相を見つけるには、この矛盾を解消しなきゃいけないんじゃないかと思って。特に、二つ目の事件がそうですよね。稚拙な自殺偽装と密室からの鮮やかな脱出。この二つが矛盾なく成立するのって、どういうケースだと思います？」

「まるで雰囲気のちがう二つの側面……まさか、犯人は二人いる？」

「それも、ひとつの解釈ね」

星那はそう私に答えた。

「でも、もっと単純で、ありえそうな答えがあります。——先に、密室の状況と時間経過について整理しますね。まず、梨佳がミナミさんの部屋を出たのが十五時十分ごろ。この時点では表にはたこ焼き屋のおばちゃんがいたけど、裏口には誰もいなかった。よって、十五時十分から戸加部さんが裏口に立った十六時一分までの間なら、犯人は裏口から出入りできた。ここまではいいですね？」

誰からも反論は上がらない。

「じゃあ、それ以降について。ミナミさんが十六時一分にTwitterにメッセージを投稿してますから、事件が起こったのは十六時一分から遺体が見つかった十六時二十五分までの間、そう考えるのが妥当ですよね。つまり犯人は、密室状態の家の中にいた」

それについても特に異論はない。星那は続ける。

「これがもし計画的犯行だとしたら、いろんな矛盾が生じるんです。戸加部さんが裏口に立つなんて予想できなかった、ヘッドフォンっていう偶然その場にあった頼りない凶器を使うなんて変、なんで人目につかない夜じゃなく昼間を選んだのか、など。じゃあ反対に、突発的犯行だったら。犯人は、十五時十分から十六時一分の間に裏口から普通に家に入った。十六時一分以降、言い争いになったかなにかして、その場にあったヘッドフォンでミナミさんの首を絞め殺害してしまう。無駄と思いつつ、自殺に見えるように偽装した。すごく自然なストーリーだと思いません？」

「たしかに、そうね。密室という、一点を除けば」

「そう、密室を除けば。――犯人は、自殺に偽装したあと、現場から逃げ出そうとします。表にはおばちゃんがいるので、当然裏から逃げる。ところがここで、予想外のことが起こったんです」

「裏口に、戸加部さんが立っていた」

華子さんの言葉に、星那はうなずく。

「窓から見たか扉を小さく開けたかして、犯人は戸加部さんの姿を見つけた。タバコを吸っていて、立ち去る気配はない。あなたなら、どうします?」

華子さんはうーんと首を捻る。

「待つ。一刻も早く逃げ出したいのはやまやまだけど、それしかないよね。出ていくところを目撃されたらおしまい。表のおばちゃんはともかく、裏の戸加部さんは、しばらく待てばいなくなるでしょ」

「あたしもそう思います。でも犯人は、そうしなかった。密室のはずの家から、さっさと姿を消してしまったんです。それはなぜか。たまたま犯人が、表も裏口も使わない秘密の通り道を持っていたから。もしそんなものがあったら、華子さんだって同じように行動しますよね?」

怪訝な表情を浮かべつつも、華子さんはうなずく。

「結果的に、犯人の判断は大正解でした。戸加部さんが裏口からいなくなるより早く、梨佳が現場に来ちゃったんですから。——というわけで、最初の問いに戻りますね。稚拙な偽装と計画的犯行という矛盾が両立する、もっともありふれたケースはなにか。答えは、運がよかったから突発的犯行が計画的犯行に見えた、です」

謎めいた矛盾は、ただ運がよかったからそう見えただけ。たしかに、もっともありそうな答えだ。

「ちょっと待ってよ。言いたいことは分かるけどさ、その『秘密の通り道』っていうのを説明してくれないと納得できない。あの家は普通の一軒家だからね。隠し通路なんてあるはずないし、もしあったとしても、おばちゃんがそう証言するでしょ」

「ええ。だから、秘密の通り道なんていっても、実際はたいしたものじゃないんですよ。扉じゃなかったら、窓。それぐらいしかない」

「でも、窓から外に飛び降りたって、どうせ表か裏かには出なきゃいけない。どうやったって見つかっちゃうでしょ」

「そうですね。というわけで、東西どちらかの建物に飛び移ったとしか考えられない。西隣のクリーニング店は人がいた。つまり答えは、東側のラディッシュハウスです」

「けど、どうやって？　二階の窓からでも、ラディッシュハウスのエレベーター前の窓とは距離がある。飛び移るなんて不可能でしょ」

「だから、難しく考えないでください。運よくその通路を犯人は頻繁に使っていたから、犯行のときにも、そこから脱出することにした。たいしたものじゃないんです。もし、事件が起こるよりも前から、ラディッシュハウスの壁にロープが一本垂れていれば、脱出は簡単ですよね」

「前からロープが垂れていた?!　そんなことありうるわけ？」

「ラディッシュハウスの壁には、ロープを縛るのにちょうどいい配水管があります。建物の間の路地はベニヤ板で塞がれてるから誰も通らず、表の道からも見通せない。壁の色と似たロープなら、以前から垂れていても誰も気づかないことは十分ありうると思います」

「でも、ラディッシュハウスの窓から身を乗り出して左右を見れば気づくんじゃないの？　それって問題ないわけ？」

「ええ、誰かがそういう行動をすれば気づくでしょうね。でも、問題はないです。だってもともと、犯罪目的のロープじゃないんですから。見つかって誰かが気にしたとしても、犯人――その段階ではまだ犯人じゃないですが――は、どうとも思わない。もし咎められたら、ごめんって謝ればいいだけ」

壁にロープが垂れていたら。それが目に入っても、壁の色と同じなら気づかなかったかもしれない。いや、気にしなかった、というほうが正確か。はじめから犯罪を目的としていれば、「きっと誰も気にしない」という雑な見込みで事前にロープを張りはしないだろう。でもたとえば、ちょっとした悪ふざけが目的なら、見つかったら見つかったで構わないと考えるのはおかしいことじゃない。結果、たまたま誰も気にしなかったというだけで。

密室からの脱出にロープを用いながら、凶器にロープを使わなかったのも納得できる。ヘッドフォンがたまたまそこにあった物なのと同じで、ロープも、偶然そこにあった物にすぎなかったのだ。

「ロープが垂れてたかもしれない、ってのは分かった。でも、なんでそんな物があったわけ？犯人は普段から使ってたっていうけど、いったいなんの目的でそんな物を？」

それはあとで説明します、とだけ星那は答えた。

「そういう物があった、って前提で話を進めさせてください。犯人は、犯行後、ラディッシュハウスに逃げ込んだ。でも実は、ラディッシュハウスも密室だったんですよね。受付には梨佳が、裏口には戸加部さんがいたんですから。つまり、ラディッシュハウスに逃げても、そこから脱出するルートはない」

「ってことは……犯人は、ラディッシュハウスにいた誰かだった、ってこと?」

「その通りです」

星那は躊躇いなく言いきった。クスミさん、タカ、私。三人のうちの誰かだ。

「梨佳ってことはありません。だって、十六時ぴったりに、戸加部さんに目撃されているから。十六時以前に裏口から家に入って、十六時以降にロープを使って脱出したっていう前提が崩れます」

「十六時以降に、ロープで侵入してロープで脱出した可能性は?」

「タバコを吸ってる戸加部さんがいつ顔を出すか分からない、すぐに成宮さんが帰ってくる、そんな状況で隣家に忍び込むと思います?」

たしかにそうだ。自分が犯人でないと分かっていても、そうやって客観的に論証してもらえると安堵する。

「それともうひとつ。梨佳や成宮さん、華子さんが犯人じゃないって考える根拠があるんです。それは壁の靴の跡。午前中雨が降っていて地面が濡れていたのに、壁に靴の泥の跡がついていませんでした。実際は犯人は壁を伝って移動したのに、どうして靴の跡がつかなかったか」

「……靴を履いていなかったから?」

「そう。ラディッシュハウスは密室だってさっき言いましたけど、もしラディッシュハウスにもまた秘密の抜け道があれば、成宮さんや華子さんにも犯行は可能。でも、外にいたんだから、靴を履いてないってことはありえないですよね」

「壁に跡が残るかもしれないと思って、あえて裸足で移動したんじゃ？　靴は、カバンにでも入れていたのかも」

「ヘッドフォンの指紋をあっさり拭きとっちゃう犯人が、壁の足跡なんて気にすると思います？　この事件の犯人は、たいしてなにも考えてないんです。たまたま家の中にいて靴を脱いでいたから、そのまま靴を履かずに逃げ出した。結果、壁に跡が残らなかった。犯人は、運がよかったんです」

星那は続ける。

「犯人は、靴を履いて裏口から河津家に入ったのに、出るときは靴を履いていなかった。つまり、河津家に靴を残しても問題ない人、ラディッシュハウスに別の靴を持つ人なんです」

「ってことは……クスミさん？」

恐る恐る華子さんは言う。

「いいえ。ショウジさんだって、靴、持ってるじゃないですか。実際に、今だって履いてます」

星那はタカの足元を指差した。たしかにタカは、ドラムシューズをラディッシュハウスに置きっぱなしにしている。

では、犯人はタカなのか、クスミさんなのか。履いていた靴を河津家に残して問題ないという点では、タカのほうが有力か。しかし、河津家からの逃走経路からすると、二階に住むクスミさんと考えるのが自然だ。

「ここまでの推理じゃ、特定はできません。でもこれに、あるひとつの材料を足せば、どちらが犯人なのか分かるんです」

「あるひとつの材料？」

うん、とうなずいて星那は「エレベーター」と言った。

誰もがぽかんとした表情をしている。それに構わず、星那は問うた。

「ひとつ教えてください。事件が起こった日の午後、エレベーターを使った人、います？」

星那は、一人ひとりの顔を見た。

「成宮さんは？」

「使った記憶はないね」

「ショウジさん」

「……使ってねーよ」

「クスミさん」

ソファに座ったまま、クスミさんは黙って首を横に振った。次に星那は、私の顔を見る。

「ねえ、梨佳。事件を発見したあと、ラディッシュハウスに戻って、みんなにそれを知らせたよね？　そのときの行動を詳しく教えてほしいの」

「ええと……まず、事務所にいた成宮さんに、事件のことを話した。そうしたら成宮さんは、自分は現場に行く、君は救急に連絡をして、他の人にこのことを知らせるようにって言った」

成宮さんはうなずく。

「通報して、次に行ったのは、地下のタカのところ。タカはドラムを練習中で……」

「ちょっと待って。そのとき、エレベーターは使った？」

　少し思案してから、私は頭を振る。

「使わなかった。焦ってたから。事務所からフロアに行くなら階段のほうが早い。そもそも普段からあまりエレベーターは使わないし」

「続けて」

「事件のことを知らせると、タカは、自分も現場を見に行くって言って飛び出していった」

「どのルートを通って？」

「たしか……ステージにいたから、そのまま舞台袖の階段を上っていったと思う。あとのことは知らない」

「どうですか、ショウジさん」

「そうだよ。裏の階段を上った」

「楽屋を抜けて表を通り、たこ焼き屋の横の玄関から家に入った、まちがいないですね？」

「……なんで分かるんだよ」

「戸加部さんが、救急車が来るまで裏口で待ちぼうけを食らっていたって話を聞いたから。もしショウジさんが裏口を使ってたら、そのとき戸加部さんにも事情を話したはず」

「なるほど、あんた、頭いいな。その通りだよ」

　タカは自分の行動を認めた。

「じゃあ、梨佳、続けて」

「成宮さん、タカには知らせた。次は、クスミさん。フロアを出て……」私は星那のほうを見る。「エレベーターを使ったかどうか、知りたいのよね？」

星那は黙ってうなずく。

「使った。よく覚えてる。エレベーターが上っていく間、どうクスミさんに伝えようか、悩んだから」

「ねえ、最後にもうひとつ教えて。なぜ梨佳は、エレベーターを使ったの？」

「えっ、理由？　そんなの、なんとなく、としか……」

「そんなことない。昨日、地下のフロアから二階へ上がるとき、梨佳は階段で行こうとした。そもそも普段からあまりエレベーターは使わない。なのになぜ、そのときに限ってエレベーターを使ったの？」

バーカウンターのキッチンでふろふき大根を作って持っていくときは、必ずエレベーターを使う。それは、荷物があるからだ。しかしあの日は、荷物などなかった。

「あくまで推測なんだけど、あたしが答えていい？」

星那の言葉に、躊躇いつつ私はうなずく。

「梨佳は地下へ降りるとき、できるだけ早く知らせたかったからエレベーターを使わなかった。二階へ上がるときだって、急いでいたはず。なのにどうしてエレベーターを使ったか。それは、エレベーターが地下一階に止まっていたから、だと思うの」

思わずフロアのドアのほうを見る。事件の日、あのドアを開けエレベーターに乗った。そう、たしかにそれは、エレベーターが地下一階にあったからだ！　階段で行くか迷ったが地下にエレベーターがあったので、そっちが早いと考えた記憶がある。

「星那の言う通り……地下一階にエレベーターがあった。それはまちがいないし、そのことを推理で当てたのもすごいと思う。でも、それで犯人が分かるとは思えないんだけど」

「ううん、分かるの」そう星那は答えた。「なぜなら、エレベーターが地下一階にあるのは、普通ならありえないことだから」

「ちょっと待ってくれ。君はさっき、確認したはずだ。事件当日、誰もエレベーターを使ってないって。それ以前にいつエレベーターが使われたかは分からない。誰かがエレベーターで地下一階へ降りてそのままにしてただけじゃないのか」

成宮さんの言葉に星那は頭を振る。

「いいえ、当日、エレベーターは使われているんです」

「ひょっとして、私とミナミさんが、地下フロアからミナミさんの部屋に移動したときのことを言ってるの？　でも、私たちはそのとき、エレベーターを使わなかった」

「でしょうね。エレベーターが地下一階になかったから、二人は使わなかったと思う。ただ、使っていたとしても結果は同じだけど」

そう星那は答える。

「思い出して、梨佳。ミナミさんと階段で移動するより前に、あなたはエレベーターを使っているはず」

私は小さく、あっと声を上げた。昨日、星那がしつこく確認していたではないか。

「酒屋さん」

私の答えに星那は「そう」とうなずいた。

「ビールやチューハイの樽、ウイスキーの入った段ボールを、バーカウンターに運んだんだよね。ということは、まちがいなく、エレベーターを使っている」

「うん、使った。でもそれなら、エレベーターが地下一階にあるのはおかしな話じゃないんじゃない？　一階からエレベーターで地下一階に荷物を運んで、そのまま。当然でしょ？」

「ううん、当然じゃない。あなたたち、それだけの荷物を、まさか手で運んだの？」

星那が言いたいことがなんであるか、私はようやく理解した。

「……酒屋さんは、台車を使って運んだ」

「だよね。じゃあ、荷物を下ろした酒屋さんは、どうやって一階へ戻る？　台車を担いで階段で上がったりしないよね？　まして、回収した空樽もあったんでしょう？　まちがいなく、エレベーターを使って一階へ戻ったはず。そしてそれ以降、誰もエレベーターを使っていない。なのに、事件が起こったあとエレベーターが地下一階にあるのは、変」

星那は、小さい体を精一杯大きく見せるように胸を張り、まっすぐ前を見て言った。

「誰かがエレベーターを使ったのに、それを隠してる。エレベーターを使用したのは、ミナミさんを殺害した犯人ってこと。犯人は、二階の窓からラディッシュハウスに侵入した。もし犯人がクスミさんなら、そのまま自室に戻るだけ。でも犯人は、エレベーターを使ってこっそり地下一階へ移動した。つまり犯人は、事件のとき地下一階にいたショウジタカユキさん」

ガツン、と大きな音が鳴った。バーカウンターが揺れ、プラスチックのカップが跳ねて倒れた。半分ぐらい残っていたタカのコーラがカウンターを濡らす。

「ふざけんじゃねえぞ。いきなり人のこと、犯人呼ばわりしやがって。俺が、ヨースケさんやミナミさんを殺すわけない」

タカは自分の膝を濡らすコーラにも構わず、立ち上がって星那を睨んだ。

「吼(ほ)えんな、ガキ」

タナベさんの声が飛んだ。

「ぴーぴー言ってると、かえって自分が犯人だって認めてるように見えるぞ。やってないっていうなら、堂々としてろや」

スツールに座ったまま一ミリも体を動かしていないのに、タナベさんのだみ声はタカを止めた。

タナベさんは、顔だけを星那のほうに向けて言う。

「かいわれ大根ちゃん。話には、続きがあるんだろ？　さすがにそれだけでこいつが犯人だって決め付けるのは、無理やりだ。だいたい、なんでラディッシュハウスの二階からロープが吊り下がってたのかも聞いてねえ」

タナベさんの言う通りだ。その点についての納得できる説明がない限り、星那の推理は前提から崩れる。

「もちろん、続きはあります。というわけで、タナベさんにも協力してほしいんです」

「俺？」

タナベさんは片眉をくいっと上げる。

「ヨースケさんが亡くなった日、どうして赤青のライブを見に来たのか、教えてくれませんか」

「は？　偶然だって言ってるだろ」

「そんなわけありません。貸し、あるじゃないですか。教えてください」

「さっきのセッションでチャラだ」

「――つまらん意地を張るなよ、タナベ」

びっくりして、全員が声の主のほうを見た。ソファに座っていたクスミさんは、組んでいた長い足を解く。

「つまらん意地、ってなあどういう意味だ、えっ、クスミ」

「そういうところだよ。すまんが、協力してくれないか。うちのバンドのメンバーの、窮地なんだ。頼む」

「人にものを頼むなら、それなりの態度があるだろ」

「頼むよ。この通りだ」

座ったままながら、クスミさんは深く頭を下げた。ちぇっ、とタナベさんは大きく舌打ちをする。

「俺のほうが、ガキみたいじゃねえか。いいよ、分かったよ。全部話す」

タナベさんは星那のほうに向き直った。

「お察しの通り、あの日ラディッシュハウスに来たのは偶然じゃない。一言で言えば、ヨースケをうちのレコード会社でソロデビューさせたくて、ちょいと様子を見に来たんだ。連れて来たのは俺の上司でな。一度、生でパフォーマンスを見たいって言うもんだから」

「ちょっと待て。ソロデビューってどういうことだ！」

成宮さんが珍しく大きな声を上げた。

「どうもこうもない。言った通りの意味だ」

「赤青からヨースケを引き抜こうとしてたのか？」

「おい、決め付けるな。俺が、クスミのバンドからボーカルを引き抜くなんて面倒なことするはずないだろ。逆だよ、逆。ヨースケのほうから、売り込みがあったんだ。ソロ、ないしは赤青とは別のバンドでやってみたい、ってな」

「まさか……」

成宮さんは呆然と呟く。

「少し前から、そういう感情が芽生えてたらしい。決定的になったのは、クスミが怪我で休んだライブだ。自分がリードギターをやってライブを成功させ、手応えを感じたんだと。赤青を脱退するのか、赤青は継続したまま活動するのかは別として、とりあえずデモ音源を聴いてほしいって。半信半疑で聴いてみたら、思っていた以上にいい出来でな。クスミと関わるのは嫌だが、それでもぜひ出したい。だから、上に相談して、ライブ会場に足を運んだ」

「なぜ……ヨースケは誰にも言わずそんなことを……」

「さあ、そこまでは聞いてない。オルスタ五〇〇のライブハウスじゃ満足できなくなったのかもな。メジャーのレコード会社からデビューして、もっとでかい会場を埋めたかった。売れて、有名になりたかった。あるいは、クスミの存在がうざかっただけかもしれん。一人でやれる自信がついて、先輩が疎ましくなったんだろう。よくあることだ」

クスミさん本人を前にして、タナベさんは平然と言う。

「ただ、言うまでもないことだがその話は頓挫した。本人が死んじまったからな」

「完全に頓挫したってわけじゃないでしょう？」

星那を、タナベさんはぎょろりと睨む。

「だって、そうじゃなかったら、再びミナミさんの元を訪れる理由がないですよ」

「ちぇっ、よく分かってるじゃねえか。その通り、話は完全に消えなかった。お蔵入りにするにはあまりに惜しい出来で、曲数もアルバム一枚分以上あったからな。ただ、ボーカルとギターはいいんだが、ベースやドラムが拙い打ち込みでよ。とてもじゃないがそのままでは出せん。だから、ミナミに相談に行ったんだ。ヨースケの友人として、ちゃんとこの音源をレコーディングして出す気はあるかって」

「ミナミさんは、なんて言ってたんですか？」

「まず、驚いたよ。ミナミでさえ知らなかったらしい。音源を聴かせたら、やつも『いい』と言ってな。ぜひレコーディングに協力したいと答えたよ。その上で、俺は告げた。うちからシノハラヨースケ名義で出したいのはやまやまだ――遺作ってのは、売れるからな――が、赤青名義でそっちで再レコーディングして出すならそれでも構わん、と。うちは一円の儲けにもならんが、かといって、バンドメンバーの意向を無視するのも嫌だ。最悪、上には俺が頭を下げるつもりだった」

「ミナミさんはどう返事したんですか？」

「即答しなかった。いや、正確には、自分としてはシノハラヨースケ名義で出してほしいが、って言ってたよ。意外な答えだった」

「どうしてなんでしょう？」

「故人の遺志を尊重したい、とミナミは言った。ヨースケ本人が赤青じゃないところで出したいって言ってたんだから、その通りにしてやりたいってな。ただ、ミナミがよくても他のメンバーが納得するかは分からない。まず自分から話してみるから待ってくれ、と言われた」

ミナミさんが「自殺じゃないと証明されることになる」と言った理由が分かった。ソロデビューを望み、レコード会社にデモ音源まで送っていた人間が、よりによってそのレコード会社の人間が見に来ていたライブで自殺するなんてありえない。

「ただよ、それが事件にどう関係するっていうんだ？」

「それは、今から説明します」

そう星那は答えた。

「さっき、あたしは言いましたよね。突発的か計画的か分からないふたつ目の事件、ただ犯人の運がよかっただけだって。ひとつ目の事件も、同じだと思ってます。行き当たりばったりの行動が、運よく誰にも目撃されなかったってだけ」

「それはそうかもしれねえな。だからどうしたって話だが」

「なんで突発的に事件が起こったか考えましょ、って言いたいんです。五〇〇人の聴衆が詰め掛けていてどこにも逃げ場がないライブハウスで事件を起こすなんておかしい、計画的じゃない。だったらどうしてすぐその場で事件を起こしたのか。普通に考えたら、どういう理由が浮かびますか？」

「カッとなって、後先考えずにやった」

もっともカッとなったらなにをするか分からなそうなタナベさんが答えた。

「そうですね。もうひとつ、思いつきます？」

「なんだろうな。どうしてもすぐ、殺さなきゃいけなかったんじゃないか。なにか事情があって、ゆっくりライブ後を待ってられなかった」

「あたしも同意見です。まず思いつくのは、その二つ。でもあたし、今回の事件は、その両方じゃなかったかなと思ってます」

「両方？」

「はい。まず、ひとつ目のほうから。いったいどんなヨースケさんの行動に、犯人はカッとなるか。ほんの今、成宮さんが聞いてカッとなったこと、ですよ」

「ヨースケのソロデビュー、か」

成宮さんの答えに、星那は首肯した。

「犯人は、アンコール前の舞台袖で、ヨースケさんがソロデビューしようと思ってるって話を聞いたんだと思います。それでカッとなって、その場にあった千枚通しで刺した」

「ありえそうなことだな。じゃあ二つ目の、事情があってライブ後を待ってられなかった、ってのは？」

「同じですよ。ヨースケさんは、ライブのアンコールで、ソロデビューの意思をファンの前で言うつもりだったんじゃないでしょうか。それを聞かされた犯人は、ファンの前で裏切りを公言されるわけにはいかないと考えた。だから、アンコール前のステージっていう普通じゃないシチュエーションで、ヨースケさんを刺したんです」

「なるほど、説得力のある話だな。一応、上司にパフォーマンスを見せてから本決まりって流れだったけど、そんなのは確認だけで、実質オーケーだって話はしていた。ちょいと先走って、ファンの前で宣言するってのはおかしくない。それを聞いたタカが、頭に血が上って千枚通しでぶっ刺したわけか」

「まだ、ショウジさんがヨースケさんを殺したなんて言ってませんよ。二つの事件の犯人は別、十分ありえることでしょ」

そう星那は言った。

「じゃあ、犯人は誰か。事件は突発的に起こったもので、事前に計画なんて立ててなかった。

だから、フロア後方にいた華子さんや梨佳がステージにトリックを仕掛けてたなんてありえないし、成宮さんがヨースケさんを殺害するつもりで密かに階段下に隠れてたなんてこともない。本編が終わっても楽屋に戻らずギターを弾いていたクスミさんは、ヨースケさんから『ソロデビューしたい』っていう話を聞く機会さえなく、ギターを演奏しながらヨースケさんを刺すトリックも用意できない。つまり犯人は、ショウジさんかミナミさん。ステージに戻ったのはショウジさん、ヨースケさん、ミナミさんの順番だから、二人とも、ヨースケさんと話す機会も千枚通しで刺すチャンスもあった。犯人が、ショウジさんなら。犯人が、ミナミさんなら。なんらかの動機でヨースケさん、ミナミさんの二人を連続して殺害した。犯人が、ミナミさんなら。ショウジさんがミナミさんを殺害したのは、ヨースケさんが殺された恨みを晴らすためだった。そんな構図が思いつきます」

星那は、周りを見回してから言う。

「あたしは、ヨースケさんが刺された事件については、物証が見つけられなかった。だから、動機の面から、犯人が誰かを考えようと思います。はじめに言いましたよね。今回の事件は、ロックにおける教義のちがいが引き起こしたものだって。岩のように固いことに拘った人。転がることが大事と思っている人。じゃあ、ヨースケさんはどっちだと思います？」

ロックとはなにか、とヨースケさんは思い悩んでいた。ヨースケさんにとって、固いことと柔軟であること、どちらが大事だったのだろう。

「ヨースケさんは、先人へのリスペクトを持ってた。じゃなかったら、ロックスターとして確固たる地位を築いていたクスミさんをギタリストとして迎えようなんて思わない。少なくとも赤青を組んだ五年前は、固いことが第一だった。そして半月前、ヨースケさんは赤青ではない形で自分の音楽を発表しようって考えてた。固いロックなら、そのまま赤青でやればいいのに。ヨースケさんはライブのMCで、ロックについて悩んでるって言ってましたよね。きっと、固いロックから柔軟なロックへと変化していたんじゃないかと思うんです。それは、タナベさんのところに持ち込まれたデモ音源を聴けば分かるはず」

話を振られたタナベさんは、頭を搔いた。

「正直な、ヨースケがデモを持ってきたって聞いて『どうせサウリバや赤青の二番煎じだろう』と思った。たいして期待してなかったんだ。だから、音源を聞いて驚いたよ。なにせ、めちゃくちゃポップだったから」

「ポップ?」

驚いた表情で成宮さんは言った。タナベさんは首肯する。

「シンプルでキャッチーなメロディー、前向きで明るい歌詞、シンセやホーンを大胆に使った曲調。そりゃ赤青じゃできないだろうと思えるポップで聞きやすい曲だった。だがかといって、いまどきの安っぽいポップソングじゃない、まちがいなくロックだとも感じた。なんて言ったらいいのかな……一聴するとすごくキャッチーで売れ線なんだが、でもなぜかまったく売れる気がせん。けなしてるんじゃない、褒めてるんだ。ロックファンがにやりとしちまうマニアックな音と、中学生がカラオケで歌いたくなるような大衆性が最高のクオリティで同居してた。

あれが……やつが見つけたロックだったんだろうな。まちがいなく、がちがちの固いロックじゃなかった。それは保証するよ」

星那はその言葉にうなずく。

「ヨースケさんは、固いロックから、柔軟なロックへ脱皮しようとしていた。でもそれは、固いロックの信奉者にとっては、信仰への裏切りに映ったんです。つまり犯人は、生粋の固いロックの信奉者」

周りを見るのが怖くて、私はさっきからずっとフロアの明かりが照らす星那の顔を見続けている。

「それを確認したくて、セッションに協力してもらいました。ミナミさんはいないから、タナベさんに、ミナミさんを意識して弾いてくれって無茶なお願いをしましたけど」

「まったくだ。ただでさえブランクがあるのに、あんなふうに指が動くわけねえ。とんだ恥さらしだ」

「でも、よかったです。すごく」星那は率直な賛辞を送る。「あたしの即興の演奏に、きっちり合わせてくれましたから」

「まあな。ミナミなら、おもしろがって合わせただろう。そう思ったから、合わせた。だが正直、途中からは自分が楽しいようにやったがな」

へへ、とタナベさんは笑い声を漏らす。

「音の雰囲気はちがうでしょうけど、あたしもミナミさんはあんな風に演奏したと思います。

つまり、ミナミさんは、少なくとも生粋の固いロックの信奉者ではない」

「だろうな。そうじゃなきゃ、そもそもヨースケのデモを褒めたりしない。固いロックの信者だったら、ボーカルのメロディラインだけ残し、ごりごりのハードロックアレンジにして赤青で発表しようとしただろう。だがあいつは、そうしなかった」

ミナミさんは語っていた。バンドにおいて、ボーカリストは悩みを抱えやすい。自分だけで音楽性を深化させていく。自分はその苦悩に付き合いたい、二人で荒野を走り続けると。もしヨースケさんが、星那のように「煙の速さで」をいきなり妙なアレンジで歌い出したら。ミナミさんなら、きっと黙ってそれに合わせる。

「ミナミさんは、ヨースケさんの変化に合わせる人。ヨースケさんがソロデビューしても、赤青を脱退しても、その行為を否定することはなかったはず。それに反して……さっきの『煙の速さで』を聴いて、みなさん、分かりましたよね」

「ああ。クスミとタカは、ちっとも原曲から変えようとしなかった」

「そうなんです。正直に言うと、二人はどんなことがあっても変えないって思ってたから、あたしはそれに対抗するみたいに好きなフレーズが弾けました。『煙の速さで』は、ちがうアレンジをしたらよりおもしろくなるんじゃないかってずっと想像してて、それが今日、実現できたんです」

もともと星那の頭の中であのグルーヴが鳴っていたのか。メロディが浮かべばアレンジも同時に浮かぶと彼女は言っていた。リードギターとドラムはそのまま、ボーカルともう一本のギターが遊び、ベースが間を取り持ってくれれば実験的な曲として成立する。最初から完成形を見据えて演奏していたとは。

「とにかくこれで、証明できたんじゃないかと思います。二人は、固いロックからぶれない。二人の立場からすれば、同じ『ロック』という宗教を信奉していても、ヨースケさんの行動は裏切りだった」

他の人はどうだろう。私は、ロックはなにかと考えてさえいなかった。ある意味、成宮さんもそうだ。ロックと向き合うことをやめてしまった人だから。華子さんは、かいわれ大根の音楽を高く評価していた。柔軟なロックに理解のある人だ。

そう、オーディション後の選考会でも、かいわれ大根の音楽を「ありえない、ロックじゃない」と否定していたのは、タカだった。

「固いロックの信奉者であるショウジさんは、先人へのリスペクトをないがしろにする行為は絶対に許せなかった。しかも、よりによって同じバンドのメンバーが」

タカがロックを始めたきっかけは、卒業式でサウリバの演奏を聴いたことだ。サウリバへの、クスミさんへの強い信奉心が、タカのロックだった。クスミさんに少しでも近づきたい、クスミさんのギターを活かせるドラマーになりたい。それだけを心に置いて、タカは八年間毎日、ドラムを叩いてきた。

「それを証明するエピソードをひとつ。ミナミさんが殺された事件について、あたし、課題を残したままにしてましたよね」

「……ラディッシュハウス二階の窓から垂れ下がっていたロープ」

私の言葉に星那はうなずき、唐突に話題を変えた。

「ひとつ訊きたいんですけど、たこ焼き屋の二階の部屋割りって、どうやって決めたんですか？」

「じゃんけんで決めたよ」答えたのは、タカだった。「俺が、勝った。だから、南東角のあの部屋をとった」

ありがとうございます、と星那は頭を軽く下げる。

「南のほうが、日当たりがいい。じゃあ南の二室のうち、階段に近いほうがいいかトイレが近いほうがいいか。たいして変わりませんが、やっぱり、トイレの近くは嫌ですよね。階段に近いほうが楽、そっちを選ぶ人が多いと思います。でも、ショウジさんはそうしなかった。それはなぜか」

タカは身じろぎもせず星那の話を聞いている。

「南東角の部屋のほうが、ラディッシュハウスに、クスミさんの住まいに近かったから。少しでも憧れの人に近いところに住みたい、それだけだったんです」

星那の言葉に、タカは黙したままなにも言わなかった。

「ショウジさんの選択は、思っていた以上に望みを叶えてくれるものでした。だって、それぞれの窓を開けてさえいれば、スタジオで演奏するクスミさんのギターの音が漏れてきたから」

ドアの前ならはっきり音漏れが聞こえた。窓が開いていれば、タカの部屋からでもかすかに聴き取れただろう。

「あくまで、想像です。クスミさんのギターの音が漏れ聞こえることに気づいて、ショウジさんは喜んだと思います。ショウジさんは、クスミさんのギターに合わせるのが生き甲斐だった。当然、ドラムスティック二本で、その場でセッションしたはず。けど、二階の自室からじゃかすかにしか音が聞こえない。自分がちょっと強く叩いたら掻き消されてしまう。もっと大きい音で聞きたい、もっと近くへ行きたい。そう考えるのは、当たり前ですよね。少しでも神に近づけるなら、信者はどんな突拍子もない行動もとる」

「まさか……」

「そう。こっそり、ラディッシュハウスの壁の配水管から、ロープを垂らすことにしたんです。クスミさんのギターの音が漏れ聞こえたら、腰にスティックを差し窓から出て、熊手みたいなものでロープを引き寄せ壁をよじ登り、二階の窓から忍び込む。ドアの前の階段に座って、ギターの音に合わせスティックを叩く。そういうことを普段からやってたんです」

壊れて閉まらない二階の窓を修理しなかったのも当然だ。いやむしろ、タカ自身が釘を打ち込むかなにかして、閉まらないようにしたのではないか。

星那は、ポケットからタバコの吸殻を取り出した。

「スタジオの前の階段で見つけた吸殻です。ミナミさんの事件が起こるより前から、現場に落ちてました。たぶん、ショウジさんの指紋がついているはず。セッションの合間にタバコをふかすこともあったんでしょうね。昨日、漏れるギターの音を聞きながら吸殻を見つけたとき、あたしは、タバコを咥えてスティックで階段を叩くショウジさんの姿が頭の中に浮かんだんです。だって、ライブで聞いたショウジさんのドラムって、それぐらい一途だったから。まっすぐクスミさんのギターに寄り添ってたから。じゃあどうやってその場所に行ったのかなって思ったとき、トリックが分かったんです」

そういえば、ミナミさんが言っていた。夜中、タカが部屋にいないことがあると。女性と会っていたんでもランニングをしていたんでもない、クスミさんのギターを聴きに行っていたんだ。夜、窓を開けて待つ。クスミさんのギターが鳴る。嬉々としてタカは、スティック二本を腰に差して、するするとロープをよじ登る。階段に座り込んで、漏れ聞こえるギターに合わせて叩く。なんて純粋で汚れのない、片思いのセッションだろう。

「ちょっと待ってくれ。二階から隣の建物へロープを伝っていくなんて、危険じゃないか。一階へ降りて一度外へ出ても、少し遠回りになるだけだ」

「……だって、遠回りしている間、クスミさんのギターが聴けないじゃないっすか」

ぼそりとタカが口を開いた。

「俺は面倒くさがりだから、いちいち階段を降りて靴を履いて外に出てまた階段を上がってってのが、かったるかったんすよ。そこから聞こえてるんだから、そのまま行けばいいじゃんって。あと、おばちゃんが不眠症で眠りが浅いからさ。夜中、階段を上り下りする音で起こしたくなかった。でも、一番は……クスミさんのギターをほんのわずかでも聞き逃したくなかったからっす」

「壁なんてよじ登って、誰かに見つからなかったのか？　クスミと鉢合わせすることもあったんじゃないか？」

「よじ登ってるとこはまだ見つかってないっす。基本、夜だし。見つかって警察呼ばれても、疚しいことはしてないし。クスミさんと鉢合わせすることは、何度かだけど、あった。怪訝な顔するだけで、なにも言われなかったけど」

クスミさんならそうだろう。ドアを開けて鉢合わせしたという出来事自体、すぐ忘れたにちがいない。ひとつうなずき、星那はあとを続けた。

「敬虔（けいけん）な信者の行動って、そういうものでしょ？　少しでも神に近づくため、神の教えを守るため、念仏を唱えたり、断食をしたり、巨大な像を造ったり、火の上を歩いたり。ロックファンだって同じ。少しでも前でライブを見るために前日から泊まり込んで並んだり、会場の外で出待ちしたり。普通の人からすれば、合理的な行動じゃない。そんなのはバカだ、っていう人もいると思います。でも、あたしは——」

星那は、俯くタカのほうを見て言った。

「尊敬します。そのまっすぐな行動を。常識に囚われない一途な思いを」

既存の概念に縛られず思う通りに行動する。それこそ、ロックな生き方だ。タカの行動が、思いが、まちがっていたとは思いたくない。タカもまた、ロックの求道者の一人だった。

「だから、悲しい。どっちのロックもまちがってるわけじゃないのに、それがぶつかって、悲劇が起こってしまったことが」

ロックは人を殺す。ミナミさんの言葉を思い出した。

「ひとつ、いいか」

タナベさんが口を開いた。

「あんたの推理は、いちいち筋が通ってる。正直、異論はねえ。だがどれも、推測ばっかりだ。タバコの吸殻は明白な物証だが、あくまでそこでタバコを吸ってたことを示すだけだからな。こっから先は警察の仕事って気もするが、もしなにか証拠があるんなら、聞かせてくれねえかな」

「証拠って言えるかは分かりませんけど、いくつか」

星那は、タカの足元を指した。

「ドラムシューズ。普通、ドラムシューズはステージでだけ履く物で、それで外には出ないですよね」

タカは楽器に対して神経質で、フットペダルが汚れるのを嫌い、基本的にドラムシューズ以外では演奏しない。ドラムシューズを履いたまま外へ行ってしまうこともない。

「ショウジさんの行動を推測しますね。二つ目の事件のとき、ショウジさんは地下にいた。そこに、ミナミさんから電話がかかってきたんです。話したいことがあるから部屋に来てくれって」

タカは、ベースを片付けておいてくれという電話だと証言していた。あれは実は、呼び出しの電話だったのか。

「何の気なしに、ショウジさんは靴を履き替えて、裏口を通ってミナミさんの部屋に行った。ステージにいたなら、そっちが近道ですからね。そのまま部屋で話しこみ、十六時一分以降に、ミナミさんの首を絞めて殺した。自殺に見えるよう、工作をした。地下フロアに戻ろうとしたら、ラディッシュハウスの裏口に戸加部さんが立っていたんです。ひょっとしたらもう、成宮さんと立ち話をしているところだったかもしれません。裏口はダメ、かといって表にはおばちゃんがいる。そこで、いつも使っているロープをよじ登りラディッシュハウスに戻ることにした」

星那は続ける。

「たぶん、深く考えた行動じゃないと思います。白昼堂々壁をよじ登るなんて誰かに目撃されるかもしれないのに、いつもは夜で気にせず登っていたから、同じようにした。靴も裏口に置いたままで、普段通り、素足で壁を登った。ただそれが、壁になんの痕跡も残さないって結果に繋がったんですけど。でも逆に、ひとつ問題が残ってしまった」

「……靴がない」

「そう。たぶん、ラディッシュハウスに戻ってから、自分の靴がないことに気づいたんだと思います。靴は、家の裏口にある。なんとしても取りに戻らなきゃならない。そんなところへ、梨佳が事件を知らせに降りてきた。そのとき、ショウジさんはどんな行動をとりました？」

「真っ先に……現場に向かった」

私の答えに、星那はうなずく。

「ドラムシューズを履いたまま行ったはず。自分の靴と取り替えるために。あの日、午前中雨が降っていて、地面は濡れてました。外で履かないはずのドラムシューズ、警察がよく調べれば、汚れているのが分かると思います。それと、もうひとつ。――梨佳が地下に知らせに行ったとき、ショウジさんはステージにいたのよね？」

「うん」

「だったらなんで、裏口を通っていかなかったの？　ステージからなら、裏の階段を上がってそのまま裏口から出るほうが近いのに、さっき自分で証言した通り、表から外に出た。それは、裏口に戸加部さんがいることを知ってたから。裏口で戸加部さんに出くわせば、事情を話さざるをえない。そのまま、河津家の裏口を通って一緒に現場に行くことになっちゃう。裏口の三和土（たたき）には、ショウジさんの靴が置いたまま。それを戸加部さんに見られるのは好ましくないし、その場で靴を履き替えることもできない」

「そこまで考えたわけじゃねえよ」

　タカはまた小さく言った。

「なんとなく、誰とも顔合わさないほうがいいと思っただけだ。だから、裏口は通らなかった」

　星那は、タカのほうを一瞥してうなずく。

「とにかく、ショウジさんは戸加部さんを避けた。じゃあなぜ、裏口に戸加部さんがいると知ってたのか。ずっと地下でドラムを叩いてたなら、知ってるはずないのに」

　それにはタカは、なにも答えなかった。

「事件の次の日、警察がラディッシュハウスも調べたって聞きました。配水管に残ってるロープの跡とか、窓の指紋とか、たぶんラディッシュハウスに置きっぱなしになってるロープとか、もう警察は調べてると思います。証拠固めに時間をかけてるだけで、ほとんど真相は摑んでるかもしれない」

そういえば、今日の夕方警察が来ると言っていた。逮捕状までは用意していないにしても、少なくともラディッシュハウス関係者に疑いを抱いているからにちがいない。星那が急いでみんなを集めるよう言ったのもそれが理由だろう。

「十分だ」

そうタナベさんは答えた。

「俺はもう、こいつが犯人だとしか思ってねえよ。そのまま警察に突き出しちまえばいい。だが、その前に聞きたいところだな。本当にこいつがやったのか、自分の口から」

だがタカは、黙って俯き拳を振るわせたままだ。

「タカ」

クスミさんはソファから、ゆらりと立ち上がった。針金男、と揶揄(やゆ)される細身の体は、ステージに立っているときとちがって、妙に頼りなく見える。

「教えてくれ。おまえが、ヨースケとミナミを殺したのか」

クスミさんは無表情だ。糾問でも叱責でもない静かな口調だった。タカは、ベルトから二本のスティックを引き抜く。それを、カウンターに叩きつけた。バシッ、と乾いた音がフロアに響く。

　私のほうを見た。

「ごめん、梨佳」

　それだけ言って、クスミさんのほうに向き直る。

「そうです」

　絞り出すような声で、タカは言った。

「俺がやりました。ヨースケさんも、ミナミさんも、俺がやったんです」


　ぽとん、と水の音がフロアに響く。バーカウンターのシンクの蛇口が、きちんと閉まっていない。私は細く息を吐き、手を伸ばして蛇口をきゅっと閉めた。空気が背中にのしかかっているみたいに重い。音を立てないように小さく肩を回す。

「すまん」

　沈黙を破ったのは、成宮さんだった。

「なにも気づいてやれなくて……申し訳ない。僕がもっとしっかりしていれば……」

「くだらん自虐(じぎゃく)はやめろ」

　タナベさんは冷たく言った。

「それより、本人の話を聞こう。言いたいことがあるはずだ」

　促され、タカは小さくうなずく。唇をぎゅっと噛んでから、切り出した。

「まさかこんなことになるなんて……ほんの一ヶ月前は、思ってもなかった。俺は、赤青が大好きだったし、一生続けばいいと思ってた。ヨースケさんやミナミさんのことだって、家族よりも大事だった。それなのに……」

「裏切られた、か？」

タカはまた小さくうなずく。

「ヨースケさんとは、ちょくちょく二人きりで話してたよ。ミナミさんとはまたちがった関係で、俺とは話しやすかったみたいでさ。一年前……ぐらいからかな。赤青のロックに、少しずつ、疑問を持ち始めたみたいだった。自分の曲を持っていっても、ほとんどクスミさんに撥ねられてたから、その逆恨みじゃないかと俺は思ったけど。いずれにせよ、赤青ではない音楽をやってみたいって漏らすようになってた。俺はもちろん反対したんだけど、聞いてくれなかったよ。はっきりすれちがったきっかけは、クスミさん抜きでやったライブだ。ヨースケさんは、全然原曲とちがうアレンジで演奏した。客は盛り上がったけど、俺はそれが納得できなかった。なんでクスミさんのギターをリスペクトしないんだって思った。でもヨースケさんは、反対に、いいライブだったと手応えを感じたみたいでさ。初めて……本気でヨースケさんと言い争ったよ」

タカは訥々と言う。

「バンドの関係を乱したくなかったから、みんなの前じゃ普段通り接してたけど、俺はヨースケさんにムカついてた。で……クスミさんの復帰ライブ当日だ。いつも通りのライブで、ヨースケさんも、変なフレーズを弾いたりしなかった。本編終わって楽屋で水飲んで、トイレに行ってたミナミさんを置いて、俺とヨースケさんは一緒に楽屋を出たんだ。階段を降りてみたらクスミさんがもう弾き始めてて、俺は急いでステージに戻ろうとしたんだけど、そのときヨースケさんに肩を摑まれた。それで、言われたんだ。自分はソロでCDを出すつもりだ、それをアンコールが終わったあとファンに告げるって」

どうしてヨースケさんは、ミナミさんでもなくクスミさんでもなく、タカにだけそのことを話したのか。たぶん、クスミさんには、言いにくかったのだろう。ミナミさんは、なにも言わなくても理解してくれると信頼していたのだろう。でも、弟のように可愛がっていたタカにだけは、先に話をしておきたかったのではないか。

「で、ぶち切れて刺した、と」

タナベさんの直接的な言葉に、タカは首を横に振る。

「それだけなら、我慢したかもしれない。だけど、ヨースケさんは、言っちゃならないことを言ったんだ」

「言っちゃならないこと？」

「クスミさんのやってることはロックじゃない気がする、俺は自分の思うロックをやりたいんだって」

今、改めて目の前で言われたかのように、タカは口惜しげに声を絞り出した。

「それだけは、どうしても、許せなかったんだ。ソロデビューにムカついたのは事実だし、それをステージで言われるわけにはいかないとも思った。でも一番は、クスミさんを否定されたのが、耐えられなかったからだ。それも、よりによって、ずっと一緒にやってきたバンドのメンバーに……」

事件のあと、怒りの感情をほとばしらせドラムを叩いていたタカの姿が脳裏に浮かんだ。あれは、事件を起こした犯人への怒りだと思っていた。だが、ちがう。

バンドを、クスミさんを裏切った、ヨースケさんへの怒りだった。

「それで、どうなったんだ」

「たまたま階段下にあった千枚通しが目に入ったから、それを摑んで刺した。完全に頭に血が上ってて、あとのことなんて考えなかった。っていうか、自分が捕まっても構わないって思ってた気がする。ヨースケさんさえ黙ればクスミさんのロックは守られる、それで十分だった。ヨースケさんは、刺されたことにびっくりしたみたいに、千枚通しの柄を握った。俺は混乱してたよ。頭が真っ白になった。そこに響いてたのが、クスミさんのギターだったんだ。呼ばれた気がしたよ。行かなきゃいけない、と思った。これで最後になるかもしれない、だったらとにかくクスミさんの後ろで叩くべきだって。そのあと、なんでヨースケさんが助けも呼ばずステージに来たのかは分からない。おかげで、客がやったのかもって疑われる状況になった。ほんと、ただのラッキーだよ、俺が今まで捕まらなかったのは」

「ミナミの事件も、聞かせろ」

タカはうなずく。

「ステージで休憩してたら、電話が鳴ってさ、呼び出されたんだよ。話したいことがあるから部屋に来てくれって。どうもその前から、話すタイミングをうかがってたみたいだった。ステージでドラム叩いてる俺の横で、意味ありげに座ってたから」

「用件は?」

「タナベさんが持ってきた話。ヨースケさんが残した音源を出したいって。俺は、そんなのがあるなんて知らない体で、話を聞いた。音源も少し聴いた。ミナミさんは、シノハラヨースケ名義でCDにしたいって言ったよ。できるだけ今のアレンジを尊重して、自分はベースを弾くからおまえはドラムを叩いてくれって。俺はもちろん反対した。赤青とはまったく雰囲気のちがう音楽で、こんなのが出たらヨースケさんが赤青を裏切ってたって世間にばれちまう。ヨースケさんを黙らせた意味がなくなる、って思って。どうせ俺たちが演奏するんなら、もっとストレートなアレンジにして赤青名義で出せばいいって主張した。でも、ミナミさんは折れなかった。腹が立って、俺はつい、叫んじまったよ。クスミさんのロックを裏切るやつはぶっ殺すって」

タカは続ける。

「ミナミさんは、驚いたような悲しいような変な顔して、もういいって言って後ろを向いた。俺のほうを見ずに、スマホをいじりだしたよ。そのとき例のTweetをしてたんだろうけど、俺の頭は別のことでいっぱいだった。やばい、ミナミさんに気づかれた。このままじゃヨースケさんの裏切りが世に出ちまうって。気づいたら……ヨースケさんのデモを聴くのに使ったヘッドフォンで、ミナミさんの首を絞めてた」

　タカは淡々とした口調で語る。

「我に返ったときには、ミナミさんはぐったりしてた。どうしようか迷って、俺は、自殺に見せかけりゃいいって思った。そうすれば、ミナミさんがヨースケさんを殺した犯人だって疑ってくれるんじゃないかって。なんだっけ、索条痕？　そんなのから自殺か他殺か分かるなんて、俺は知らなかったよ。自分がやった証拠を残さないようにするのが精一杯で、ヘッドフォンの指紋を拭きとったら殺人ってばれる、なんてことまで頭は回らなかった。あとは、推理の通り。裏口から逃げようとしたら戸加部さんと成宮さんがいたから、諦めた。自分の部屋に戻って、クスミさんのギターを聴くために垂らしてたロープでラディッシュハウスの二階に忍び込んだ。ロープは解いて回収した」

「クスミが顔を出すとは思わなかったのか」

「ギターが聞こえてたから。少なくとも鳴ってる間は、絶対に出てこない」

　タナベさんの問いに、タカはそう答えた。

「階段を降りかけたけど、事務所に人がいたら見られちまうと思って、エレベーターを使った。ロープは、舞台袖の棚の奥のほうに押し込んだよ。今日覗いてみたら……なくなってた。警察が持ってったんだろうな。以上、これで話すことは終わり」

　低く空調の音が聞こえる。タカの告白が終わっても、誰一人身じろぎすらしなかった。

「ほんとに、ただそれだけだ。犯行の計画なんてまるで立てちゃいなかった。行き当たりばったりで行動しただけなのに……うまい具合に、誰にも目撃されず証拠も残らず、俺の犯行だってばれなかったんだ。ラッキーだったんだよ」タカは小さく吐息を漏らす。「俺は、ラッキーマンだからな。赤青のドラマーに運よく選ばれるぐらい、ラッキーな男だから。それを今回も、発揮したんだろう」

タカの犯行に運が味方したのはまちがいない。でもそれが「ラッキー」なのかどうかは、私にはよく分からなかった。そもそも赤青のドラマーになれたのだって、タカだからこそだ。ラッキーだけじゃない。

タカはふと、自分の両手を見下ろす。

「事件が起きてからは……自分が自分じゃないみたいだった。ヨースケさんを刺した感触、ミナミさんの首を絞めた感触が……手から消えねえ。振り払いたくて、ずっとドラム叩いてた。でも、スタジオだとクスミさんと顔合わしちまうから、それも気が重くて、だからステージのドラムをやけになって叩いてたよ……」

「全然気づかなかった」そう華子さんは言った。「アンコールのときのドラム……まさか事件を起こした直後に叩いてたなんて。私はまるで気づかなかった」

ふっとタカは漏らす。

「そこだけは、成長したのかも。昔、照明が降ってきたとき、びびってテンポ乱しちゃったからさ。どんだけテンパっても、リズムは正確に。それだけは叩き込まれた」

私はクスミさんのミスを確認するため、あのときの録音を聴き返している。たしかに、まるでテンポは乱れていなかった。タカのドラムは、成長している。まさかこんな形でたしかめることになるとは思わなかった。

「……あのときヨースケは、どうして助けも呼ばずにステージに戻ったんだろうな」

ぽつりと成宮さんは言った。

「どう思います、ショウジさん」

星那はそうタカに尋ねた。

「分かんねえって言っただろ。大方、ソロデビューがうれしくて、どうしても客の前で報告したかったんじゃねえの？　意識が朦朧（もうろう）としてさ、助けを呼ぶとか血を止めるとかってのより、そのとき一番自分がしたい行動をとったんだよ」

「自分が一番したい行動をとった、ってところはあたしもそう思いますけど、前半は反対です」

「どうしてだ？」

「だって、ヨースケさん、ギターを持ってたじゃないですか。報告だけなら、ギターはいらないから」

たしかにその通りだ。ヨースケさんは、ステージのスタンドに置いてあったギターを手にとり、ワンフレーズ鳴らしてからその場に倒れた。

「じゃあ、なんだっていうんだ？」

「ショウジさんと同じですよ」

「俺と同じ？」

「今、言ったじゃないですか。頭が真っ白になったショウジさんは、クスミさんのギターに呼ばれてステージに戻った。ヨースケさんも、意識が朦朧としている中クスミさんのギターが耳に入ったから、そのとき自分が一番したい行動をとった。――クスミさんの横で歌う、って行動を」

星那は、静かに続ける。

「たしかにヨースケさんは、自分が思うロックを鳴らしたいと思っていた。でもだからって、クスミさんへのリスペクトを失ってたわけじゃないんです。だってロックは、固い岩が転がることだから。胸を刺されて、もう死ぬって分かったのかもしれません。だったら最後にクスミさんの隣で演奏したい。それぐらいクスミさんのロックを、赤青を大切に思ってた。……死者にはもう、訊けませんけどね。でもあたしは、そう思うんです。ただ、そう思っていたい、ってだけですけど」

「かいわれ大根ちゃんの言うことは、正しいよ」

不意の声の元に、視線が集まる。

華子さんは、緑色の髪を左手で梳き、言った。

「ヨースケは、悩んでた。赤青って枠に縛られない自分なりのロックがやりたい、でも赤青のことも大好きで、メンバーを裏切りたくもない。タナベさんのところにデモ音源を持っていったのはたしかだけど、赤青を脱退する気はなかったの。それどころか、もともとはソロデビューする意思すらなくて、ただ外部の人間の評価を聞いてみたいってだけだった」

「ちょっと待て。華子……ヨースケがタナベのところにデモ音源を持ち込んでいたことを、知ってたのか」

成宮さんの問いに、華子さんは「うん」とうなずく。

「デモ音源、どこで録音したと思う？　ラディッシュハウスのスタジオは使ってない、自分の部屋でも録音できないのに」

「まさか……おまえの実家か？」

そうだ。華子さんの実家は、貸しスタジオを経営しているのだった。

「ミナミさんが言ってました。最近、ヨースケさんが行き先も告げずに出かけることが増えたって」

「そう、私の実家のスタジオで、曲を作ってた」

「たまに外泊することもある、って言ってたのも？」

「あー。そっちはちがう。スタジオ、二十四時間営業じゃないし。それ、私んちに泊まってたの」

「泊まってた?!」

私は思わず素っ頓狂な声を上げてしまった。注目を集め、恥ずかしくなって顔を伏せる。

「誤解のないように言っておくけど、恋人同士とかそういう関係じゃないよ。何度か寝たってだけで」

何度か寝たが恋人同士じゃない、という関係は、私にとって十分ショッキングだ。

「なんでか知らないけど、ヨースケ、恋愛に積極的じゃなかったからさ。性欲の発散として、私ぐらいがちょうどよかったんじゃない？」

あっけらかんと話す口振りのわりに、華子さんの目元は震えて見えた。悲しい――ヨースケさんの死に対し、そう彼女が漏らしていたことを思い出す。

「そういうとき、昼間はしないような話をしてくれた。ほとんど、音楽のことだけどね。理想のロック、赤青への疑問、自分なりの音を鳴らすことへの渇望。私はいつも黙ってそれを聞いてた」

華子さんは唐突に、星那をまっすぐ指差す。

「かいわれ大根、っておもしろいアーティストがいる。実はそれ、ヨースケに教えてもらったことなの」

「えっ」

「三ヶ月ぐらい前かな。惚れた、めちゃくちゃおもしろい、ぜひ聴いてくれってね。あんなに興奮して人に音楽を薦めるヨースケは、初めて見た。負けてられない、って言ってたよ。今から思えば、デモをよそに持ち込む決心をしたひとつのきっかけだったかもしれない。私は、ヨースケの背を押した。私だって、赤青が大好き。誰よりもクスミさんを尊敬してる。でも、ヨースケのことも好きだった。あいつが、息苦しくしてるのを見るのはつらかった。だから、迷ってるくらいなら行けよって言った。タナベさんにぶつけるのがいいって言ったのも私。タナベさんなら、絶対に遠慮のない評価をくれる。タナベさんにダメって言われたら、諦めて赤青の活動に集中できるでしょ？　そう、私は……新しいところへ飛び立とうとするヨースケに、本当は留まってほしかったのかもしれない。結果は……逆になったけどね」

華子さんは、俯いて漏らす。

「ヨースケが死んで、赤青のライブができなくなってさ。ルーキーデイを開催するってなったとき、私は、かいわれ大根を推薦することにした。それで、ほんのわずかでもヨースケの遺志が報われる気がしたから。まあ、オーディションで落ちたけどね。でもそれが……まさかこんな形で関わってくるなんて、思いもしなかったな」

本当に不思議な話だ。かいわれ大根の音楽がヨースケさんに影響を与え、自立を決意した結果命を落とし、その事件を星那が解決する。やっぱり、音楽は繋がっているんだ。そう思わずにいられない。

「タナベさんからさ、いい曲だからうちから出したいって連絡が来て、ヨースケは喜んだけど、複雑な顔してた。赤青を裏切りたくないって言ってたよ。男のくせに、半泣きになりながらさ。それぐらい、あいつは赤青を愛してたし、クスミさんを尊敬してた。ライブのアンコールで言うって決断をしたのも、そういう思い切ったやり方じゃなきゃクスミさんに告げる勇気がなかったからだと思う。だから……死ぬ間際、クスミさんのギターの音が聞こえたら……きっと、そっちへふらふら行っちゃうだろうね。この優柔不断野郎、ってぶん殴ってやりたいけど」

不意に華子さんは、天井を見上げた。

「もう、ぶん殴れないや。死んじゃったからね」

華子さんは黙って、ずっとそうしている。ヨースケさんは、私たちを残して死んでしまった。思えば、一〇〇〇万の生命保険をラディッシュハウスに残すという行為もまた、ヨースケさんが赤青を裏切っていなかった証明になるのではないか。

タカは肩を震わせ、声を絞り出す。

「俺は……まちがってたのかな。ヨースケさんは、裏切り者じゃなかった。ちょっと考え方が変わっちゃっただけで、クスミさんをリスペクトする気持ちは同じだったのかな。だとしたら……全部、俺が悪いのか。俺が、一人で思い込まなけりゃ、こんなことには……」

ちがう、と鋭い否定の声が飛んだ。

「悪いのは、俺だよ」

クスミさんは瞬きもせず、まっすぐタカのほうを見て言った。

「全部俺のせいだ。そもそも俺がギタリストとして復帰してなければ、こんな事件は起きなかった」

「そんなことないっすよ！　クスミさんが悪いなんてことないです！　全部俺が！」

「すまん、ちょっと黙って話を聞いてくれ」

クスミさんの低い声が、フロアに響いた。タカは唇を引き結ぶ。

「これから話すのは、ただの言い訳だ。でも、俺の責任として、言っておくほうがいいだろう」

言葉を切って、クスミさんは首を傾け私のほうに視線を向ける。優しげな瞳は、フロアの照明を反射して光って見えた。

「久しぶりに長く話すことになりそうだ。お茶、くれ」

電気ケトルの水は、一分足らずで沸いた。それを、茶葉を入れた急須に注ぐ。軽く急須を回してから、陶器のカップに注いだ。手が震えた。私は、カップをカウンターに置く。スツールに座ったクスミさんは、黙ってそれを一口飲んだ。

「ロックとはなにか」

第一声、クスミさんは短く言った。

「俺は、ミナミみたいに、筋道立てて考える性質じゃない。だから、ロックとはなにかって訊かれても、答えはない。ただ、今までで、一番ロックをやってるって実感があったのは、ここがまだバイク屋だったとき、ワノやタナベ、イマムラと一緒に、ガレージで音を鳴らしてたころだ」

無意識にかもしれないが、タナベさんは黙って首肯する。

「金はないが、時間はあった。毎日、集まって、カバーやったりオリジナルを作ったりしてた。めちゃくちゃ、楽しかったよ。俺にとってのロックの原点は、あそこだ」

「だから、同じこの場所で、もう一度ロックをやることにしたんですね」

星那の問いにクスミさんはうなずく。

「ワノが死んだとき、俺は、音楽はもうやらないつもりだった。だが、ヨースケとミナミに説得されて、つい、うなずいちまった。やっぱり、ロックが好きなんだよ。でも、サウリバの終わりごろのような息苦しさは、嫌だった。原点に戻りたかった。だから、成宮と一緒に、ラディッシュハウスを作った」

　訥々とクスミさんは続ける。

「時間はある。昔より、金も持ってる。メンバーのテクも上で、成宮と華子っていうスタッフもいる。いいライブハウスができて、音も設備も文句なしだ。なにもかも、二十年前に優(まさ)ってる。よりいい音楽にならないわけはない。そう思ってたよ」

「そう思ってた、ってことは、ちがったんだな」

　タナベさんの言葉に、クスミさんはうなずく。

「すまん。正直に言う。俺はずっと、なにかちがう、なにか足りないって思ってた。最初から今までずっと、だ。それがなんなのかは、よく分からなかったが」

「――『パンクってなにか』って訊いてくるやつがいたんで、ゴミ箱を蹴飛ばして『これがパンクだ!』って言ってやったんだ」星那は急に低く作り声をして言う。「そしたら、そいつもゴミ箱を蹴って『これがパンクってことか?』って言うから、『いや、それは流行だ!』って言った」

「ビリー・ジョー・アームストロング」

　星那はうなずく。

「足りなかったのはたぶん、変化だと思います。箱は、二十年前の形をアップデートしたものを用意した。でも、あのころクスミさんの胸をときめかしたのは、周辺の環境じゃない。固い岩のほうじゃなくて、柔軟な変化のほう。当時、みんな初心者で、技術はゼロだった。ゼロから一〇〇に上がったその変化が、クスミさんの原点だったはず。でも、クスミさんはラディッシュハウスで、はじめから一〇〇でスタートした。結果だけ見れば、同じ一〇〇。でも片方は、ゼロから一〇〇へのすごい変化があって、もう片方は一〇〇で凝り固まってしまった」

同じ環境、同じスタッフ、ほとんど変わらない聴衆を相手に、毎週ライブをする。技術は練りあがるし、安定感も増す。しかしそこに、変化もドラマもない。自分の一番よかったころを懐古したクスミさんは、それをもう一度作り上げ、そこに留まるという判断をしてしまった。

「あのころと同じようにゴミ箱を蹴ったって、それはただの模倣です。どれだけ蹴り方がうまくなっても」

「今なら、分かるよ。たぶん、そうだ」

クスミさんはうなずいた。

「ですけど……なにかが足りない、変化が必要だって気づいていたなら、そうすればよかったんじゃないですか？　ラディッシュハウスを離れる、メンバーを入れ替える、曲調を変える。やり方はいくつもあったはずです」

ミナミさんはタカを加入させた理由を「未成熟だから」と語っていた。完成されすぎている、安定しすぎている赤青の問題点を理解していたからだろう。

クスミさんは私の問いに、小さく頭を振った。

「他でもないおまえに、それを言われると、痛いな」

他でもない私に？　どういうことだろう。

「この際だから、すべて話す」

そう言ってクスミさんは、お茶で口を湿らす。

「赤青には変化が必要。俺も、うっすら感じてた。だが俺は、それを拒絶した。もっと大きい箱でライブをしよう、売れ線のシングルを出そう、そういう誘いを、すべて断った。ヨースケは、自分で書いた曲を積極的に持ち込んでくるようになった。おもしろそうだ、とは思ったが、赤青の曲調と異なるそれを、俺は、却下した」

思えば、オーディションのときもそうだった。かいわれ大根の斬新なパフォーマンスに、クスミさんはわずかに迷う風を見せつつ、結局、落選という決断を下した。

「なぜ変化を拒絶した？」

タナベさんの問いに、クスミさんは「怖かったからだよ」と答えた。

「変化が、怖かった。だから拒絶した」

「なに言ってやがる。サウリバ時代のほうが、もっとめちゃくちゃやってたはずだ。いまさら怖いなんて言われて、納得できるか」

「そうだな。あのころは変化を恐れなかった。その失敗を繰り返したくないから、俺は、二度目は変化をしないことにしたんだ」

「失敗？」

怪訝な表情でタナベさんは問い返す。

「そうだ。サウリバは、変化を恐れなかった。思うままに、ロックを鳴らし続けた。その結果、ワノは死んだ」

「どういう……ことだ？」

間をおかず、クスミさんは答える。

「ワノの死は、自殺だったんだよ」

低い声が残響音みたいに響いた。タナベさんは無言で立ち上がる。大股でクスミさんに歩み寄った。黒いスーツの襟を掴んで引っ張りあげる。

「おまえ、本当か、それは」

苦しげな顔ひとつ見せず、クスミさんは答えた。

「本当だ」

「誰がそれを知ってるんだ」

「俺と、ワノの親父さんだけだ」

タナベさんは手を離した。クスミさんは、すとんとスツールに腰を下ろす。

「事情を話せ」

「そのつもりだ」

何事もなかったように、クスミさんは話し始める。

「一番バンドが売れたのが、二〇〇六年ぐらいだったかな。そのころからワノは、自分のやりたい音楽に、悩み始めてた。タナベ、それはおまえだって、気づいてたろ？」

タナベさんは黙したままうなずく。

「売れたから、サウリバというプロジェクトが無駄にでかくなっちまった。ワノは遅作なのに、早く次をって周りにせかされた。でもそれが、売れなかった」

「業界受けは悪くなかったんだけどね。たしかにセールスは芳しくなかった。プレッシャーを感じているのは察していたよ」

成宮さんは言う。

クスミさんは続ける。

「ポップな路線に辟易したワノは、売れ行きなんて気にせず、好きな曲を書くことにした。そうしたら、セールスはさらに落ちた。ファンの間からも、否定の声が聞こえた。結局、ワノをもっとも追い詰めたのは、それだったと思う。ファンは、デビュー当時の、ストレートで硬質なロックを求める。でも、ワノにとっちゃ、そこはもう終わった場所だったんだ。あいつは生粋の、転がる岩、だった」

《幾筋にも分かれ永遠に流れ続ける川でいたい。だからバンド名を『サウザンドリバー』にしたんだ》

かつてインタビューでワノさんはそう語っていた。

「同じ場所に留まるなんて、ワノには耐えられないことだった。でもファンは、それを求めた。ワノが、もっと自分勝手でわがままなら、気にしなかっただろう。だがあいつは……いいやつだったんだよ」

「そうだな。小心者で、気が優しくて、ファンを大切にする、いいやつだった」

そうでなければ、バンドメンバーと一緒にこっそり私の姿を見に来たりしないだろう。「マリー」、という優しい曲を生み出しもしなかったはずだ。

「ファンが求めるサウリバと、自分のやりたい音楽とのギャップに、あいつは悩んでた。だがワノは、周りに心配をかけまいとして、それを見せなかった。結果、余計に病んでいった。酒量も、タバコも増えた。ストレスを抱え込んで、肝心の創作が、うまくいかなくなった。あいつはもともと、コンプレックスの塊みたいなところがあった。親に愛されず、勉強も運動もダメ。母親が家を出てって、一度も顔を見にさえ戻ってこなかったからな。その音楽で、求められるものに応えられなくなって、あいつは絶望に傾いていったんだと思う。別に、口に出して話したわけじゃない。だが、俺もあいつ自身も、ツアーが終わったら燃え尽きちまうって感じてた。だからたぶんあいつは……『End of the river』を作ったんだ」

「どういう……ことですか?」

クスミさんは小さく息を吐いた。

「苦悩しているなら、創作にもそれをストレートに出せばいい。だがやつは、そうしなかった」

たしかに「End of the river」は、続きを感じさせる前向きで多幸感溢れる作品だった。作り手の苦悩など一片もうかがえないほどの。

「周りを、心配させたくなかったんだ。自殺と思われたくない。そのためにやつは『End of

the river』を作ったんだと思う」

　ワノさんは、ニルヴァーナを偏愛していた。最高のアーティストであり自分の目標だと語っていた。ただ一点、カート・コバーンが最後、自殺を選択したことを除き。

《だってロックファンがかわいそうじゃないか。ロックを追求した果てが自殺、なんて希望がない。それじゃ、若い連中がロックに夢が見れなくなるだろ？》

　音楽には力がある。ときには言葉で語るより強い説得力を持つ。胸を掻き毟る失恋の歌に、人は涙を流す。自由を歌うメッセージは、政治家の演説より人々を高揚させる。

「End of the river」もまた、そういう作品だった。その早すぎる死に悲しみを覚えながらも、決して、聴いた人を不幸にしない力があった。卒業式のような晴れやかな惜別を与えてくれた。「End of the river」があったからこそ、人々は涙とともにその死を乗り越えることができた。

「あいつは、やっぱり、すごい音楽家だったんだ。実際は、死にそうに悩んでる真っ最中なのに、それをまったく感じさせない音楽を作り上げた」

　私は黙って息を飲む。死へ傾倒する中で、それを一切匂わせない前向きな楽曲を創作する。赤子の柔肌のごとき魂を、鉄ヤスリで削るかのような自虐的な行為だ。

「俺は、弱っていくあいつを、死の袋小路へと疾走するあいつを、止められなかった。横で見ているしかできなかった。後悔しかない。だから、もう二度と音楽はやらない、そう誓ったのに……」

クスミさんは、サウリバが解散したあと輪野バイク店で働いていた。ひょっとしたら贖罪のつもりだったのかもしれない。

「それでも、ヨースケとミナミの熱意にほだされて、誘いに乗っちまった。乗ったからには、二度と同じ過ちは繰り返さない。だから、バンド名を『赤い青』にした」

私はクスミさんと目が合う。クスミさんは言った。

「当時、やつは多摩の山奥の一軒家を借りて、プライベートスタジオにしていてな。『アルバムができたから来い』って言われて、俺は、一人で行った。そうしたら、やつは、二階のバルコニーから落ちて、死んでたんだ。赤い血を流しながら、青いフェンダー・ジャガーを抱えて。最後の作品を完成させた、満足げな死に顔に見えたよ。俺が、やつを見殺しにしたんだ。悩んでることに気づきながら、止められなかった。ならせめて、この状景を絶対に忘れないでいよう。だから、バンド名を『赤い青』にした。俺は、忘れっぽいからな」

赤い青。そのバンド名を口に、耳に、目にするたびに、クスミさんはワノさんが流した血と青いフェンダー・ジャガーを脳裏に思い起こしていた。まるで自分自身にかけた呪いじゃないか。無表情の仮面の下で、クスミさんはずっと己を切り苛んでいた。

「ワノの親父さんは、不恰好な死に様が嫌だから病死と発表すると言った。俺も、賛成した。それが真相だ」

「ちょっと待て」

タナベさんのダミ声が飛んだ。

「ふざけるな。なんでそれで自殺だって決めつけるんだ」

タナベさんはクスミさんを睨む。

「ワノの野郎が、二階から飛び降りるなんて中途半端で確実じゃない死に方を選ぶか？　悩むときはうじうじ悩むくせに、いざ行動に移すと人並み外れて思い切りのいい男だ。やつがそんなまどろっこしいことをするとは思えん」

タナベさんは続ける。

「あいつが、死ぬほど悩んでたのは俺だって気づいてた。目に見えて酒の量も増えてたしな。でもだからって、自殺なんざするはずねえよ。来いって言われて、おまえ、どうせ寝坊してのんびり行ったんだろ？」

クスミさんは静かに首肯する。

「待ちきれなかったのさ。悩みに悩みぬいて、とうとう満足いく傑作を作り上げたんだ。なのにおまえが来ないから、一人で祝杯をあげてたんだよ。ギター抱えて、バルコニーで酔っ払ってたのさ。そうしたら、誤って落ちた」

でなきゃ、とタナベさんは小さく吐き捨てた。

「『End of the river』なんて傑作ができるわけがねえ。これから自殺するようなやつにあんな作品が作れてたまるか」

ポケットに手をつっこんだタナベさんは、太い足でドンと床を蹴った。

「亡くなったワノは、アルコールを摂取してたのか？」

成宮さんはクスミさんに問う。クスミさんはまた黙ってうなずいた。

「ワノは、酒癖が悪かったからな。それも、年々ひどくなってたから。ただ、それにしたって二階から落ちたぐらいで死ぬなんて、ちょっと不自然だとは思わないか？」

なにが言いたいのだろう？　成宮さんは続ける。

「あくまで、推測だよ？——こないだ梨佳ちゃんに渡したフェンダー・ジャガーを見たけど、二階から落下したはずなのに、傷ひとつついていなかった。ひょっとしたらワノは、ギターを守ろうとしたんじゃないかな。機材は、人一倍大切にする男だった。それが、ギターを持ったままバルコニーから落ちてしまった。万にひとつもギターを傷つけたくない。だから、普通に落ちてれば骨折程度で済んだのに、無理な体勢で落下して、命を落としてしまった。そう考えるとやっぱり、事故なんだよ」

顔を俯けて、成宮さんは言う。

「いや、まあ……そう思いたい、というだけのことなんだけどね。苦悩が酒量を増やしたわけだから、どっちにせよ、行き詰まりが死の原因なのかもしれない。けど……きっとワノは、絶望に必死に抗っていたんだよ。なんとかして、生き延びようとしていた。その一点の希望を凝縮して生まれたのが『End of the river』だ。そうじゃなきゃ……あのアルバムに励まされて、生きる勇気をもらった僕たちが、バカみたいじゃないか」

成宮さんは、「End of the river」を聴いて、この業界で生きていくと決意を固めた。そういう風に、あの作品に背中を押された人はきっとたくさんいるはずだ。

クスミさんは、黙したまま二人の言葉を聞いていた。

坊主頭を掻き、タナベさんと成宮さんの顔を交互に見る。

「――もっと早く、おまえらとそういう話をしておけばよかったな」

上を向き、珍しくクスミさんは深く息を吐いた。

「真実がなんだったのか、もう俺にも分からん。ただ、誰がどういう心境で作ったのだとしても『End of the river』は、紛うかたなき大傑作だ。それ以上でもそれ以下でもないさ」

背景がどうであれ、その作品の価値は変わらない。私の兄が、素晴らしい音楽を生み出したという事実も。

スツールを回し、クスミさんは私のほうに向き直る。

「いずれにせよ、苦しむあいつになにもしてやれなかったのはたしかだ。おまえの兄を見殺しにしたのは、俺だ。この通りだ、すまん」

クスミさんは頭を下げる。喉から言葉が出てこなかった。ずっと聞きたかったことがようやく聞けたというのに。果実を摑み取った手応えは、思いのほか、泡みたいに軽かった。「真相を知ったところで死人は帰ってこないよ」という冷静なアドバイスに、私は七年間抗ってきた。だが今私は、過去の自分にそう言いたい気分だ。それこそが、私が得た果実なのかもしれない。兄は兄らしく生き、死ぬまで音楽を鳴らし続けた。幸福とはいえない最期だが、きっと後悔はしなかったはずだ。自分も自分らしく生き、いつか死ぬ。そういうようにすればいい。

真っ白になった心に、誰かを責める気持ちはひと欠片も浮かばなかった。

顔を上げ、私たちのほうを向きクスミさんは言う。

「過ちは、繰り返さない。なぜワノが死んだか。それは、変化したからだ。ロック小僧のまま楽しく音楽をやってりゃ、死ぬことはなかった。だから、そのころに戻ることにした。そこからの変化を、怖がった。ヨースケが、少しずつ、昔のワノみたいに、変化していってることには気づいてた。だから俺は、それを止めたくて、頑なに昔と同じようにギターを弾いた。あいつの曲も撥ねた。そうしていれば、サウリバに追いつけなくても、メンバーが死ぬことはない。そう思ってたのにな」

言葉を切って、クスミさんは顔を伏せた。

「俺が、変化を拒絶したから、あいつはソロデビューなんて言い出した。俺のせいで、ヨースケも、ミナミも、死んだんだ」

クスミさんは、そばに立てかけてあったエピフォン・オリンピックを、そっと床に倒した。がちゃん、と金属的な音が響く。

「俺は、ロックをやってるつもりだった。だが、変化を拒絶した俺の音楽は、ロックなんかじゃなかったんだ。俺は、音楽をやめる。ロックをやる資格はない」

そんなことない、やめないでほしい。そう叫びたかったが声は出なかった。この中で誰よりも大きくロックを鳴らしてきたのはクスミさんだ。誰よりも速くカッティングが弾けるのもクスミさんだ。誰よりも長くギターを抱えてきたのもクスミさんだ。その言葉を否定する資格は、私にはない。

「――それは、ちがうと思います」

星那は静かに言った。

「クスミさんが、変化を拒絶していたのはたしか。でも実は、柔軟に変化する心を忘れていたわけでもないはず」

どういうことだろう。クスミさんはなにも答えない。星那は言う。

「でなきゃ、ヨースケさんが亡くなった日のアンコール、クスミさんはギターソロをミスしたりしなかったでしょう？」

「……分かってるのか」

「たぶん」

まっすぐクスミさんを見て、星那は答えた。

「照明器具が落ちても、モニター音が鳴らなくなっても、クスミさんは動揺しないしミスもしない。そんなクスミさんが、どういう状況ならミスするのか。根本から考え方をまちがってたんです。なにか突拍子もない出来事がクスミさんの普段通りの演奏を妨げた、じゃない。そもそも自ら普段とちがう演奏をしようとしたから、ミスしたんですよ」

星那は続ける。

「普段のクスミトオルの演奏――エフェクターを一切使用しない、シンプルで鋭いカッティング。クスミさんは、普段は使わないエフェクターを使用しようとしてスイッチペダルを踏み損ない、その動揺でピッキングミスをした。ちがいますか？」

クスミさんは、しばらく沈黙していた。やがて小さく、「そうだ」と答えた。

「エフェクターを踏み損なって演奏をミスったってのが、恥ずかしくてな。誰にも言えなかった」

スイッチペダルの踏み損ないなんて、初心者のミスだ。なのにまさかクスミトオルが、と思うと同時に、今までエフェクターを使用してこなかったクスミトオルだからこそ、そういうことが起こりうるとも言える。

「高辻さんに、照明を暗くしておいてくれって頼んだのも？」

「そうだ。明るいところで、エフェクターを繋いでいるところを客に見られたくなかったんだ」

「どうして……エフェクターを……」

クスミさんはそれに答えず、星那のほうに視線をやった。星那はうなずく。

「ヨースケさんの影響を受けたから。怪我をしてクスミさんが休んだときの赤青のライブを、クスミさん、聴いたんでしょう？」

「ああ。正直、びっくりした。ヨースケのギターが、すごくよかったんだ。俺は今まで、エフェクターなんていらないと思ってた。でも、エフェクターを使ったヨースケのギターで演奏された赤青の曲は、俺のとはまたちがって、かっこよかった。俺は、この可能性を殺していたのか、と思った。それで……自分でもやってみよう、と思ってしまった」

「だから、ライブ前にヨースケさんと二人で話をしたんですね」

「そうだ。ちょっとだけ、一人で弾いてみた。いい感じだった。『夜明けのファンファーレ』

でだけ、やると決めた。ただ、どうしてもうまくいかないところがあってな。だから、ヨースケに訊いた」

クスミさんがヨースケさんを呼び出した理由を「音楽の話」と言っていたのは、嘘ではなかった。結果が自分のみっともないミスで終わってしまったから、恥ずかしさもあって一言で済ませたのだろう。ヨースケさんの死に関わることではないから、別に詳しく話す必要もない。

クスミさんのミスは偶然ではないが、事件に関係あるとは限らない。星那の言葉は的を射ていた。直接関係はしていないが、必然的に起こったことだ。ヨースケさんが柔軟なロックを志向し、それをライブで披露した。その結果が、ヨースケさんの死とクスミさんのピッキングミスという二つの出来事をもたらした。

「『夜明けのファンファーレ』でやったエフェクターについて教えてくれと言ったら、ヨースケは、妙にうれしそうだったよ。自分のロックが、認められたと思ったんだろうな」

ひょっとしたらそれも、アンコールで独り立ちを宣言するという決断を後押ししたのかもしれない。ミナミさんはタナベさんの賛辞を聞けなかった。でもヨースケさんは、最後に、クスミさんから己のロックを認めてもらえた。その点だけは、ほんの少し、救われた気がする。

「心から変化を拒絶してたなら、ヨースケさんのギターをかっこいいとは思わなかったはず。かっこいいと思ったとしても、やらなかったはず。それなのに、かっこいいと思ったことを、真似せずにいられなかったクスミさんは」星那は、倒れたエピフォン・オリンピックを拾い、クスミさんに差し出した。「やっぱり、正真正銘のロックンローラーですよ」

クスミさんは少しの間、黙ってそれを見つめていた。

やがて、諦めたように小さく頭を振る。両手を伸ばしてエピフォン・オリンピックを受け取った。やはり、クスミトオルには、エレキギターが似合う。

成宮さんが口を開く。

「にしても、どうして君はそれが分かったんだ？　本番で、結局クスミはエフェクターを使えなかったのに」

「本番ではないところで、聴いたからですよ。だって、スタジオから漏れ聞こえてましたから。エフェクターを使ったギターの音が」

思わず、あっと声を上げてしまった。私も何度も聴いている。ヨースケさんの死を弔うような、メランコリックなギターリフを。ヨースケさんを思わせる演奏だと感じた。だがそれも当然だ。なぜなら、そもそもがヨースケさんの演奏を真似たものだったのだから。

「スタジオで一人、こっそりと練習していたわけか」

「そうです。でもこの中に、そのことを誰よりも知っている人がいます」

スタジオから漏れる音を、誰よりも聴いていた人。

「ショウジさん。よかったら、教えてください。どう思ってたんですか。クスミさんのギターが、それまでのストレートなロックではなく、エフェクターを駆使した演奏になっていったことを」

全員の注目が集まる。視線を受け止めて、タカはぽつりと言った。

「……怖かったよ、正直」

「どうしてですか」

「クスミさんが、遠くへ行ってしまうみたいで。俺が追いかけてたクスミさんじゃない、置いていかれるって」

「それはロックじゃない、って？」

星那の問いに、タカはしばらく押し黙った。

「……認めたくない、とは思った。そっちへ行かないでくれ、って。でもそれをロックじゃないと思ったかといえば……よく分からない。いや……逆かな。たしかにそれは、かっこよかったんだよ。新しくて、きらきらしてたんだよ。それに合わせてスティックを叩くのが、楽しかったんだよ。だから余計に……怖かったんだろう。今から思えば」

クスミさんは片手でエピフォン・オリンピックのネックを握ったまま、カウンターに置かれた二本のスティックをとる。それをまっすぐタカに差し出した。

「おまえがドラマーで、よかったよ」

タカは戸惑った表情で見返す。

「ドラマーなら、スティックさえあれば、どんな場所でも練習できる。ギターやベースじゃ、そうはいかないからな。だから、スティック、持っていけ。いつまでも、待ってるから」

スティックを受け取るタカの手は、小刻みに震えていた。

「はい……」

返事の声は小さく、ほとんど聞き取れない。タカは、一生スティックを手放さないだろう。必ずまた、ドラムを叩きに戻ってくるだろう。

終章　ネクスト・ギグ

　最後の和音が響き、舞台は暗転する。少しの静寂のあと、ラディッシュハウスは大きな拍手に包まれた。開店以来初のアイドルのライブがどう観客に受け止められるか不安だったが、この拍手は義理じゃない。UMIKARA DETA NINGYO のパフォーマンスがよかったのはもちろん、やっぱり生演奏だったことが功を奏したのだろう。中でもイマムラさんのドラムは、まったくブランクを感じさせない鋭さだった。トリッキーで、かっこいい。本当はこういう風にしたかったんだな、というのがよく伝わった。メンバーの歌唱力は少々頼りなくとも、バックバンドの迫力と楽曲のよさだけでロックファンは十分楽しめる。でもやっぱり、温かい拍手は主にメンバーに向けられたものだと思う。緊張で頬を上気させながら「こんな素敵な場所でライブさせてもらえることを誇りに思います」と告げた様は、初々しくて、微笑ましかった。

　フロアが明るくなって、人々はバーカウンターに集まる。ＰＡブースにいた私も、このときだけはバーカウンターを手伝う。

別に、PAブースでなにかしていたってわけじゃない。ただ華子さんの仕事を後ろで見ていただけだ。ライブ中はバーカウンターにいてもほぼ突っ立っているだけなのだから、どこにいても変わらない。本格的にPAの勉強をすると決めたわけではないが、それでもなにもしないよりは見ているほうがいいだろう。

事件の解決から三ヶ月。もうすっかりニュースやワイドショーで取り上げられることはなくなったが、その痛手は確実に残っている。赤い青は、活動休止という実質解散状態に追い込まれた（クスミさんはあくまで、活動休止と言って譲らなかった）。多くのバンドが苦境を慮ってライブをブッキングしてくれたが、それでも穴は埋まりきらず、客足も芳しくない。

しかし、この三ヶ月、スタッフの表情は暗くなかった。なぜなら、急ピッチで新しいプロジェクトを進めていたからだ。

かいわれ大根を、ラディッシュハウスがバックアップして売り出す。提案者は私だ。恐る恐る言い出した言葉に、一瞬の間もなくクスミさんは賛意を示した。そして、言ったのだ。俺がギターを弾く、と。

ベースは星那がやればいい。残りはドラムだ。駄目もとでイマムラさんに頼んでみることにした。するとイマムラさんは、「UMIKARA DETA NINGYO をラディッシュハウスに出してくれるならいいよ」と答えた。彼としては、半ば断る気持ちで無理難題を言ったつもりだったらしい。が、私に否やの返事があろうはずがなかった。かいわれ大根と UMIKARA DETA NINGYO のツーマンライブなんて、めちゃくちゃおもしろそうじゃないか。

かいわれ大根、という名はさすがに変えることになって、そのまま英訳した〈White Radish Sprouts〉で活動すると決まった（〈かいわれ大根〉は星那のソロプロジェクト名として残った）。ラディッシュハウスで売り出すのにぴったりの名前になったうえ、芽吹く、という意味の「スプラウト」が入った点を個人的には気に入っている。

というわけで、こっそりバンド形式で始動したWRSだが、はじめはクスミさんの出す音があまりにハードロックに寄りすぎていて、原曲との乖離がはなはだしかった。豪胆なことに星那は、それを堂々と指摘した。喧嘩になるんじゃないかとこちらは冷や冷やしていたが、驚きはここからだった。クスミさんは、びっくりするぐらいの貪欲さで、エフェクターを駆使したギタープレイをマスターしていったのだ。今まで使ったことのなかった機械を触るクスミさんは、これまでと同じように寡黙ながら、どこか楽しそうだった。たぶん、バイク屋のガレージでエレキギターを弾いていたときも、こんな風に楽しげだったんだろうと思う。

星那は、正式にラディッシュハウスに所属するアーティストになり、バイトを辞めた。これまでの住まいを引き払い、たこ焼き屋の二階に移った（ついでに私も引っ越し、公私ともに、星那の面倒を見ている）。毎日好きなだけ、スタジオやライブハウスで音を鳴らしている。主にクスミさんと二人でセッションを繰り返し、どんどん曲を仕上げていった。

そして今から一ヶ月前、ラディッシュハウスでWRSのライブを行うこと、クスミさんがサポートギターに入ること、WRSの楽曲をうちのレーベルからリリース予定であることを告知した。

はっきり言って、ロックファンたちは困惑していた。おもしろそうだという意見もあれば、事件のショックで血迷ったんじゃないかという否定的な声もあった。そういうカオスっぷりに、私は正直、わくわくしている。やっぱり、なにが起こるか分からないって、楽しい。

幸いなことに、今日のお披露目ライブは早くにソールドアウトした。もちろん、そのほとんどはおもしろ半分、不安半分だ。今後もWRSのライブに来てくれるかは分からない。でもきっと、なにがしかの爪痕は残せるだろう。私はそう確信している。実際、彼らはUMIKARA DETA NINGYOのライブを好意的に受け止めたわけだし（本当に、WRSお披露目ライブのオープニングアクトとして、彼女らはぴったりだったと思う）。

ステージは今、幕が下りている。裏では機材のセッティングが行われているはずだ。私はせっせとドリンクを入れる。それがようやく一段落したときだ。

「よう」

思いがけない顔が、バーカウンターの前に立っていた。

「斉木君じゃない、どうしたの?!」

「どうしたの、ってこたぁないだろ。一ロックファンとして、ライブに来ただけじゃないか。かいわれ大根とは、オーディションが一緒になったって縁もあるしな。あのときから、気になってたんだ」

斉木君は、相変わらず、髪の毛をばっちりリーゼント風に決めていた。

私の視線を察して、斉木君は「ああ、これ？」と、自分の髪に手をやる。

「解散、やめたんだ」

「やめた？」

「そう。シュガーマジック、続けることにした。一回やめるっつったのに、恥ずかしい話だけどさ」

私は慌てて頭を振り「ううん、そんなことないと思う」と言った。

苦笑いを浮かべ、斉木君は続ける。

「解散って決めてから……さ。夜、布団に横になるたび、ミナミさんの言葉が頭ん中で聞こえてくるんだよ。なんであのとき俺たちらしさを貫かなかったんだろう、もっとやれることがあったんじゃないかってな。でも、そういうのもいずれ薄れるって思ってた。解散直後だから引きずってるだけだって。でも、ミナミさん、亡くなっちゃっただろ？　そうしたら……あのときもらった言葉が、遺言みたいに思えてな。後悔を抱えたままでいいのかって自問自答してたら、もう我慢できなくなった。もう一回やろうぜってメンバーに連絡したよ。神崎にも、頭を下げた。やっぱロック続ける、ごめんって。そしたら逆に尻を蹴飛ばされてさ。ロックをやってないあんたのどこに魅力があるんだ、って」

そう言って斉木君は笑った。

「何人かメンバーは入れ替えになっちまうけど、それでも新生シュガーマジックとしてなんとかやっていけそうだ。ルーキーデイ、これからも続けるよな？　いい感じになったらまた申し込むからさ、そのときはよろしく頼むよ」

ステージから、ギターのチューニングの音が聞こえてきた。そちらを見やり、斉木君は言う。

「こうしてると……思い出すな。『煙の速さで』を」

私は思わず「えっ？」と訊きかえしてしまった。

「あれ、そういや児玉は見たことなかったっけ、『煙の速さで』の映像」

「映像って……まさか、卒業式の？」

私の答えに斉木君は「なんだ、やっぱり知ってるんじゃないか」と言った。

「あの映像、ダビングされまくってあちこちに出回ってたからな。俺たちの年代でバンドやってるやつなら、結構な確率で見たんじゃないか」

それは初耳だ。だから星那も映像を見ることができたのか。斉木君は続ける。

「じゃあ、この話は知ってるか？　まあ都市伝説みたいなもんだから真偽は保証しないけどな。——こっそりライブの映像を撮ってた放送部員を見つけて、ボーカルのワノさんが言ったらしいんだ。事務所の許可が下りねえから大声じゃ言えないが、そのビデオ、ダビングしまくってばらまけ、って」

カウンターに身を乗り出し、斉木君は言う。

「そのとき言ったセリフが、めちゃくちゃかっこよくてさ。『これは、ロックの種だ。あちこちばらまけば、必ず芽が出る。人々をロックに駆り立て、生かす』って」

私はミナミさんが最後にTwitterに投稿した言葉を思い出した。ロックは、たしかに人の命を奪うことがあるかもしれない。だがそれ以上に、ロックという熱は、人を生かすはずだ。

ふふっと斉木君は声を漏らして笑う。

「まあ、伝聞もいいところだからな。本当にそう言ったって信じてるわけじゃない。でもさ、クスミさんを見てると思うんだ。やっぱり新しい芽は出るんだなって。もういい年なのに、あんな悲しい事件があったのに、それでもロックをやめない。チャレンジを続ける。まさに、ミスターロックンロールだ。今日のライブがどうなるか、全然予想がつかない。楽しみで仕方ないよ。でもさ、俺なんかが言うのもおこがましいけど、気持ちは分かるんだ。やっぱ、ロックはやめらんねぇよ。なあ?」

私は微笑み、それにうなずく。

じゃ、と手を挙げ、斉木君は人込みの中へ姿を消す。やがて、セッティングが終わり幕が上がった。ざわめきが揺れるフロアに、アナウンスが流れる。

「ネクスト ギグ イズ――」

力強い拍手が巻き起こった。

単行本版あとがき

この本を刊行するまでに、様々な方にご尽力いただきました。創作塾でご指導くださった有栖川有栖さま、『月光ゲーム』に出合わなければ、僕が本格ミステリを書くことはなかったでしょう。担当編集者の桂島浩輔さま、初めての本が出せるまで辛抱強くお付き合いくださりありがとうございました。ここでお名前を出すことは控えますが、刊行前のゲラを読みチェックをしていただいた三人の方々にも、改めてお礼を申し上げます。

高校時代の友人である瀬藤友也くん（偶然ですが、僕の大好きなバンド、MASS OF THE FERMENTING DREGS のベースボーカル宮本菜津子さんの義理の兄です）からも、元バンドマンとして本作に多くのアドバイスをいただきました。ありがとうございます。

なお、次の文献を参考にさせていただきました。

『バンドマンが読むべきライブハウスの取扱説明書』足立浩志著　リットーミュージック
『BAND 成功術』山田拓民著　リットーミュージック
『ロック スーパースターの軌跡』北中正和著　音楽出版社

『ヒットの崩壊』柴那典著　講談社現代新書

事実誤認などがありましたらその責任はすべて著者にあります。

最後に。ミッシェル・ガン・エレファントやザ・ルースターズ、ザ・イエローモンキーなど、僕の心を躍らせてくれたロックンロールの数々が、本作を生み出す源となりました。これからも素晴らしいロックが世界中に鳴り響きますように。

がっつりロック×本格

有栖川有栖

鵜林伸也の長編デビュー作である。

世の中には「新人作家の第一作ならば、詰めの甘いところや粗（あら）が見えても少しなら見逃そう」という心優しい方もいらっしゃると噂に聞きもするが、この作者にそういう寛大さは無用。『ネクスト・ギグ』はデビュー作らしい熱と清冽（せいれつ）さを持っている一方、新人離れした骨の太さを感じさせてくれる逸品だ。

単行本が刊行されたのは二〇一八年の十月（奥付は十月三十一日）で、年末のミステリ・ランキングで票を得るにはとても不利な時期であったにも拘わらず、同年度の『このミステリーがすごい！』では十五位、『本格ミステリ・ベスト10』では十二位に食い込んだ。

読む者をぐいぐいと引っ張り、ちりばめられた数々の謎がシュアな推理によって思いがけない結末へと収斂（しゅうれん）していく。ロジックが冴えた本格ミステリを読みたい方には自信を持ってお薦めする。巻頭に掲げられた現場見取り図は雰囲気を盛り上げるための飾りではないので、よくよくご注意されたし。

舞台は、オールスタンディングでキャパ五〇〇人のライブハウス「ラディッシュハウス」。カリスマ的ギタリスト・クスミを擁するロックバンド〈赤い青〉がアンコールを始めかけたところで、メンバーの一人が頽れ、息絶える。胸を千枚通しで刺されていた。衆人監視の中での出来事だが、決定的瞬間を目撃した者はいない。自殺の可能性も否定しきれず（ただし動機はまったくない）、ステージ近くのフロアから凶器を投げることもできたという状況。他殺であれば犯人は場内にいた誰かでしかない——という発端は、エラリー・クイーンの初期作品を彷彿とさせる。

閉鎖空間での事件でありながら警察の捜査は難航した。警察官がちらりと作中に登場する場面もあるが、物語は〈赤い青〉のメンバーらミュージシャンたちとラディッシュハウスの関係者たちの間で進む（ごく自然な書き方で、読者に必要な情報はすべて伝わる）。語り手は最も若いスタッフの梨佳だ。

誰が何故という謎に加えて、彼女は疑問に思うことがあった。被害者が変死する前に洩らした「ロックってなんなんだろうな」という言葉の真意は？　事件の直前に超絶技巧のギタリストであるクスミが信じられないような演奏ミスをしたのはどうして？　クスミにミスの理由を訊けないでいるうちに、密室とも言える状況で第二の事件が——。

真相に至るために注目すべきことは何なのか、何が本当の意味での謎なのかを正しく認識させないことによって読者を翻弄するのもミステリ作家の技巧だが、この作者はその手は使わない。ここがポイントですよ、という点を梨佳の視点から示してくれる。

　かといって、謎に対応する手掛かりを組み合わせて真相らしきものを作るのではなく、思いもよらないところに謎を解く鍵があり、そこから推理をめぐらせることを読者に求める。本格ミステリにおいて、作者が最も苦労するのは「ここから開けられます」という切れ込みのごときものの作り方ではないか。その切れ込み＝意外な手掛かりが素晴らしい。

　一読、私は作中の犯人の気持ちを想像してしまった。現場にまずい痕跡を残しそうになり、慌ててそれを繕ったために墓穴を掘る犯人には、ミステリでしばしばお目にかかる。しかし、この作品の犯人はすべてを冷静に済ませたはずはないにせよ、ミスを犯した自覚はなかっただろう。探偵役の推理を聞いた時、「そこからバレるの？」と愕然としたに違いない。

　探偵役と言えば――この物語の最後に関係者たちを集めて名探偵よろしく謎を解く役を担うのは誰か？　それもお楽しみの一つだろう。

『ネクスト・ギグ』は、フェアプレイに則った堂々たる本格ミステリであり、ライブハウスで起きたロックミュージシャンの変死をめぐる謎解き小説であるのと同時に、ロックを真っ向からテーマにした音楽小説でもある。

　ライブハウスの経営実態やそこに立つアーティストの生態などが物語の背景として描かれているからではない。語り手の梨佳は、被害者の言葉が頭から離れず、「ロックとは何だと思うか？」を関係者たちに尋ねて回り、登場人物たちは全員が自分の考えを語るのだ。そして、作中の様々な謎の答えはすべてロックに分かちがたく結びついている。

がっつりロック×本格。

ロックにはあまり興味がない、という読者が退屈したり白けたりすることはない。ロックは、衝動的・刺激的であることを身上とし、聴く者を興奮と陶酔へ誘う音楽だが、作者は熱に浮かされたりはせず、その筆には知的な抑制が利いている。語られるのはマニアックな蘊蓄ではなくカルチャーとしてのロックであり、その精神性だ。いや、産業化したエンターテインメントとして身も蓋もない見解を述べる登場人物もいたか。そこに謎を解くためのヒントが含まれている。

作者はこんなふうにも手を招く。〈赤い青〉のメンバーにはミステリファンがいて、彼に「ロックとミステリってよく似てる」「実は明確な定義がなく、頻繁に定義の論争が行われ、原理主義者が熱く語るってところも共通点」などと言わせるのだ。「ロックとは何か」がピンとこなければ、「ミステリとは何か」に置き換えてもかまわない、というメッセージにも受け取れる。

ロックとミステリの類似について長々と書いては物語が停滞してしまうからだろうか、作者は論を広げすぎないところで止めた。「もう少し詳しく」と訊きたい感もある。作者が言わんとしたことと違うかもしれないが、ここで管見を差し挟ませてもらうと――。

ロックとミステリというよりも、よく似ているのはハードロック／ヘヴィーメタル（HR／HM）と本格ミステリではないだろうか。いずれもスタイルとして旧く、様式への意識が強いジャンルであり、イギリスで発展した。HRとHMはどこがどう違うのだ、と訊かれたら説明する紙幅（しふく）がないので、本格と新本格のようなものとご理解いただければよいかと。

ＨＲがＨＭになる間には、「まだそんな幼稚で流行遅れの音楽を喜んでいる人間がいるのか」と理不尽に見下される冬の時代（一九七〇年代半ば）があり、あまりにボロクソに言われるので当時高校生だった私は「本格と同じだな（ＨＲの方がひどいか）。何が悪い？」と反発したのをはっきり覚えている。

ＨＲはＨＭへ、本格は新本格へと移行していくのだが、切り替わるスピードは前者の方がずっと速かった。ミステリに比べてロックはより歴史が浅く、まだジャンル全体が活発に変容する生成期――〇〇ロック、〇〇奏法が次々に生まれていた――にあたっていたからだろう。時期は異なれど、この二つのカルチャーが盛り返し、以前より勢いが増すのを見られたことは私にとって幸いだった。「あんなのは旧い」なんて、軽はずみに言うものではありません。

定義がしにくい点でも両者は確かに似ている。私が面白いと感じたのは、特定の楽器が入っていてもいなくても、「ロックはロックだし、ロックじゃないのはロックじゃない」といったやりとりが作中で交わされることだ。斬新なトリックや手掛かりに基づく精緻な推理や名探偵を抜いても、本格らしい本格は書けるだろう。それらをすべて削っても本格ミステリが成立するのなら、作品を本格たらしめるものは何なのか、と考察するのに似ている。

必然性のあるロック談義がミステリ談義への回路にもなっているあたり、作者が批評精神に富んだ作家であることが窺（うかが）え、たのもしい。これからどんなミステリを書いてくれるのだろう、と期待がふくらむ。

本書はデビュー長編の文庫化だから、作者についてご紹介しなくては。公開されているデータに、作者本人から聞いた情報を交えて記す。

鵜林伸也——一九八一年、兵庫県生まれ。

高校三年生で受験勉強をしている時に「小説を書いてみたい」と思うようになり、受験が終わるなり筆を執る。あまり本格ミステリには触れていなかったが、初めて書き上げたものはミステリタッチだったという。

大学二年の終わり頃から本格ミステリの長短編を書くようになり、新人賞への投稿を始めたものの、落選が続く。大学卒業後は、天文趣味を活かしてプラネタリウムの解説員となり、仕事をしながら投稿を繰り返し、修業時代を過ごした。——ちなみにバンド経験はないとのこと。

第二十回鮎川哲也賞（二〇〇九年）に応募した『スレイプニルは漆黒を駆ける』は、宇宙エレベーターでの殺人を描いたSF本格ミステリ。惜しくも最終選考の手前で選に洩れるも、この投稿が転機となった。編集部の目に留まって、短編を書く機会を与えられる。応募作とは打って変わった日常の謎もの「ボールがない」が書き下ろし学園ミステリ・アンソロジー『放課後探偵団』（創元推理文庫）に収録され、これが短編デビュー作となる。その後、専業作家となるため東京に居を移し、執筆に専念。

有望作家や新鋭作家が新境地を拓く作品を次々に世に送っているレーベル〈ミステリ・フロンティア〉から『ネクスト・ギグ』が出るまでは、作者にとって第二の修業時代だったのであろう。やがて研鑽(けんさん)は大きな実りを結び、単行本版の帯では「無冠の大型新人が満を持して贈る、感動の第一長編」と謳(うた)われた。

『ネクスト・ギグ』には、「黄瀬木通りの奇跡」(「ミステリーズ!」Vol. 92所収)と「六畳一間のビバリーヒルズ」(同誌Vol. 102所収)というスピンオフ短編がある。魅力的な青春ミステリで、もちろん本格もの。これらもよい形で本にまとまることを望んでいる。

ざっとご紹介しただけでお判りいただけたと思うが、この作家は本格ミステリを色々な形で料理できるので、次はどんな作品が飛び出してくるかを予想するのは困難だ。読者としては楽しみに待つしかない。

作者のツイッターの自己紹介には、「この世の中に楽しいこと(おもしろい小説)を少しでも増やしていくのが生き甲斐」とある。本格ミステリとは何かという問いに明快な答えが見出せなくても、作家は読者に楽しんでもらえる作品を書き続けなくてはならない。「あれもこれも本格だと思って書きました」「あっちはガチガチの本格だね。こっちも……うん、こういう本格もありだな。こういう面白さは初めて知った」などとページ越しに対話をしながら。

長編第一作が文庫化されたタイミングで、書き下ろし作品を含めた短編集が刊行されるという。さらにその後にはどんなミステリが控えているのだろうか?

鵜林伸也の〈次の作品(ネクスト・ギグ)〉がとても待ち遠しい。

本書は二〇一八年、小社から刊行された作品の文庫化です。

著者紹介　1981年兵庫県生まれ。立命館大学文学部史学科卒業。2010年に短編「ボールがない」が書き下ろし学園ミステリ・アンソロジー『放課後探偵団』に掲載される。18年に長編『ネクスト・ギグ』を刊行し本格的デビューを遂げた。

検印
廃止

ネクスト・ギグ

2022年7月29日　初版

著 者　鵜林(うばやし)伸(しん)也(や)

発行所（株）東京創元社
代表者　渋谷健太郎

162-0814/東京都新宿区新小川町1-5
電　話　03・3268・8231-営業部
　　　　03・3268・8204-編集部
URL　http://www.tsogen.co.jp
モリモト印刷・本間製本

乱丁・落丁本は、ご面倒ですが小社までご送付ください。送料小社負担にてお取替えいたします。

ISBN978-4-488-49311-0　C0193